자 유 를 향 한
여 섯 번 의 시 도
카 프 카 를 읽 는 6 개 의 키 워 드

자유를 향한 여섯 번의 시도: 카프카를 읽는 6개의 키워드

발행일 초판1쇄 2020년 9월 15일 | **지은이** 오선민
펴낸곳 북드라망 | **펴낸이** 김현경 | **주소** 서울시 종로구 사직로8길 24 1221호(내수동, 경희궁의아침 2단지) |
전화 02-739-9918 | **팩스** 070-4850-8883 | **이메일** bookdramang@gmail.com

ISBN 979-11-90351-28-7 03800 | 이 도서의 국립중앙도서관 출판예정도서목록(CIP)은 서지정보유통지
원시스템 홈페이지(http://seoji.nl.go.kr)와 국가자료종합목록 구축시스템(http://kolis-net.nl.go.kr)에서 이
용하실 수 있습니다.(CIP제어번호: CIP2020036712) | **Copyright © 오선민** 저작권자와의 협의에 따라
인지는 생략했습니다. 이 책은 저작권자와 북드라망의 독점계약에 의해 출간되었으므로 무단전재와 무단
복제를 금합니다. 잘못 만들어진 책은 서점에서 바꿔 드립니다.

책으로 여는 지혜의 인드라망, 북드라망 **www.bookdramang.com**

자 유 를 향 한
여 섯 번 의 시 도

카프카를읽는 **6**개의키워드

오 선 민 지 음

franz
Kafka

티
BookDramang
북드라망

머리말

한 권의 책은 우리를 어디론가 데려다 준다. 2020년 1월 초. 나는 늦은 오후에 프라하에 도착했다. 얼마나 와보고 싶었던 곳이었나! 그것도 카프카가 그토록 좋아했던 계절 겨울에! 프라하에 가면 정말 카프카에 대해 잘 알 수 있을 것만 같았다. 도착했으니 서둘러 볼 것 다 보고, 책의 원고도 확실하게 마무리하고 싶었다. 짧은 겨울해가 만드는 장엄한 노을이 저 멀리 프라하 고성 위 하늘을 붉게 장식하기 시작하자 마음이 급해졌다. 앗, 광장의 시계탑이 막 종을 쳤겠군! 앗, 카프카 박물관 관람 시간이 지났겠군! 앗, 성으로 향하는 길이 벌써 어두워졌겠군!

그런데 블타바강을 가로지르는 카렐교 위에서 급한 마음을 달래며 성을 바라보던 중에 작은 웅성거림이 나를 붙들기 시작했다. 응? 스페인어인가? 아, 한국분들이시구나. 신혼부부로 보이는 한 커플은 감탄사를 연발하며 사진을 찍고 있었다. 청년들이 발을 구르며 튀어 오르는 것도 보였다. 악사는 연주를 시작할 모양이었다. 진한 설탕 냄새가 폴폴 지나가고 있었다. 나는 아주 천천히 걷고 있었다. 카프카라고 하는 이름이 주는 무게는 어느새 가벼워져 있었다. 초점을 잃은 눈으로 무심히 강을 바라보았다. 카프카의 웃는 얼굴이 떠올랐다.

한 사람의 작가를 이해한다는 것이란 뭘까? 그가 보고, 그가 겪은 모든 일들을 추체험한다는 것일까? 그가 말한 바의 의미를 정확히 풀어내는 것일까? 나는 프라하에서 이 두 가지 모두가 불가능함을 깨달았다. 지금 여기는 19세기 말과 20세기 초의 프라하가 아니며, 무엇보다 나는 카프카가 아니다. 그렇게 생각하니 카프카의 작품을 읽었던 시간이 무용하게 느껴졌다. 해도 안될 일에 왜 그런 공을 쏟았던가! 그런데 또 이런 생각도 들었다. 그럼 카프카를 읽는 대신에 도대체 무엇을 했어야 한단 말인가? 덕분에 프라하까지 오게 되었으면 충분하지.

카프카의 작품에 왜 매료되었던가? 어느 날 아침 눈을 떴더니 한 마리 갑충으로 변해 있더라~고 하는 그레고르 잠자 씨의 이야기가 무작정 좋았다. 책상 앞에 앉아 글자만 쫓아다니던 나였는데 처음으로 벌레가 되는 꿈을 꾸기도 했다. 벌레-그레고르 씨는 내가 안다고 생각했던 것들이 겨우 '내가 아는 것'에 불과하다고 말하고 있었다. 다른 앎, 다른 삶, 그런 것들이 마구 궁금해졌다. 어떤 신선한 기운이 내 안으로 밀려들어 오는 듯했다. 그때부터 빨려들듯이 카프카의 우주에 쑤욱 들어가고 말았다.

그런데 카프카라고 하는 그 세계를 알게 된들 무엇이 남을 것인가? 다른 삶을 살기 위해서 꼭 타자들의 삶을 배워야 할 필요가 있을까? 프루스트의 소설에서 카프카의 소설로, 여러 문학 작품들을 쇼핑하듯 돌아다니고 있는 것은 아닐까? 다른 내가 되기 위해 필요한 것은 무엇인가? 프라하의 강변을 천천히 따라 걷다 보니 알겠다. 카프카의 자유란 간단히 말해 '나는 이런 사람이야!'로부터의 자유이다. 그는 사람은 아래에서 위로가 아니라 안에서 밖으로 자란다고 했다. 자신이 무엇을 뒤집어쓰고 살았는지는 그 껍질이 부수어졌을 때 비로소 알 수 있다.

왜 카프카를 읽어야 할까? 꼭 카프카여야 할 이유는 따로 없다. 하필 카프카를 만난 덕분에 카프카라고 하는 도끼를 얻은 까닭이다. 카프카는 내 껍질을 깨기 위한 도구, 내 자유의 방편이다. 그 도구를 사용하기 위해서는 다만 카프카처럼 천천히 걷고 벌레-그레고르 씨처럼 많은 것들을 감촉해 보는 것으로 충분하다. 카프카에 따르면, 다르게 산다는 것은 다른 존재가 세상을 만나는 방식을 흉내 내면서 내가 세상과 접속하는 방식을 이렇게 또 저렇게 교정해 보는 일이다. 자, 이제는 카프카를 읽었던 나로부터도 떠나야 한다. 그럼 어디로 또 가볼까? 이렇게 계속 나의 읽기를 떠나고 있다 보면 어딘가에서 카프카를 다시 만나게도 되겠지.

카프카라면 독자가 자신에 대해 뭘 알고 있는지보다 대한민국에 사는 40대 주부의 눈에 그의 작품이 어떻게 읽히는지를 더 궁금해했으리라. 카프카는 그렇게 자신의 시선이 교정되기를 원했겠지. 프라하를 떠나면서 나는 카프카라면 상상도 못할 읽기의 길 하나를 내어 보고 싶어졌다. 성공할까? 글쎄. 시도만이 있을 뿐! ^^

*　　*　　*

삶이 곧 공부임을 일깨워 주시는 고미숙 선생님께 깊은 감사를 드린다. 또한 이 책은 '고전비평공간 규문'에서 만난 소중한 인연들이 아니었다면 쓰지 못했을 것이다. 사랑으로 배움을 이끌어 주시는 채운 선생님께 감사드린다. 글쓰기가 힘들 때마다 아낌없이 자신들의 에너지를 쏟아부어 주던 우리들의 어벤저스─정옥 선생님, 지영, 혜림, 혜원, 건화, 규창, 민호의 이름도 조용히 불러 본다. 고마워! 2017년부터 19년까지 카프카 세미나, 스피노자 세미나, 니체 세미나에서 자기의 상식이 깨지는 것을 두려워하지 않는 용감한 선생님들을 많이 만났다. 카프카의 말대로 우리는 자기 내면의 얼어붙은 바다를 깨는 도끼 같은 책을 읽어야 한다. 그분들은 책이라는 도끼를 다루는 대장장이요 연금술사들이시다. 그리고 지혜의 인드라망을 펼치시는 우정의 전도사 김현경 사장님, 저를 믿어 주셔서 감사합니다. 마지막으로 언제나 먹이시고 기르시는 부모님, 시부모님의 큰 은혜에 감사를 드린다. 이 책은 부모님의 살과 피를 받아 나왔다. 언제 어디서나 시도하기를 두려워하지 않는 상민, 현서, 은서는 계속 파이팅이다.

목차

| 일러두기 |

1 이 책에서 인용한 카프카의 작품은 『카프카전집』(솔출판사, 2017)을 저본으로 삼았습니다. 본문에 인용할 때는 인용 문장 뒤에 작은 글씨로 다음과 같이 적었습니다. 카프카, 「갑작스러운 산책」, 『변신: 단편전집』(카프카전집 1), 이주동 옮김, 솔출판사, 2017, 73쪽. 이후 같은 책이 반복될 때에는 옮긴이와 출판사명 등은 생략하고, 작품명과 전집 권수, 인용쪽수 등만으로 간단히 표기했습니다.

2 단행본·정기간행물의 제목에는 겹낫표(『 』)를, 단편·시·노래 등의 제목에는 낫표(「 」)를 사용했습니다.

3 인명·지명 등 외국어 고유명사는 2002년에 국립국어원에서 펴낸 외래어표기법을 따라 표기했습니다.

프롤로그

자유의 딜레마

자유란 뭘까? "인간은 자유로운 존재로 태어났다. 그런데 도처
에서 사슬에 묶여 있다." 1762년 장 자크 루소는 자신의 대표작
『사회계약론』에서 자유로운 존재의 해방을 역설했다. 그리고
이 메시지는 프랑스 도처에서 들불처럼 번져 마침내 1789년 프
랑스혁명을 낳았다. 자신의 사슬을 자각한 이들이 그 굴레 밖으
로 나가기 위해 온몸을 던진 것이다.

그런데 루소의 자유에는 하나의 딜레마가 있다. 인간 각자
가 자유로운 존재로 태어났다지만, 나는 어떻게 나의 자유를 아
는가? 내 자유는 누가 가르쳐 주는 것인가? 아니면 저절로 깨닫
게 되는 것인가? 게다가 도대체 모두가 자신의 사슬을 벗고 뛰
어나온다면 어떻게 될 것인가? 나의 사슬과 당신의 사슬은 같지
않다. 나에게는 명백한 사슬이지만 당신에게는 의심할 수 없는
낙원일 수도 있다. 모두에게 고유한 자유가 있다면 결국 인간들
은 각자의 고유한 자유를 보존하기 위해 서로에게 등을 돌릴 수
밖에 없게 될 것이다. 공동체는 각기 다른 자유의 용광로로서 질
서 없는 이기적 충동의 전쟁터가 될 것이다.

루소는 이 문제를 개인들의 자유의지에서 풀었다. 자유로
운 개인들이 각자의 자유의지로 국가와 계약을 맺는다는 것이

다. 허용될 수 있는 자유의 내용과 범위를 규정하는 틀을 먼저 상정한 뒤에, 그 틀이 자유를 보장하게 된다. 이것이 딜레마를 낳는데, 왜냐하면 이 논리에서는 결국 국가가 또 다른 굴레가 되고 있기 때문이다. 도처의 사슬을 벗어던지기 위해 더 큰 사슬을 필요로 하게 되는 셈이다. 근대의 자유관은 루소의 사회계약론을 근저에 두고 발달했다. 프랑스혁명의 기치가 자유, 평등, 박애(형제애)라지만 정말 각자가 본래적으로 자유롭다면, 그 자유란 비교 불가능한 것일 것이다. 하지만 혁명은 이 비교 불가능한 존재성을 '평등'의 저울 위에 올려놓았다. 각자의 자유가 본래적으로 평등하니 차등은 없어야 한다고 본 것이다. 저마다의 사슬에 묶인 존재라지만 결과적으로 똑같은 사슬에 묶여 있다고 가정하는 형국이 되어 버렸다.

이러한 자유관 안에는 또 다른 문제도 있다. 일단 자유의 내용을 확정하고 보장해 줄 국가를 안정적으로 만드는 일이 자유의 선결조건이 되기 때문이다. 이 경우 나의 자유는 사회적 조건의 문제가 된다. 그래서 사람들은 '자기 자유'를 '모두가 갖고 있어야 할 자유'를 기준으로 재면서 살 수밖에 없다. 가끔은 모두가 갖고 있는 것들 중 뭔가를 자신도 선택할 수 있다는 데에서 '자유'의 느낌을 갖게 되는 것이다. 물론 이런 만족감은 내 자유를 '모두'가 인정해 준 데에서 나오는 '승인된 자신감'이다.

근대 일본의 소설가 나쓰메 소세키(夏目漱石)는 1906년에 『풀베개』(草枕)라는 작품에서 근대적 자유관을 다음과 같이 비판했다. 현대인이 생각하는 자유란 국가가 마련해 준 몇 평의 자리를 자유의 땅이라고 자위하며, 그래도 그 자리를 선택받을 수 있을 만큼 자신은 자격이 있다며 만족하는 자유라는 것이다. 그러한 자들이 늘 자기 자유에 만족하지 못하는 것은 당연하나, 그들에게 자유란 몇 평의 땅을 몇십 평으로 늘리는 것에 지나지 않는다.

　　기차만큼 20세기 문명을 대표하는 것은 없을 것이다. 수백 명이나 되는 인간을 같은 상자에 집어넣고 굉음을 내며 지나간다. 인정사정없다. 집어넣어진 인간은 모두 같은 정도의 속력으로 동일한 정거장에 멈추고 그리하여 똑같이 증기의 은혜를 입지 않으면 안 된다. 사람들은 기차를 탄다고 한다. 나는 실린다고 한다. 사람들은 기차로 간다고 한다. 나는 운반된다고 한다. 기차만큼 개성을 경멸하는 것은 없다. 문명은 가능한 모든 수단을 동원하여 개성을 발달시킨 후 가능한 모든 방법으로 그 개성을 짓밟으려고 한다. 한 사람 앞에 몇 평의 지면을 주고 그 지면 안에서는 눕든 일어서든 멋대로 하라는 것이 현재의 문명이다. 동시에 이 몇 평의 주위에 철책을 치고 그

밖으로는 한 발짝도 나가서는 안 된다고 위협하는 것이 현재의 문명이다. 몇 평 안에서 마음껏 자유를 누리던 자가 그 철책 밖에서도 마음껏 자유를 누리고 싶은 것은 자연스러운 일이다. 가련한 문명의 국민은 밤낮으로 그 철책을 물고 늘어지며 포효하고 있다. 문명은 개인에게 자유를 주어 호랑이처럼 사납게 날뛰게 한 뒤 다시 우리 안에 던져 넣고 천하의 평화를 유지하고 있다. 나쓰메 소세키, 『풀베개』, 송태욱 옮김, 현암사, 2013, 182쪽.

이 프레임 안에서 자유를 찾게 되면 늘 모두의 눈치를 보면서, 국가와 같은 제도나 그 대표자를 향해 "자유를 달라!"며, 마치 자유가 누가 줄 수 있는 물건이라도 된다는 듯 울부짖는 방법을 취할 수밖에 없게 된다. 우는 아이 젖 주는 법이므로 때로는 자신이 얼마나 부족하게 받고 있는지를 입증하면서 떼를 쓰게 될 것이다.

이와 같은 자유관은 실제로 삶에 대한 태도 자체를 바꾼다. 시간적 관점에서 보면 자유란 어떤 환경의 충족 '이후'에 결과로서 주어지는 무엇이다. 이때 현재는 늘 미래를 위해 준비하는 시간으로서의 의미를 갖게 된다. 공간적 관점에서 보면 자유는 여기에는 없고 저기에서 찾아질 무엇이다. 여기는 '자유가 없는' 곳이어서 늘 부족하고 미완인 자리가 된다. 이러한 생각방식에 길들여지면 자유로워질 자격을 갖추기 위해, 저 남들처럼 살기 위해, 매일같이 노력하면서 언제나 부족해, 부족해, 하고 초조해하게 될 것이다.

정말 자유란 뭘까? 루소 이후에 많은 사람들은 자유의 딜레마에 봉착해서 나름대로 고민과 결단을 내려 왔다. 소설가들 중에 대표적인 사람으로 노르웨이의 입센(Henrik Johan Ibsen; 1828~1906)을 꼽을 수 있겠다. 입센이 그린 자유의 여신 노라는 가부장제의 허위와 남편의 위선에 반대하며 자신의 오롯한 자유를 찾기 위해 집을 나선다(『인형의 집』, 1879). 그런데 루쉰(魯迅; 1881~1936)도 지적한 적이 있지만 집을 나온 노라는 어떻게 될 것인가?(강연 : 「노라는 떠난 후 어떻게 되었는가?」 1923. 10. 26.) 먹고살 길을 찾아야 할 터이니, 공장으로 들어가거나 정말 최악으로는 자기 몸을 팔며 살아야 할지도 모른다. 혹은 그런 현실을 자각하고 여권 신장 혹은 노동권 보장을 위해 광장에 나가는 투쟁을 할지도 모른다. 입센은 민중의 자각과 봉기를 중요하게 생각했다. 그가 쓴 대표작 중에는 『민중의 적』(1882)도 있었다. 과연 노라는 어디에 이르게 될까? 모든 억압이 해소된 자유의 땅에 도착할 수 있을까?

그런데 이런 자유도 있다.

나는 말을 마구간에서 끌어내오도록 명했다. 하인은 나의 말을 이해하지 못했다. 나는 몸소 마구간으로 들어가 안장을 얹고 올라탔다. 멀리서 트럼펫 소리가 들려 나는 하인에게 무슨 일이냐고 물었다. 그는 아무것도 몰랐고 아무것도 듣지 못했다. 대문에서 그가 나를 멈추어 세우고는 물었다.

"주인나리, 말을 타고 어디로 가시나요?"

"모른다" 하고 나는 말했다.

"다만 여기를 떠나는 거야. 다만 여기를 떠나는 거야. 끊임없이 여기에서 떠나는 거야. 그래야 나의 목적지에 도달할 수 있다네."

"그러시다면 나리께서는 목적지를 아신단 말씀인가요?"

그가 물었다.

"그렇다네."

내가 대답했다.

"내가 이미 말했잖는가. '여기에서 떠나는 것', 그것이 나의 목적지일세."

"나리께서는 어떤 예비 양식도 갖고 있지 않으신데요."

그가 말했다.

"나는 그 따위 것은 필요 없다네."

내가 말했다.

"여행이 워낙 긴 터라 도중에 무얼 얻지 못한다면, 나는 필경 굶어 죽고 말 것이네. 예비 양식도 날 구할 수는 없을 걸세. 실로 다행스러운 것은 이 여행이야말로 정말 엄청난 여행이라는 걸세."

프란츠 카프카, 「돌연한 출발」, 『변신: 단편전집』(카프카전집 1), 이주동 옮김, 솔출판사, 2017, 608쪽.

이 작품은 오직 자유롭기 위해 글을 쓴다고 말했던 프란츠 카프카의 「돌연한 출발」이다. 이 작품은 명시적으로 자유에 대한 이야기는 하지 않는다. 하지만 삶 자체를 끝없이 어디론가로 몸을 움직이고 있는 여행에 비유한다는 점, 자신을 먹이고 살리는 어떤 조건으로부터도 구애받지 않으려는 주인공의 호쾌한 포부를 느낄 수 있다는 점에서, 이 이야기를 가득 채우고 있는 기운은 자유의 열망임을 알 수 있다.

돌연히 출발하는 이 화자의 행보는 몇 가지 점에서 노라와 다르다. 그는 오직 '지금 여기'를 떠나려고 한다. 우리가 살아갈 수 있는 시공간은 언제나 지금 여기일 것이므로 그에게 내일이나 저편은 없다. 다시 말해 그는 노라처럼 이 집이 싫어서 저 길을 택하고 있지 않다. 저 바깥에 뭔가 더 좋은 것, 혹은 자신을 살릴 더 맛있는 무엇이 있다고 생각하지 않는다. 이 여행자는 여기를 떠나는 그 지점이 다시 자기를 얽어맬 '지금'이 됨을 안다. 자기를 구원해 주는 자가 결국 자기 발목을 잡을 것임을 안다.

그럼, 언제나 지금 여기에 발이 묶일 것을 아는데도 불구하고 왜 떠난다고 말하는 것일까? 그는 자신의 지금이 눈에 보이는 그대로이기만 하지 않다는 점 또한 알고 있기 때문이다. 바로 이 점이 결정적 차이를 만든다. 다시 작품을 읽어 보자. 여기에는 두 사람이 나온다. 하인에게는 저 멀리서 들리는 트럼펫 소리가 들리지 않고, 여행자인 나에게는 들린다. 두 사람이 겪는 세계가 같지 않다. 하인에게는 '지금'이 바깥에서 소리가 들려 올 틈이라고는 없는 막힌 곳이고, 주인에게는 '여기'가 어딘가에 구멍이 뚫려 있어 뜬금없는 음악 소리가 들리기도 하는 곳이다. 그래서 같은 자리에 있음에도 하인은 머물며, 주인은 떠난다. 주인의 온 감각은 지금 여기를 계속 낯설게 느낀다.

이 여행법은 하나다. 지금 여기서 나를 먹이고 살리던 것을 먹지 않기. 바꾸어 말해 지금 여기서 새롭게 맛볼 수 있는 것들을 최선을 다해 구하는 것이 여행의 기술이다. 그럼 이 새로운 양식은 어떻게 구하나? 우선 지금까지 무엇을 당연하게 먹어 왔는지를 알아야 한다. 그런 연후에야 무엇을 먹지 않았던가가 보일 것이다. 그렇기 때문에 주인은 저 바깥이 아니라, 지금 여기의 구석구석으로 눈길을 돌릴 수밖에 없다. 지금 여기서 소유한 것, 누리던 것을 양식 삼아 산다면 하인처럼 이 자리에 붙박이게 될 것이다. 그러나 손안에 쥐고 있던 것들, 두 눈을 치켜뜨고 쳐 다보고 있던 것들을 거두면 지금 여기에서 다르게 먹고 다르게 살 길이 열린다. 이런 나에게 지금 여기는 저 어딘가에 다다르기 위한 준비의 시공간이 아니라, 충분히 탐험되지 않은 대지, 어떤 식으로든 살아 볼 길이 열릴 무한한 여행지가 된다.

자, '지금'을 떠나자! 언제나, 지금 내가 먹고사는 것들, 의지 하고 믿는 것들을 절대화하지 않으려 할 때에만 최고의 여행을 할 수 있다. 그의 자유는 저 바깥에 있지 않고, 지금 여기 내가 어 떻게 살고 있는가를 이해하는 과정에서 당장 구현된다. 그런데 카프카의 이 '이해'라는 것이 또 흥미롭다. 카프카가 이해를 먹 기로 표현하기 때문이다. 이 여행자는 도서관에 들어가서 관련 된 책을 찾아보거나 전문가를 찾아 자신이 뭘 먹는 것이 좋겠는 지 상담하려고 들지도 않는다. 그는 자신의 혀가 하인의 혀와 다 름을 알 것이다. 그래서 그는 실험하리라. 입으로 가져가기 전에 이렇게 저렇게 뜯어보면서, 왕창 베어 먹기보다는 조금씩 뜯어 먹으면서, 먹을 만한 것인지 살필 것이다. 이런 여행에 나선 그 는 이제 어떤 음식에도 만족을 모르며 어떤 음식에도 불만을 갖 지 않을 것이다. 다만 이 맛은 어떨까? 저 맛은 어떨까? 천천히 음미하면서 매 순간을 맛의 실험가, 삶의 연구자로 살게 될 것이다. 이처럼 카프카에게 자유란 동사처럼 쓰인다. 자유는 단 한 개의 좋은 혀가 아니라 여러 개의 혀로 삶을 맛볼 수 있는 능력이다.

누가 카프카의 독자인가?

'나는 또 실패했다.' 이것이 카프카에 대한 책을 준비하는 과정 내내 내 마음속을 맴돌던 말이다. 그레고르 잠자가 갑충이 되는 이야기도, K가 눈 내린 마을을 끝도 없이 돌아다니는 이야기도, 전혀 이해할 수 없었기 때문이다. 그레고르는 아버지의 권위적인 지배를 벗어나기 위해 변신했는데, K는 왜 다시 마을의 아버지이신 백작님 밑으로 기어들어 간단 말인가? 각각의 작품에서 반복되는 테마들이 충돌하기가 일쑤여서 카프카라고 하는 작가가 펼쳐 놓은 전체 그림의 모자이크를 맞출 수가 없었다. 해석상의 오류가 있는 것이 분명했고, 내가 아직 작품을 충분히 이해하지 못했다는 것이 확실했다. 카프카의 작품에 대해 이렇게도 써 보고 저렇게도 써 보았지만 늘 불충분했다. 작품 세계 전체를 완벽하게 이해하지 못했으니 완성된 글을 써 내지를 못했다.

카프카의 소설은 왜 그렇게 어려웠을까? 분량이 짧을 뿐만 아니라 장면 장면이 패치워크처럼 이어 붙여지다 말고 이어 붙여지다 말고 했다. 어느 날 아침에 선고를 받는 요제프 카(K)처럼 주인공이 왜 곤란을 겪게 되는지가 어디에도 설명되어 있지 않았다. 갑충으로 변한 그레고르가 결국은 쓰레기처럼 부서져서 사라진다는 이야기의 교훈은 무엇인가? 뜬금없이 변신하고, 미로 같은 복도를 계속해서 헤매고. 작중 인물들 모두 부질없이 여기저기 벽만 두드리고, 구석에 쪼그리고 앉아 먼지나 잡동사니 등을 관찰하고만 있다.

나는 먼저 특정한 작품들에서 반복적으로 나타나는 설정들을 이해하기 위해 다음과 같은 방법을 썼다. 솔출판사에서 나온 작품집 전체를 샅샅이 훑으면서 변신하는 아이들을 추려 내고, 미로 같은 장면들을 뽑아 정리했다. 그러면서 카프카의 우주를 돌아다니는 이들 중 선한 자는 누구고, 악한 자는 또 누구인지를 가리기 위해 매번 심사를 했다. 카프카가 비판하려고 한 세상이 어떤 것인지 살펴보려고 했고, 그가 어떤 메시지를 작품 속에 담고자 했는지를 찾아 작품을 분석하고 또 분석했다. 그렇지만 알 수 없었다. 그레고르는 죄가 있어서 갑충이 된 것이 아니었고, 그에게 빚을 떠넘긴 아버지에게도 사정은 있었다. 제일 악인이어야 마땅할 성의 백작님은 아예 모습을 드러내지도 않는다. 마을의 이웃들은 비열하지도, 탐욕스럽지도 않았다. 인격적인 결함이라고 할 만한 것들이 발견되지 않았다.

더 곤란한 것은 이 우주 안에는 해석 불가인 존재, 사물, 장소가 많아도 너무 많다는 점이었다. 시골 의사에게 말 두 마리가 왜 필요한지(「시골 의사」), 철학자가 팽이를 돌리는 아이들을 관찰하는 이유가 무엇인지(「팽이」), 말 두 마리의 상징과 팽이의 비유를 해석한다는 것은 작품을 백 번 읽어도 불가능한 일이었다. 문학 작품이라면 그저 휘갈겨 쓴 노트일 수는 없지 않은가? 작품 속의 문장 하나하나는 잘 맞춰지는 퍼즐 조각처럼 유기적으로 배열되어야 하는데, 그 조각이라는 것 자체가 만들다 말다 한 미완성품 같았다. 카프카 작품을 다 외워 버리겠다는 각오로 읽고 또 읽었지만 그런다고 알 수 있는 세계가 아니라는 불안만 커져 갔다. 『변신』은 권위에 대한 비판이며, 『실종자』는 정체성의 문제를 다루는 것이 아닐까 하는 나의 해석은 불완전하거나 틀린 것이기에 감히 내가 글로 쓸 수는 없다는 생각이 들었다.

그래서 전문가들을 찾았다. 카프카를 나보다 더 많이 아는 사람들은 어떻게 생각하는지, 그들은 나의 해석에 어떤 평가를 내릴지, 그런 판결이 내 글에 꼭 필요하다고 생각했다. 독문학을 전공하신 선생님들의 카프카론도 읽을 수 있는 만큼은 다 읽으려고 했다. 그 와중에 발터 벤야민이라든가 한나 아렌트라든가 질 들뢰즈라든가 참으로 많은 철학자들이 카프카를 칭송하고 있음도 알게 되었다. 때문에 이번에는 그런 전문가들의 해석을 공부하기 시작했다. 하지만 소위 전문가들의 카프카론은 저자들의 독특한 철학 안에서 운용되고 있었기에, 그 자체가 또 이해 불가였다. 저자들의 문제의식을 쭈욱 따라가면서 그들에게 카프카의 작품이 갖는 의미를 이해해야 했는데 그러다 보니 결국 '들뢰즈의 카프카'에 대한 전문가를 또다시 찾고 있었다. 그렇게 카프카를 이해하느라, 카프카로부터 점점 더 멀어져 갔다.

그러던 중에 카프카의 『일기』가 번역되었다. 작가의 일기이니 그 안에는 얼마나 많은 비법이 들어 있을 것인가! 나는 카프카의 창작 비밀을 감추고 있을 일기를 손에 쥐고서 이제야말로 카프카를 이해할 수 있게 되었다며 크게 기뻐했다. 그런데 웬일? 몇 장을 넘기지 않아 '정말이지 더는 못하겠다!'라는 생각이 들었다. 카프카의 일기는 이해 불가의 또 다른 경지를 보여 주고 있었기 때문이다. 자, 여러분도 경험해 보시라!

"너"라고 말하고 나서 그를 무릎으로 툭 하고 살짝 쳤다. "나는 작별하려고 해." 갑작스럽게 말을 하면서 좋지 않은 징조로 입에서 침이 조금 튀었다.

"네가 그것을 오랫동안 생각했구나"라고 그가 말했고, 벽에서 떨어져서 몸을 죽 뻗었다.

아니야. 나는 그것을 전혀 생각해 보지 않았어.

카프카, 「1911년 1월 3일」, 『카프카의 일기』(카프카전집 6), 이유진 외 옮김, 솔출판사, 2017, 116쪽.

"너"라고 말하면서 그를 가리켰고, 무릎으로 툭 하고 살짝 쳤다. 지금 내가 간다니까. 네가 그것을 함께 보려고 한다면 눈을 떠라.

그러니까 정말로? 그는 눈을 아주 크게 뜨고 나를 똑바로 쳐다보면서 물었다. 하지만 그런데도 불구하고 내가 팔을 저어서 피할 수 있었을 정도로 그 시선에는 힘이 없었다. 그러니까 네가 정말 가는 거구나. 내가 무엇을 해야만 하는데? 너를 붙잡을 수는 없구나. 그리고 붙잡을 수 있더라도, 사실은 붙잡으려고 하지를 않는 거야. 이로써 나는 네 감정에 대해서만 네게 설명하려고 할 뿐이다. 「1911년 1월 6일」, 앞의 책, 117쪽.

"너"라고 말하면서 그를 가리켰고, 무릎으로 툭 하고 살짝 쳤다. 눈을 뜨렴, 나는 작별하려고 한다.

갑작스럽게 말을 하면서 좋지 않은 징조로 입에서 침이 조금 튀었다.

'그러니까 정말이군' 하고 그가 말하면서 내 얼굴을 여러 번 훑

어보는 시선으로 나를 쳐다보았다. 하지만 그 시선은 우연히 나와 마주친 것처럼 보였다. 왜냐하면 내가 팔을 저어서 그 시선을 피했을 수 있었기 때문이다. 「1911년 1월 7일」, 앞의 책, 118쪽.

카프카는 일기장을 펴 놓고 매일같이 조사 하나, 쉼표 하나, 약간의 어조 변화와 같은 미세한 차이에 중점을 두고 글쓰기를 했다. 그러면서도 '쓰지 못했다'고도 일기에 거듭 쓰곤 했다. 카프카는 편집증자인가? 자기가 쓴 문장 하나하나가 너무나 소중해서 버리지 못해 이리저리 덧붙여 보는 문자 애착가였나? "너"라고 말하면서 무릎으로 툭 하고 살짝 친 일이 뭐가 그렇게 중요하단 말인가? 도대체 누가, 왜, 그러고 있는지조차 알 수 없는 이 장면을 왜 이렇게 여러 번, 며칠에 걸쳐 힘들여 쓴단 말인가? 카프카의 일기는 일기가 아니었다. 날짜가 기입되어 있다는 것 외에는 '나날의 기록'(日記)과 아무 상관이 없었기 때문이다. 그가 매일 밤 쓰고자 한 것은 개인사나 사적 감정이 아니었다. 1차 세계대전(1914~18)이나 합스부르크 왕가로부터 체코 공화국이 독립하는 일(1918)과 같은 세계사적 사건도 써야 할 대상이 아니었다. 자기 소설에 대한 집필 의도라든가 기법에 대한 반성 같은 것도 찾아볼 수 없었다. 한국어 번역본으로 무려 850쪽 정도나 되는 이 일기를 채운 것은 오직 '무릎으로 툭 하고 친다'와 같은 무의미한 말들의 무한 변주뿐이었다. 그랬다, 그것은 광인의 일기였다. 나는 쓴다는 것에 매몰된 혼돈의 카오스에 완전히 빠져 버린 느낌이 들었다. 미쳤구나! 미친 자의 소설이니 이해할 수 없는 것은 당연하지! 아디오스, 카프카는 이제 끝이다, 나는 글쓰기를 포기했다.

그런데 카프카에 대해 뭔가를 써야 한다는 목적을 내려놓자 조금 다른 것이 보였다. 『실종자』의 카알 로스만처럼 나도 내가 매번 길을 잃으면서 여기까지 왔구나 싶었다. '여기'라지만 그것은 내가 목적한 곳이 아니었다. 이런 여유가 생기자 갑자기 어떤 의문이 들었다. 광인의 문장 연습 노트나 다름없는데 날짜는 왜 쓴 거지? 날짜를 기입할 이유가 없지 않나? 어제도 무릎으로 치고, 오늘도 무릎으로 치고, 내일도 무릎으로 칠 것이면서?

나는 갑자기 자기 물건이라고는 거의 없는 작은 방에 책상 하나를 갖다 놓고 늦은 밤부터 새벽까지 종이를 마주하고 있는 카프카가 무술을 익히는 수련자처럼 생각되었다. 그는 미치지 않았다. 그는 정확하게 자신이 무엇을 하고 있는지를 알았고 자신이 가야 할 길을 보고 있었다. 다시 저 인용문으로 돌아가 보자. 흘끗 보면 복사해서 붙인 듯하지만 조금 조금이 다른 말이다. 무엇보다 전체적으로 발휘되는 효과가 다르다. 위에 제시된 세 문단의 각 첫 문장들 간의 본질적 차이는 무엇일까? 그저 무룰으로 살짝 친 것이 전부 아닌가? 아니다. 여기에는 엄청난 차이들이 존재한다. 세 개의 문장은 끊어 읽어야 할 지점도 다르고, 그때 생기는 의미의 긴장도도 다르다. 입에서 침이 튀었는지 말았는지, 튀었다면 어쩌다 튀었고 어디에 떨어졌는지, 문장 하나하나가 한없이 미세한 차이 속에서 표현되고 있다.

카프카는 단어 하나, 문장 부호 하나가 일으키는 의미의 차이가 무한하다는 것을 체감하고 있었다. 밤마다 시도되는 엄청난 고쳐 쓰기는 완벽한 문장으로 나아가기 위한 퇴고가 아니었다. 그는 객관적일 것만 같은 언어를, 온갖 미생물들을 먹으면서 몸을 바꾸고 증식하는 하나의 생물처럼 다루었다. 어마어마한 반복. 하지만 무한한 차이가 발생하는 반복이었다. 카프카는 쓸 것이 있어서 글을 쓴 것이 아니라 다만 쓰다가 보니 무릎으로 탁 치게 된 장면을 발견하게 되었고, 그것을 쓰고 나서야 자신에게 그런 이미지가 중요하게 들어 있었다는 것을 알게 되었다. 그리고 그런 식으로 한번 튀어나오게 된 문장은 그렇지 않은 방식으로도 쓸 수 있었던 어떤 이미지를 감지하게 해주었다. 바로 이런 이유 때문에 카프카는 반복해서 그 문장으로 돌아가서 미세한 차이들, 확정할 수 없는 여러 의미들을 포착할 생각을 하게 된 것이다. 카프카는 단어 하나가 갖는 미세한 진동, 그것을 문면에 출현시키기 직전에 감지되는 미결정의 힘을 최대한 음미하면서 더 쓸 수도 있었을 무한한 문장들을 떠올렸던 것이다.

그러고 보니 카프카의 깨달음은 전혀 특별하지 않다. 글을 쓸 때 우리는 자기 언어의 한계도 마주하게 되지만, 가능할 또 다른 표현에 대해서도 떠올리게 된다. 그렇기 때문에 무라카미 하루키도 소설이란 얼마든지 고쳐 쓸 수 있는 것이라고 말했던 것이다.무라카미 하루키, 『직업으로서의 소설가』, 양윤옥 옮김, 현대문학, 2016 참고. 쓰기의 세계에 완성이란 없다! 책상 위에 덩그러니 놓여 있는 사과도 그 밤의 내 기분, 창밖을 두드리는 바람소리, 갑자기 차가워지는 대기의 분위기 속에서 전혀 다르게 느껴진다. 낮에 스쳐 지나간 사람이 오래전 헤어졌던 친구였는지, 자꾸만 눈에 밟히는 출근길의 아가씨였는지, 글을 쓰면 알 듯 모를 듯해진다.

결정된 것은 아무것도 없다. 우리는 쓰면서 바로 그 점을 알게 된다. 무한히 고쳐 쓸 수 있는 이상, '같은 내용', '정확한 내용'이라는 것은 애초에 존재할 수 없다. 고쳐 쓸 수 있는 한, 삶은 절대로 규격화될 수 없다. 언어는 "이해할 수 없는 이름 모를 다양성" 위에서 작동하는 것이다.* 그래서 글쓰기에서 중요한 것은 그 안에 담기는 내용이 아니다. 쓴다는 것 자체가 중요하다. 글쓰기는 삶 자체가 양식화될 수 없음을 증명해 주기 때문이다. 카

---

* 카프카, 「로베르트 클롭슈톡 앞」 『행복한 불행한 이에게: 카프카의 편지 1900~1924』(카프카전집 7), 서용좌 옮김, 솔출판사, 2004, 766쪽과 「1923년 6월 12일」 『카프카의 일기』 751쪽 참고.

프카는 옳고 그른 것, 맞고 틀린 것, 그런 기준을 세우고 독자를 설득하기 위해 글을 썼던 것이 아니었다. 그는 단지 자신이 어떤 문장밖에 쓸 수 없는지, 다시 말해 어떤 문장에 갇혀 있었는지를 계속 보면서 갔을 뿐이다. 그런 의미에서 글쓰기는 그에게 매일 밤 자유를 실감케 해주는 수단이었다. 수없는 고쳐 쓰기, 카프카는 자신이 어떤 문장에도 갇힐 수 없는 존재라는 것을 발견하고 분명 기뻤을 것이다.

나는 카프카의 작품을 읽을 때 가장 소용없는 질문이 '왜 이렇게 썼을까?'임을 알게 되었다. 카프카는 처음부터 쓸 것을 정해 두지 않았다. 그의 장편이 미완일 수밖에 없었던 이유는, 애초부터 그가 도착 지점을 정해 놓지 않았기 때문이다. 펜을 드는 순간 쓸 수밖에 없는 것이 나오게 된다. 그런 방식으로 카프카는 자신의 마음속을 떠나지 않았던 아버지의 권위라든가, 관료제에 자꾸 길들어 가는 자기 일상을 발견했다.

그런데 글쓰기의 반복이 증명해 주듯 삶에는 그런 것만 있는 것이 아니다. 자기 집에서 쫓겨난 시골 의사에게 두 필의 말이 왜 필요하냐고? 나는 이 질문에 따로 답이 있다고 생각했다. 그런데 그것은 카프카라는 작가의 작품세계를 거머쥘 수 있는 단 하나의 문제의식과, 그 목적에 맞는 문체, 소재, 그런 것들을 전제했을 때에만 가능한 질문이다. 그런데 그 같은 목적론적 전제를 내려놓고 소설을 읽으면 카프카의 우주는 사방으로 해석의 길을 열어 놓는 조각투성이라는 점이 드러난다. 이런 식으로도 해석할 수 있고, 저런 식으로도 해석할 수 있는 수많은 조각들이 작품 하나하나에 대한 통일된 해석을 방해하는데, 차라리 그런 전체주의적 해석을 거부하기 위해 작품의 장면들이 배치되어 있는 것이라고 해야 한다.

내가 카프카의 일기를 읽으면서 또 하나 놀란 점은 반성의 부재였다. 무릎으로 툭 하고 친 사람은 카프카가 아니다. 카프카는 자신의 일기에 자기 일이라고는 쓰지 않았다. 이것은 카프카 작품 주인공들 대부분에게서 발견되는 특징이기도 하다. 그들에게는 '자기 경험', '자기 생각'이라는 것이 없다. 아무도 자신의 행위를 뒤돌아보지 않는다. 왜인가? 카프카는 일기를 쓰면서 같은 문장 안에서도 수많은 차이를 발견하는 작업을 했다. 자기의 느낌, 자신의 생각이라고 간주했던 것이 고쳐 써지는 문장 밑에서 드러나면서 또한 부수어졌다. '카프카'라고 하는, 하나의 색깔로만 칠해진 일관된 존재는 있을 수 없는 것이다. 카프카에게 글쓰기는 그런 세계가 있다고 보는 상식 자체를 파괴하는 작업이었다. 글을 쓰는 이상, '나'라는 것을 가질 수는 없다. 돌연히 출발하듯 계속 나의 세계를 낯설게 만들 뿐이다. 돌아볼 나의 자리가 고정되지 않기에 반성할 주체도 대상도 없다.

나는 나의 카프카 읽기가 전부 실패라고 생각했다. 그런데 사실 이렇게도 읽을 수 있고, 저렇게도 읽을 수 있는 무수한 읽기의 길을 헤매었을 뿐이었다. 마치 미로를 돌아다니듯, 내 생각을 부수면서 말이다. 그것은 실패가 아니라 수많은 시도였다. 아는 것이 없어서 글을 쓸 수 없다고 생각했었지만 알아야 할 것은 원래 없었다. 내 글의 진실을 판결할 수 있는 사람은 그 어디에도 없는 것이다. 심지어 카프카도, 심지어 나도. 지금 나는, 아직도 많은 실패가 나를 기다리고 있다는 느낌 속에서 이 글을 쓴다.

카프카의 우주를 여행하기

이 책에서 내가 시도한 것은 카프카를 읽으면서 내 마음속에 품게 된 여섯 개의 키워드에 대한 소개이다. 나는 카프카의 일기, 아포리즘, 단편소설과 미완의 장편 들을 읽으면서 카프카를 이해하게 되었다기보다 나를 조금 더 이해하게 되었다. 내가 중요하게 생각한 것이 무엇이었는지를 발견했으며, 가족애나 독립과 같은 소중한 가치들을 어떤 방식으로 가지고 가야 할지를 더 고민하게 되었다. 물론 아직도 답은 없다. 모색만 있다. 그 여섯 가지는 유목, 독신, 법, 측량, 변신, 글쓰기이다. 카프카에게 자유란 저 바깥에서 찾아야만 하는 명사가 아니라 언제나 동사였기에 키워드들도 행위에 대한 것들로 뽑았다. 이 각각은 내가 카프카로부터 배운, 지금 여기를 살아가는 기예(art)인 것이다.

1장에서는 특히 카프카가 어떻게 '자유'라는 화두를 갖게 되었는가를 그가 몸담았던 시대의 분위기를 살펴보면서 그의 몇 가지 독특한 행보를 통해 추적하려고 했다. 나는 카프카가 작가 카프카가 된 해를 1912년 무렵으로 보는데, 이 해 가을에 첫 중편소설 『선고』가 쓰이고 그 전까지 습작처럼 남아 있던 몇몇 작품이 정서되기 때문이다. 카프카는 이 해 가을에 작심이라도 한 것처럼 소설가로 자기 일을 해나갔다. 1장에서는 그런 '카프카'의 탄생에 불을 당긴 계기가 무엇이었을까를 나름대로 추적해 보았다.

2장부터 5장까지는 카프카의 작품들을 출간 시기별로 세 기간으로 나누고 각각에서 카프카가 집중적으로 고민했던 자기 삶의 조건들, 그 한계와 출구에 대해 정리해 보려고 했다. 카프카가 작품 활동을 한 것은 대략 10여 년에 지나지 않는다. 발표한 작품도 솔출판사 한국어 번역본으로 320쪽 정도이다. 작품 세계를 시기로 구분하기에는 너무 작품 편수가 적다는 생각도 든다. 하지만 1912년 가을부터 시작해서 1913년 초의 겨울까지 연속적으로 쓰게 되는 『선고』, 『화부』, 『변신』에 '아버지와 아들'

이라는 테마가 중요하게 관통하고 있다고 생각해서 이 세 작품과 첫 단편집 『관찰』을 묶어 카프카와 함께 가족 문제에 대해 생각해 보았다.

카프카의 두번째 시기에는 1919년에 발표되는 『유형지에서』와 단편집 『시골 의사』, 그리고 미완의 장편 세 작품 『실종자』(1911~1914년 집필, 1927년 사후 출판), 『소송』(1914~1915년 집필, 1925년 사후 출판), 『성』(1922년 집필, 1926년 사후 출판)을 포함시켰다. 『실종자』에 관한 아이디어는 『변신』의 집필 이전부터 일기에서 언급되고 있지만 제도화된 삶과 전체주의의 문제가 작품 속에서 더 폭넓게 탐구되고 있는 『소송』과 『성』과 함께 논의할 필요가 있어 두번째 시기에 다루었다. 가족 문제에 대한 카프카의 고민은 사회 속의 삶, 이웃 속의 삶이라는 주제로 확장되는데, 특히 이 시기에 카프카는 자신의 자유론을 '이해'의 과제 속에서 풀 단서를 얻었다고 생각된다. 자유란 자기 삶에 쉼 없이 딴지를 거는 일이며, 자기가 어떤 구석에 갇혀 있는지를 보면서 간다는 것을 '소송'과 '측량'이라는 『실종자』와 『성』의 두 주인공의 주 임무를 통해 살펴보았다.

마지막 시기는 변신과 예술의 문제가 집중적으로 다루어지는 1922년부터 1924년까지이다. 말년의 카프카는 이 무렵에 변신하는 존재들에 대한 이야기만 다루었는데, 나는 이 작품들을 분석하면서는 1913년의 『변신』이라든가 1917년에 쓰고 1919년 단편집 『시골 의사』에 수록되는 「학술원에 드리는 보고」의 변신담을 여기서 더 집중적으로 해석해 보려고 했다. 이처럼 시기별로 다루려고는 했지만 그의 작품들을 발표 순서와는 상관없이 주제에 맞게 가지고 오기도 하고, 작품만이 아니라 일기며 편지를 통해 내 생각을 보충하기도 했다.

마지막은 카프카의 다양한 글들 속에서 추론해 본 '문학이란 무엇인가?'이다. 문학이 원래 답도 없는 글쓰기라지만, 카프카는 그 중에서도 이렇게나 답 없는 세계를 창조했다. 나는 글을 쓰는 운명에 대한 그의 번민과 발견을 통해 글쓰기에 대한 무거운 짐 하나를 내려놓을 수 있었다. 재능이 있어야 글을 쓸 수 있는 것도 아니고, 많이 알아야 글을 쓸 수 있는 것도 아니다. 글이란 이렇게밖에 살지 못하는 지금의 내가 쓰는 것이다. 우리는 쓰면서 알게 된다, 내 삶에 이것만 있을 리가 없음을. 그렇게 계속 나를 다른 삶의 가능성 속으로 여는 행위, 그것이 글쓰기이다.

이제 본론으로 들어가 보겠다. 어떤 이야기가 튀어나오게 될까? 지금 나는 카프카의 소설보다 쓰고 있는 이 글이 더 흥미롭다.

1장
유목

———

어디에도
이르지 않지만
어느 곳에나
이르는

1. 게토의 도시 프라하에서

카프카라고 하늘에서 뚝 떨어졌겠는가? 그도 19세기 말과 20세기 초 체코의 프라하라고 하는 시공간의 아들이었다. 이 장에서는 먼저 카프카가 자유에 대해 고민하게 된 정황을 전반적으로 살펴보려고 한다. 비록 카프카처럼은 될 수 없겠지만 우리도 그의 프라하를 한번 돌아다녀 보자.

프라하는 원래 게르만족과 켈트족이 활약했던 중부 유럽의 동쪽 도시였다. 6세기 무렵 훈족으로부터 도망쳐 온 슬라브족이 개척한 뒤 9세기 초부터 왕국으로 모습을 갖추고 10세기 초부터 11세기에 걸쳐 보헤미아의 왕국을 이루게 된다. 프라하는 줄곧 이 왕국의 수도였다가 1346년 카렐 4세(Karel IV)가 신성로마제국의 황제가 됨으로써 제국의 수도가 된다. 한마디로 천 년도 더 된 고도(古都)이다.

프라하는 평지에 펼쳐져 있는 파리나 도쿄와 달리 높이감과 깊이감이 살아 있는 도시이다. 블타바강을 중심으로 강 아래 저지대 마을과 강 저편 언덕 위의 성과 그 부속건물 지역으로 나뉘어 있는데, 성과 그 안에 있는 교회가 언덕 위에서 아랫마을을 내려다보는 형상을 하고 있다. 강과 다리, 그리고 저 멀고도 높은 곳에 우뚝 선 성. 이 전체적 조감을 우리는 카프카의『성』에서도 확인할 수 있다. 프라하는 복음이 위에서 아래로 흘러내리는 은총의 도시이다.

이제 다리를 건너 내려와 성의 맞은편 도심을 돌아다녀 보자. 카렐 4세 이후로 이 도시는 신성로마제국의 정치적 중심지였다가, 1526년 합스부르크 가문의 지배를 받기 시작한 이후부터는 중부 유럽 교역의 중심지였다. 유럽 내에서 그 성격을 달리하면서 몇 차례씩 크게 스포트라이트를 받았다. 덕분에 강 아래 도심에서는 광장을 중심으로 교회와 시장, 관공서와 상업시설이 역사의 부침에 따라 계속 모습을 바꾸거나 덧대면서 쌓여 갔다. 그래서 프라하 시계탑 광장을 둘러싼 사방의 건축물들은 로마네스크 양식에서부터 고딕, 바로크에 이르기까지 이런저런 방식으로 패치워크처럼 이어져 있다. 그 시대의 욕망을 반영하면서 건물들과 도로가 시작도 끝도 없이 이렇게 저렇게 얽혀 있기 때문에 정말 도시 자체가 카프카의 장편소설을 읽는 것 같은 느낌을 준다.

우리 시대의 프라하는 세월의 온갖 무늬들이 모자이크처럼 장식된 도시로서 천편일률적인 대도시의 상업문화에 길들여진 여행자들에게 신선한 공기를 선사한다. 그렇지만 카프카가 살았던 시대 즉 19세기부터 20세기에 이 도시를 관통한 분위기는 '답답함'이었다. 사람들은 그 겹겹의 시간에 숨 막혀 하고 있었다. 프랑스혁명(1789) 이후 유럽 전체의 정치, 문화 전반을 진두지휘한 것은 파리라는 도시였고, 바다 건너 런던에서는 산업혁명이 일어나 먹고 일하는 삶 자체가 완전히 다른 형태로 조직되고 있었기 때문이다. '근대'가 태동하고 있었다. 중부 유럽은 서유럽에 비해 낙후되었다는 인식이 만연해 있었고, 프라하 사람들도 그들의 천년 고도를 낡고 더러운 곳으로 생각하게 되었다. 구태를 벗어나고 싶다는 외침이 점점 더 높아지고 있었다.

카프카는 이 답답함을 온몸으로 체험할 수밖에 없는 위치에 있었다. 그가 유대인이었기 때문이다. 조금 복잡하고 긴 설명이 되겠지만 카프카라는 사람이 처한 몇 겹의 굴레를 이해하기 위해 지금부터는 체코의 근대사를 조금 살펴보도록 하자.

이 무렵 도시 자체를 깨끗하게 정비하자는 의견을 낸 것은 체코인들이었다. 체코의 수도 프라하인데 체코인들이 도시계획을 내놓았다니 당연한 말이다. 하지만 이는 프라하라는 공간의 역사를 놓고 볼 때 절대로 자연스러운 일이라고는 볼 수 없었다. 게다가 공교롭게도 체코인들의 이 개혁열은 프라하를 더욱 갑갑한 도시로 만드는 데 일조했다. 여기에는 복잡한 사정이 있었다. 프라하의 복잡한 인구 구성 때문이다. 19세기 이전 유럽의 대부분 국가에서 다 마찬가지 사정이 있었겠지만 런던이나 파리 등 유럽의 중심도시들은 모두 다양한 민족들이 생활 터전을 만들어서 함께 살아가던 곳이었다. 집시며 유대인이며 국적 없이 떠도는 이들은 어디에나 있었다. 그런데 프랑스혁명 이후 민족주의가 일어나 특정한 영토 안에는 같은 피를 나누고 같은 언어를 쓰는 민족만 모여 있어야 한다는 운동이 퍼져나가게 되자 한 민족 공동체만이 마땅한 정치체라는 인식이 급속도로 퍼지게 되었다. 민족의 애환, 깊은 서정을 그 자연 풍경에 의탁해 잘 표현했다고 하는 국민음악가들이 있다. 그 중에서도 제일 유명한 사람들로 스메타나(Bedrich Smetana; 1824~1884)나 드보르자크(Antonín Dvořák; 1841~1904)를 떠올릴 수 있는데, 이들에게 영감을 주었던 것도 바로 체코의 민족주의였다. 사실 이들의 국민음악은 복잡한 이민족 갈등 속에서 체코의 배타적 민족성을 부각시키려는 의도 속에서 탄생했던 것이다.

프라하는 체코의 민족주의가 갖는 복잡성을 상징한다. 이유인즉 첫째, 프라하를 비롯한 지금의 체코 대부분의 지방이 16

세기 중반부터 합스부르크 왕가의 지속적인 지배 아래에 있었기 때문이다. 오랜 슬라브 민족의 도시는 몇백 년 동안 독일계 가문의 지배 아래 놓여 있었다. 게다가 1740~80년 사이에 체코 전역이 독일어권에 들어가면서 정치와 상업을 이끄는 언어는 독일어가 되었고, 자연스럽게 체코어는 비교 열위에 놓일 수밖에 없었다. 체코어 자체야 독일어와 비교 불가능한 다른 언어이지만 오래도록 그 쓰임이 한정적일 수밖에 없었기에 체코어 문화가 다양한 방식으로 성숙해 나갈 수가 없었다.

두번째 이유는 첫번째 이유를 좀 더 복잡하게 꼬이게 했다. 프라하는 유럽에서도 아주 오래된 유대인 게토가 있는 도시였다. 프라하에 가면 지금도 예배를 보는 최고(最古) 시너고그(유대 예배당)를 볼 수 있는데 이 '구신(舊新) – 시너고그'(Staronová Synagóga)가 지어진 것이 1270년이다. 프라하에 유대인들이 모여든 것이 대략 960년대라고 하는데, '구신 – 시너고그'가 자리를 잡을 무렵에는 유대인 게토가 거의 만들어졌다고 한다. 방랑하는 유대인들이 유럽에서 얼마나 많은 박해를 받고 떠돌아야 했는지에 관해서는 더 설명할 필요가 없을 것이다. 프라하의 유대인들은 유럽의 다른 유대인들처럼 끈질기게 박해를 받았다. 이들은 특정한 구역 안에서만 거주할 수 있었고 이들의 생계 활동도 몇 가지 품목으로 제한되어 있었다. 1389년의 부활절, 프라하에서는 유대인이 3,000명이나 살해되는 대규모의 박해가 일어나기도 했다. 유대인들은 도시의 하층민이었다. 하지만 인구 비율에서는 체코인들보다 크게 떨어진다고 할 수 없었고 세월이 감에 따라 점점 더 안정된 종교적 자율성을 누릴 수 있었다. 1648년에는 스웨덴 군대의 침입으로부터 프라하를 지킨 공로를 인정받아 종과 시계를 자신들의 건물에 달 수 있는, 당시까지는 기독교 건물들에만 허락되었던 권리를 얻기도 했다. 결정적으로 1867년에 합스부르크 왕가는 프라하 유대인들의 지위를 보통 시민의 수준으로 격상해 주었다. 프라하는 결코 체코인들의 것일 수 없었던 것이다. 프라하는 위로는 독일계, 아래로는 유대계 민족들로 이루어진 이민족 복합 공동체였다.

그런데 19세기 중반 '민족주의' 덕분에 이 위계에 변화가 찾아오게 되었다. 합스부르크 왕가 자체의 쇠락도 있었기에 독일계의 정치사회적 위신은 점차로 약해져 갔다. 하지만 사회 전반의 제도 시스템과 문화 자체는 몇백 년간의 지배 덕분에 독일식을 벗어날 수 없었다. 교육 자체가 김나지움이라는 독일 전통 고등교육 시스템에 바탕을 두고 있었고 거기에서 길러진 엘리트들이 의식적으로 자신을 독일문화에 동화시키려는 풍조는 전혀 달라지지 않고 있었다. 이 분위기를 체코 시스템, 체코 문화로 단번에 바꾸기란 쉽지 않았다.

한편 민족주의의 열풍은 유대인들도 자극했다. 체코인들이 그 땅의 주인을 자기라고 주장하기 시작하면서 도시의 낙후성을 새삼 유대인 탓으로 돌렸던 것이다. 실제로도 도심의 체코 상업 지구에 비해서는 열악한 것이 사실이었고 도시 근대화 사업 덕분에 낡은 유대인 지구에 대한 대대적인 위생 사업이 벌어졌다. 겉으로 보면 이 사업으로 유대인 게토라는 블록이 붕괴되고 있는 듯하기도 했다. 이에 대해 유대인들은 두 가지로 반응했다. 첫째, 많은 유대인들이 자기 정체성에 커다란 위협을 느꼈다. 유대인만의 공동체를 서둘러 만들어야 할 필요성이 강하게 대두되기도 했다. 둘째, 어떤 유대인들은 게토를 벗어날 절호의 기회가 왔다고 생각했다. 카프카의 아버지 헤르만 카프카(Hermann Kafka; 1852~1931)는 후자를 대표하는 사람이었다. 아무튼 전자에 속하든 후자에 속하든 자신을 어떤 공동체에 소속시킬 것인지가 유대인들에게도 갑자기 중요한 문제가 되어 버렸다.

그런데 '민족'이라는 구분선으로 도시 정화 운동을 하기란 쉬운 일이 아니었다. 왜냐하면 사람들의 삶은 '민족'이라는 선분으로 간단히 측정될 수가 없었기 때문이다. 이는 헤르만 카프카의 삶을 통해 잘 드러난다. 헤르만 카프카는 십대 시절 프라하의 유대인 게토로 흘러 들어와 오직 돈을 벌어야 한다는 일념으로 한겨울 언 바닥을 맨발로 뛰며 잡일로 자수성가한 사람이었다.

자기보다 조금 더 안정된 경제력이 있었던 프라하 유대가문의 아가씨 율리에 뢰비를 아내로 얻어 자식들을 낳았고, 1870년대 중반에는 유대인 게토에서 벗어나 프라하 광장 한 귀퉁이에서 잡화점을 열었다. 그는 자신의 첫째아들을 머리부터 발끝까지 '메이드 인 독일'로 갖추게 하고 최고급 독일계 김나지움에 보내 결국 법학박사로 만들었다. 헤르만 카프카가 프란츠 카프카에게 기대한 바는 너무나 분명했다. 입신출세다. '아들아, 프라하 사회의 관료가 되어 저 비천한 유대인들보다, 저 잘난 척하는 체코인들보다 더 번듯한 존재가 되어라!' 헤르만 카프카를 통해서도 알 수 있지만 유대인들 중에는 민족주의에 자극받아 유대인의 우수함을 주장하며 출세를 노리면서도 비천하게 살아온 유대인의 과거를 혐오하는 사람들도 많았다. '민족이 다 뭐란 말이냐? 돈 벌 수 있는 기회를 제공할 발판 같은 것 아니겠느냐?'라는 것이다.

헤르만 카프카가 잘 보여 주는 것처럼, 겉으로는 민족주의가 프라하의 인구 구성의 동역학을 바꾸고 있었지만, 산업화와 도시화라는 자본주의적 움직임은 개개인에게 또 다른 갑갑함을 안겨 주었다. 자유롭고 평등한 개인으로서 구체제의 온갖 관습으로부터 벗어나고 싶었던 사람들은 무엇보다 노동자로서 자신의 능력을 입증해야만 하는 과제 앞에 서게 되었다. 이 과제를 돌파하기 위해 그들은 교육받을 권리, 공정하게 평가받을 권리, 원하는 만큼 일할 권리를 먼저 요구했다. 체코인이 된다는 것은 그 권리를 공평하게 갖는다는 것을 의미했다. 체코인들 중에서는 노동 환경에 대한 관심을 더 밀어붙이는 그룹들이 나오기 시작했다. 1900년을 전후로 때마침 불어온 사회주의 열풍은 체코인들을 민족주의와는 다른 차원에서 정치적으로 각성시키기도 했다.

이런 전반적인 분위기 속에서 사람들은 점차 광장에 나가기 시작했다. 여기저기에서 집단적으로 구호를 외치기 시작했다. '우리에게 자유를 달라!' 민족주의자들은 독일계의 지배로부터의 자유를, 노동자들은 자본가의 착취로부터 벗어나고자 하는 자유를! 여기에 더해 아이들과 여성이 나서서 똑같이 교육받고 똑같이 일할 자유를 주장하기도 했다. 모두가 자신이 원래 있던 자리로부터 뛰쳐나오고 싶어 했다. 유대인들은 무리지어 광장에서 목소리를 높이지는 않았다. 하지만 그들의 마음속에도 지난 세월 억압으로부터의 자유에 대한 외침이 소용돌이치고 있었다. 나는 신분에 묶여 있었다, 나는 나이에 묶여 있었다, 나는 성(性)에 묶여 있었다! 회한에 찬 울부짖음이 광장에서 날마다 호소되었다. '억압받았노라, 피해자였노라, 지금까지 게토에 갇혀 있었노라'라며 모든 고통을 광장에서 백일하에 드러내면서 모두가 자유를 구했다.

우리의 카프카는 이 소란스러움을 고스란히 겪었다. 프라하에 가면 구시가지의 중심에 시계탑을 하나 볼 수 있다. 1910년대 후반에 강을 건너, 말 그대로 '성 아래 마을'(『성』의 배경에서처럼)에서 잠깐 살았던 때를 제외하고 카프카는 이 시계탑 주변의 광장에서 소년기와 청년기를 보냈다. 그가 다녔던 노동자재해 보험공사 역시 이 광장으로부터 걸어서 이십 분이 채 걸리지 않는 또 다른 시내 중심가에 있었다. 카프카는 아침저녁으로 사람들이 모여서 주장하는 '자유'의 노래를 하루도 빼놓지 않고 들었다.

그런데 카프카는 자유를 향한 이 투쟁에 쉽게 동화되지 않았다. 그의 눈에는 사람들이 다시 게토로 들어가는 것처럼 보였기 때문이다. 카프카는 구스타프 야누흐(Gustav Janouch; 1903~1968)라는 십대 청년과 산책을 하던 중에 광장의 집회를 보고 이렇게 말했다.

큰 무리의 노동자들을 만났는데, 그들은 여러 가지 모양의 깃발을 들고 집회에 가는 중이었다. 카프카는 이렇게 말했다. "저 사람들은 자부심이 강하고, 자신감이 넘치며 기분이 아주 좋아 보이는군요. 그들은 거리를 점령하고 있어요. 그래서 그들은 자신들이 세계를 지배하고 있다고 생각해요. 그러나 실은 그들은 잘못 생각하고 있어요. 그들의 배후에는 비서관, 관리, 직업 정치인, 근대적인 술탄들이 도사리고 있는데, 이들을 위해 그들은 권력에 이르는 길을 닦아주고 있어요." (중략) "홍수가 넓게 퍼지면 퍼질수록, 물은 그만큼 더 얕아지고 흐려져요. 혁명이 증발하면, 남는 것은 오직 새로운 관료주의의 진흙탕뿐이에요. 고통에 시달리는 인류의 족쇄는 관청용지에서 생기죠."구스타프 야누흐, 『카프카와의 대화』, 편영수 옮김, 문학과지성사, 2007, 274쪽.

카프카는 자유를 향한 투쟁이 관료주의와 직결된다고 보았다. 게토에 갇혀 고통받던 사람들의 최종 목표가 관료제라니, 이것이 무슨 말일까? 왜 갑자기 자유의 투사들이 관청용지에 갇힌다고 하는 것일까? 관청의 종이들이 무슨 수로 사람을 가둔단 말인가? 카프카가 이 군중을 보며 관료제를 생각한 이유는 간단했다. 우선 그들의 목표가 의심스러웠다. 각자는 도대체 자유가 무엇이라고 생각하는 것인지 그것이 확실하지 않았다. 두번째는 그들의 투쟁 방식이었다. 왜 모두가 광장에 모여 있는가? 왜 목소리를 하나로 만드는지, 도대체 누구에게 호소하는 것인지 알 수 없었다.

사람들은 민족적 독립, 노동자로서의 자립을 주장했지만 카프카의 귀에 그 구호들은 한결같이 추상적으로 들렸던 것이다. 민족이라는 것이 도대체 무엇이기에? '민족의 영혼'이 만져질 수 있는 뭔가란 말인가? 프라하에서 몇백 년을 함께 살아온 사람들, 블타바강의 물을 마시고 언덕으로부터 내려오는 바람을 함께 나눈 삶을 '민족'이라는 칼로 간단히 나눌 수 있는 것일까? 독일민족에게 억압받았다는 체코인들의 탄식은 유대인들을 억압해 왔던 그들의 행동과도 명백히 모순되었다. 또 자본가의 착취를 받는 노동자들이라고 하지만 집 안에서 여성이나 아이를 착취하는 일은 없는가? 카프카의 눈에 광장의 구호들은 '민족'이나 '노동'과 같은 것만을 생의 절대적 목표로 삼고 있었고, 각각의 주장은 한 사람 한 사람의 삶 구석구석에서 모순을 일으키는 것처럼 보였다. 정말 독일인들로부터 자유로워지고 자본가들로부터 자유로워지면, 우리 각자는 즉각 해방의 신선한 공기를 맛보며 지복을 누리게 될 것이란 말인가?

　　그들의 방법은 더 탐탁지 않았다. 광장의 투사들은 자신을 피해자로 규정하고 있었다. 투사들은 자신의 삶, 자신의 지금을 완전히 부정하려는 거대한 부정의지에 빠져 있었다. 자신의 일생이 정말 억압만 받았는가 말이다. 게다가 더 근본적인 문제는 자신의 자유를 왜 타인에게, 제도에게 호소해야 하느냐는 점이었다. 허락과 승인이 필요한 자유라니? 왜 내 자존을 저 권위자에게, 저 제도에게 평가받아야 한단 말인가? 사람들이 호소한 대상은 '정부'였다. 그것은 관료적 제도이다. 제도는 다양한 직분과 직위가 얼기설기 엮여 있는 기구이고, 법이라고 하는 추상적 명령을 끊임없이 수정해 나가는 방식으로 사람들을 통제하는 장치이다.

자유가 법과 제도를 통해 보장될 수 있다지만 그것을 보장하는 것은 결국 여러 서류철에 묶여 있는 관리자들인 것이다. 9급 공무원에서 대통령으로 가는 무수한 사다리 속 어디에서 '자유'를 찾을 것인가? 설령 왕이나 대통령이 나와서 자유를 보장하겠다고 선언한들 그것이 구체적으로 실행될 때는 결국 또 법을 제정해야 할 것이며 제도를 보완하는 방식으로서밖에 가능하지 않을 것이다. 카프카가 보기에 자유가 있어야 할 곳에는 서류밖에 없었다.

두번째는 그들이 모여 있다는 점이었다. 왜 자신의 해방을 타인과 나누려 하는가? 사람들은 무리와 자신을 동일시하고 무리의 크기와 세기를 자신의 것으로 등치시키고 있었다. 그것은 하나의 전체주의였다. 자유를 위한 투쟁 자체가 '전체화'를 동력으로 하기 때문에 개인은 전체의 부분으로서만 의미를 가질 수밖에 없다. 이것은 다른 말로 '유기체적'이라고 할 수 있다. 유기체적 관점이란 인간의 경우에 뇌가 신체의 다른 부분을 통제한다는, 입은 입의 할 일이 있고 위는 위의 할 일이 있고 사지(四肢)는 사지의 할 일이 따로 있어서 그 위치를 이탈하거나 제대로 수행하지 못할 경우 전체가 제대로 작동할 수 없다는 사고방식이다.

이런 관점을 사회체로 확장시키면 이렇게 된다. 학생은 교실에, 주부는 집 안에, 노동자는 공장에. 각자는 자기 역할에 맡는 장소를 이탈해서는 안 되며, 그 안에서 최대한 성실하게 임무를 완수해야만 하는 것이다. 근면한 삶이 최고의 명예가 되는 것은 바로 이러한 전체주의적 세계관 안에서이다. 일단 '우리'의 일원이 되어야 하는데 그것은 학생으로서, 엄마로서, 직장인으로서, 얼마나 자리를 잘 지키고 있는지를 입증하는 문제가 된다.

그런데 '전체'라는 것이 또한 추상적이고 모호한 실체가 아닌가? 이렇게 무리에 의탁해서 자기 문제를 해결하려다 보면 결국 더 효율적인 방책을 가진 무리, 더 큰 크기와 세기를 가진 무리를 찾아 헤맬 수밖에 없을 것이다. 결국 사람들은 어떤 거대한 전체의 굴레로 다시 기어들어 갈 수밖에 없다. 그 무리에서나 통용되는 가치관과 습속을 진리처럼 여기고 그로부터 벗어나면 큰일이나 일어날 것처럼 벌벌 떨게 되는!

카프카는 생각했다. 광장에 서서 함께 한목소리를 내는 방식에 길들여지면, 자기가 속한 무리의 성격이 무엇인지에 대한 질문보다는, 그 무리를 필요로 하는 개개인의 구체적인 욕망이 어떤 것인지에 대한 탐구보다는, 그저 더 힘이 센 무리에 의탁하는 것이 자유의 구원책이라고 생각하는 어리석음을 범하게 될 것이라고. 더 튼튼한 제도에, 더 많은 사람들을 얽어매고 있는 집단에 소속되는 것이 자유의 첫걸음이 되어 버리는 것이다. 나의 고유한 자유는 '우리'라고 하는 집단에 먼저 귀속되어야만 가능하게 된다. 여기서 '더 많음'은 자로 잴 수 없는 다채로움을 뜻하지 않는다. 여기서는 정말 많은 사람들이 모여 있지만 모두 똑같은 모습으로 살아야 한다. 여기서 똑같다는 것은 같은 욕망을 지니고 산다는 것을 의미한다.

2. 적도 구원자도 없는 길

모두가 같은 방향으로 걷고 있었다. 가끔씩 서로를 바라보면서 '너도 잘 가고 있구나' 격려도 하면서. 그런데 카프카는 그 믿음의 공동체 안에서 가족과 친구들이 걸어가는 방향을 의심했다. 그들이 도착하게 될 낙원에 자유가 있다고 도저히 생각할 수가 없었다. 그는 어떻게 거대한 무리의 감당할 수 없는 추진력을 낯설게 바라볼 수 있었을까?

카프카는 라바콜이었다. '라바콜'이란 프라하 유대인들을 폄칭하는 말이다. 도둑, 살인자, 불결한 자! 그런데 19세기 이르러 '라바콜'은 지난 몇백 년간 유대인들을 불가촉 천민처럼 바라보았던 것과는 조금 다른 차원의 혐오 표현이 되었다. 식민지 시대에 일본인들이 중국인이나 조선인을 '요보'나 '조센징'으로 부르면서 공동체 안에서 말살되어야 하는 존재로 취급했던 것과 비슷했다. 민족주의의 열기가 과도하게 치솟을 무렵 거리에 지나가는 유대인들은 공개적으로 손가락질을 받기도 했다. 카프카의 절친 중 한 사람인 오스카르 폴라크(Oskar Pollak; 1883~1915)는 청소년 시절에 이런 혐오를 둘러싼 다툼으로 시력을 잃기도 했다.

'라바콜'을 적극적으로 쓴 사람들은 체코인들이었다. 19세기 중반을 넘어서부터 '라바콜'이란 폄칭은 '땅 없이 돌아다니는 사람들'이라는 원뜻을 넘어서, 게토에 숨어 있어야 할 존재가 버젓이 게토 밖을 돌아다닌다는 점을 도덕적으로 비난하기 위해 쓰이기 시작했다. 이때 유대인들이 오랫동안 천민으로 취급되었다는 사실은 박해의 결과가 아니라 원인이 되었다. 체코인들의 유대인 멸시는 자기들이 지배층이었던 독일민족으로부터 받은 차별을 되돌려주면서, 지배-피지배의 상상 구조를 유대민족을 통해 똑같이 재생산하려는 복수의 의지 속에서 발현된 것이었다. 체코인들의 마음 안에서 새롭게 타오르기 시작한 땅에 대한 독점적 지배욕은 차별해 마땅한 타자를 색출하여 박멸하려는 방식으로 작동했고 그것이 유대인들에게 집중되었다. 이러한 상징적 배제의 심리는 집단 내부의 결속을 한껏 끓어 오르게 했다. 비단 체코에서만이 아니라 19세기 말과 20세기 초에 전 유럽에 걸친 반유대주의적 정서는 대체로 이와 같은 의식구조의 산물이었다. 물론 이는 유럽만의 현상은 아니다. 제국주의의 세례를 받은 근대 일본 역시 식민지 혐오 정서를 동력으로 일본 내의 단일민족주의를 구축할 수 있었다.

프라하에서 유대인들이 받았던 압력은 식민지 경험이 있는 우리의 경우만 떠올려 보아도 충분히 짐작할 수 있다. 몇백 년을 그 땅에서 살아왔던 유대인 공동체였지만 이 무렵 '나가라'라는 명령이 강도를 더해 가며 그들을 내리눌렀다. 유대인이었던 카프카에게는 몇 가지 선택지가 있었다.

첫째 카프카의 아버지 헤르만 카프카의 경우가 있다. 헤르만 카프카는 유대인이기를 포기하려고 했다. 그렇다고 체코인이 된다거나 독일인이 된다는 것에도 큰 의미를 두지 않았다. 아버지는 민족의 굴레로부터 벗어나기 위해 필요한 것은 오직 돈이라고 생각했다. 큰아들의 이름을 독일 황제를 기념하며 '프란츠'라고 명명했고 집안에서는 독일어만 썼으며 아들·딸 모두 독일식 교육을 받게 했지만, 이러한 노력들은 '독일화'라기보다는 사회적 출세를 위한 방편으로서였다. 지금 작동하는 프라하의 정치·사회 시스템은 앞으로도 당분간 독일어로 돌아갈 수밖에 없다. 당장은 독일어를 익혀 사회 조직 안에 뿌리를 내릴 수밖에 없다. 이것이 아버지의 논리였고 다행히 아들은 똑똑했다.

헤르만 카프카는 독일적인 것에 심취한 것이 아니기 때문에, 돈과 명예를 얻기 위해서 유대인 게토를 적당히 이용할 줄도 알았다. 그래서 유대인 친척들이 가끔 찾아오는 것, 아들이 유대인 친구들과 어울리는 것, 이런 일들을 불쾌하게 생각했지만 주말에는 시너고그에 가서 유대인 부자들을 만나 연줄을 잘 챙기는 일 또한 놓지 않았다. 헤르만 카프카의 자존심은 자식들의 호사였으며, 그가 아이들에게 선사했던 완벽한 자유란 출세할 기회 그 이상도 이하도 아니었다.

아들의 자유를 위한 아버지의 희생을 보라! 그러나 누구를 위한 희생? 미래를 위한 지금? 카프카는 이런 사고방식 안에 자기기만이 있다고 느꼈다. 아버지의 선의 밑에는 늘 피해의식과 가해욕망이 작동했기 때문이다. 아버지는 부에 의한 자유를 명목으로 자기희생이라는 무기를 사용해 집안 식구, 가게 직원 전부에게 왕처럼 군림했던 것이다. 아버지의 희생은 '너를 위한다'는 명목으로 그 녀에게 하나부터 열까지 명령을 내릴 수 있는 권리를 만들어 주었다. 게다가 아버지가 희생을 이토록 강조하는 것은 '부와 명예를 얻게 된 그 언젠가' 남에게 무시당하지 않기 위해서였다. 부자에게 무시당하지 않으려면 부자보다 많은 돈을 가져야 하고, 체코인에게 무시당하지 않으려면 그들보다 높은 지위를 얻어야 한다는 것이다. 이러한 구도 속에서 '안락'은 타인을 비교 열위에 놓고 그를 차별함으로써만 획득할 수 있는 무엇이 된다. 그런데 자신이 무시당했기 때문에 누군가를 같은 이유로 차별할 수 있어야 한단 말인가? 아버지는 '라바콜'을 작동시키는 배제와 차별의 구조를 성실히 따랐을 뿐이었다. 민족주의자건 자본가건 남을 억누르며 차별해야지만 자신의 자존을 챙길 수 있다고 생각하는 점에서는 다 똑같다.

두번째 선택지는 신성한 유대인의 땅을 건설해 그곳의 신민이 되는 것이었다. 유대인 차별의 부당함에 참을 수 없었던 당시 많은 유대 청년들은 시오니즘에 경도되었다. 체코라고 하는 낡고 병든 나라를 떠나 팔레스타인으로 가서 유대민족의 지상 낙원을 건설하려고 했다. 기나긴 디아스포라의 삶을 종식시키고 선한 자들의 선한 세계를 구축함으로써 그 안에서 축복된 자유를 누리는 것만이 이 오랜 박해를 청산할 길이 될 것이다.

선명해 보였던 아버지의 길과 친구들의 길, 그렇지만 카프카는 이 두 갈래 길을 선택할 수 없었다. 우선 카프카는 논리적으로 아버지나 친구들의 선택을 면밀히 분석해 보았다. 프라하의 오랜 전설 중에 '골렘' 이야기가 있다. 프라하의 유대인 중에 매우 덕이 높은 랍비가 있었는데 그 랍비 뢰비(1512~1609)가 흙과 진흙으로 만들어진 거인 '골렘'을 만들어 유대인 사회를 지키게 했다는 것이다. 프라하의 철인 28호쯤 되었나 보다. 그런데 그것은 너무도 미약한 나와 가족을 보호해 줄 거인이 필요하다는 유대인들의 오랜 갈망이 반영된 민담이었다.

골렘을 프라하에서 찾을 것이냐 팔레스타인에서 찾을 것이냐, 카프카가 보기에 이 논리는 모두 프라하를 자기들만의 보호막이라 주장하는 체코인들의 편집증과 닮아 있었다. 체코인들이나 유대인들이나 각각의 민족주의는 저마다 다른 고향을 갖고 있었지만 그것들에는 하나의 공통점이 있었다. 원수와 메시아 없이는 그 자체를 설명하지 못한다는 점이다. 민족주의 논리의 핵심에는 어떤 신성하고 정의로운 이유가 있는 것이 아니라 적과 구원자에 의한 자기규정밖에 없었다. 카프카가 보기에 아버지의 구원자 골렘은 돈이었고 친구들의 골렘은 시오니즘이었다. 카프카는 자신에게 보호막, 방패, 흙과 진흙으로 만든 '인형' 골렘이 필요하다고는 생각하지 않았다. 대부분의 프라하 유대인들에게 고민이 되었던 두 길 즉, '프라하에 머무느냐 팔레스타인으로 떠날 것이냐'는 겉으로는 달라 보였지만 같은 논리로 움직이고 있었다. 자기에게 맞지 않는 것은 남김없이 다 없애 버리기를 욕망하면서, 세상 모든 불결한 것들을 싹 쓸어가 줄 메시아를 기다린다는 점에서 말이다. 카프카에게는 그 길이 막다른 골목으로 보였다. 청년 카프카도 탈출하고 싶었다. 하지만 자기 삶에 적이나 구원자를 초대하면서는 아니었다.

누구라도 무엇이라도 내 삶을 규정하게 만들고 싶지 않다!

카프카는 왜 아버지의 물신주의나 친구들의 유대주의에 동화될 수 없었을까? 그것은 아이러니하게도 아버지의 독일식 교육 때문이었다. 카프카가 자신이 '라바콜'임을 깨달은 것은 십대 초반이었다. 집에서 독일어로만 대화하고 학교에서는 독일 고전을 익히고 하다 보니 그 자신을 유대인으로 거의 자각할 수 없었다. 게다가 괴테는 얼마나 아름답고 훌륭했던지! 최후의 르네상스인 괴테는 온 전역의 고전을 체화하면서 삶을 전체적으로 성찰하는 작품을 보여 주었다. 민족자결이라든가 근면과 같은 가치는 자연과 역사를 성찰하고 사물을 천착하는 기쁨으로 가득한 괴테의 기행문이나 일기에 비하면 너무나 편협해 보였다. 괴테를 정말 '독일적인 것'이라는 틀 안에 가둘 수 있을까? 괴테를 좋아하는 자신이 정말 유대인이기만 할까? 카프카는 의문이 들었던 것이다. 그렇지만 체코인들의 눈에, 유대인 친지들의 눈에 카프카는 독일적인 너무나 독일적인 유대인이어서 배덕자였다.

이런 카프카가 주의 깊게 관찰한 인물이 있었다. 그의 외삼촌들이다. 어머니 율리에 뢰비의 이복형제들은 헤르만 카프카보다는 교육 수준이 높았고 그 중에는 학식 높은 랍비나 학자, 의사도 있었다. 카프카의 외삼촌들은 모두 장기간 외국생활을 했는데 큰외삼촌은 스페인을, 둘째외삼촌은 콩고를 삶의 무대로 삼기도 했다. 셋째외삼촌 역시 콩고를 무대로 일했고 나중에는 중국과 일본에 다녀오기도 했다. 카프카가 가장 따랐던 넷째삼촌 지크프리트는 어머니의 이복동생으로 독신에 괴짜였으며 체코의 한 지방인 모라비아 시골에서 공의(公醫)로 일하면서 독서로 소일하며 살았다(이 지크프리트 삼촌은 나중에 「시골 의사」[1919]의 모델이 되기도 한다). 외삼촌들 중에는 아메리카에 다녀오면서 카프카를 위해 뉴욕 항구를 찍은 엽서를 가져오기도 했는데, 나중에 카프카는 자유의 여신상이 바라보이는 이 대륙의 입구를 배경으로 장편소설 『실종자』를 계획하기도 한다.

우선은 외삼촌들의 행보를 고향 없이 살아야 했던 유대인 고유의 운명과 연관시켜 볼 수가 있다. 유대인에 대한 표상 중에는 '방랑하는 유대인'(Wandering Jew)이라는 것이 있다. 중세 유럽의 전설에 따르면 십자가를 짊어진 예수가 잠깐 휴식을 청했을 때 한 유대인이 그것을 거절했는데 예수가 그에게 '너는 내가 올 때까지 기다려라'라고 말했다고 한다. 그 뒤로 그 유대인은 '최후의 심판'이 올 때까지 계속 안식을 잃고 돌아다니게 되었다는 것이다. 영원히 고향을 잃고 신의 뜻이 온전히 빛 속에서 구현될 최후의 날까지 떠돌아야 하는 운명. 이것이 중세 이후로 만연했던 유대인 이미지였다. 그런데 외삼촌들이 바깥으로 돈 것은 최후의 날을 기다려서가 아니었다. 그들은 진정 굴레 없는 삶을 꿈꾸었다. 그들에게 자유란 이디에도 매이지 않는 것을 의미

했다. 그래서 삼촌들은 가족도, 돈도, 자신을 붙드는 온갖 것들로부터 고개를 돌렸고, 어떤 장소에서나 이방인으로 남아 있으면서 계속 자리를 옮겼다.

카프카는 김나지움에서 독일 문화를 교육받던 십대 시절과 이십대 초반의 대학 시절 동안 외삼촌들을 동경했다. 어떤 가치, 어떤 공동체에도 자신을 완전히 다 내어주지 않는 길은 그런 방랑에 있어 보였기 때문이다. 그래서 기회가 닿는 대로 프라하 밖으로 나가 여행을 했다. 여행을 다닌 기간을 다 합하면 당시 유럽의 지식인들이 몇 달이나 몇 년을 외국 도시에 머무르며 창작했던 것과는 비교할 수 없을 정도로 짧다. 하지만 베를린, 뮌헨, 취리히, 파리, 밀라노, 베네치아, 베로나, 빈, 부다페스트, 북해나 발트해 부근, 이탈리아 아드리아 해안으로의 여행을 계속해서 시도했다.

그런데 이처럼 외국을 향한 동경은 오래지 않아 멈추게 된다. 대학을 졸업하고 나서 보험공사에 다니는 첫해 무렵 즉 1908년 정도가 되면 자신에게 더 이상의 여행은 필요 없다고 하기 때문이다. 카프카는 왜 외삼촌의 길을 선택하지 않았던 것일까? 단순한 방랑만으로는 만족할 수 없었던 것이다. 카프카의 여행법이 그 단서를 제공한다. 한참 프랑스나 이탈리아를 동경하던 때에 카프카는 여행을 아주 신중하게 준비했었다. 그 지역의 언

어나 풍속을 배우는 데에 시간과 노력을 아끼지 않은 것이다. 가
정교사를 따로 불러서 집중적으로 과외를 받기도 했다. 왜일까?
계속해서 떠돌려는 것이 목적이 아니었기 때문이다. 카프카가
외국 여행에 가졌던 관심은 프라하나 팔레스타인보다 더 나은
공동체를 찾아서가 아니었다. 카프카는 삼촌들과는 다르게, 어
떤 곳에서 누군가와 함께 구체적으로 일하고 돈을 벌면서, 괴테
처럼 스스로를 성숙하게 만들고 자연과 인생을 통찰하는 작품
을 만들고 싶었던 것이다. 외삼촌들처럼 이 굴레가 싫다, 저 굴
레도 싫다 하는 식으로는 도망자가 될 뿐이었다. 카프카는 소란
스럽게 공간만 바꾸는 일에 대해 대단히 안 좋게 생각했다. 중요
한 것은 지금 여기를 다르게 느끼는 일이다.

　　카프카는 자꾸 자신에게 유대인이라든가 프라하 안에서의
입지 같은 '자리'를 강조하는 시대 분위기가 갑갑했다. 진정으로
그런 정체성 담론으로부터 벗어나고 싶었다. 그러나 여행이 무
엇보다 지금 자신을 규정하는 것들, 자신이 소유하고 있는 물건
들, 자신이 믿고 있는 상식들로부터 떠나는 일이라면, 그런 의미
에서, 계속 이 나라 저 나라를 떠돌고 있는 외삼촌들은 한 걸음
도 자기 자리를 벗어나지 못했다고 할 수 있었다. 카프카는 자
신이 서 있는 그 자리에서 자신이 믿고 있는 것을 의심할 수 있
는 여행법에 대해 생각하기 시작했다. 지금 여기를 부정하기 위

해서가 아니라 지금 여기를 다른 식으로 보기 위해 필요한 것이 무엇인가 새롭게 궁리할 필요를 느꼈던 것이다. 그는 바로 지금, 어떻게 하면 다르게 살 수 있을까를 고민해야 했다. 글을 써야겠다는 결심이 들었다. 물론, 아직은 글쓰기가 자신의 고민을 어떤 식으로 돌파하게 해줄지는 선명하지 않았다.

막연한 해외여행에 대한 관심이 줄어드는 것은 그의 공부가 깊어지는 것과도 관련이 있었다. 당시 유럽의 지식인들은 힘써 시나 소설을 쓰고 화학 공부를 하고 최신 심리학과 과학을 배우려고 했다. 전공만 판다든가 취미로 인문학을 한다든가가 아니라, 급변하는 세계를 이해하기 위해 물불 가리지 않고 지식을 긁어모으려 했다. 대학 자체가 지금처럼 취업을 위한 문턱으로서만 기능하지 않았고 지식인들과 과학자들이 자기 연구의 발표를 위해 여러 도시를 다니며 대학과 문화 서클을 방문하는 것은 흔한 일이었다. 프라하의 청년들은 지적으로 유명한 살롱과 카페를 돌아다니며 런던이나 파리, 베를린에서 유행하는 철학들을 함께 공부하기도 하고 사회주의나 무정부주의 같은 여러 정치 운동의 이념과 성격을 연구했다.

카프카가 이들 학문에 심취한 것은 앞으로의 세계가 궁금해서라든가 지적 유행을 따르기 위해서만은 아니었다. 그것은 카프카가 열정을 보인 대상이 스피노자나 괴테, 니체였던 점을 통해 짐작할 수 있다. 카프카는 세계를 전망하는 정치적이고 사회적인 분석보다는 자연의 한 존재로서 인간이 지닌 고유한 욕망과 존재 방식을 더 이해하고 싶어 했다. 카프카는 추상적으로 세계를 이해하는 방식에는 끌리지 않았고 그래서 시오니스트들이나 사회주의자들, 무정부주의자들의 연합 서클에 적극적으로 참여하기는 했지만 특정한 이념에 매몰되지 않았다.[*] 사회학, 심리학, 어떤 정치 이념, 이렇게 인간을 하나의 거대한 무리로 간주하고 그 성질을 일반적으로 분석 판단하는 일은 어느 정도 이상으로 더 하지 않았다. 학문, 정리와 분석에 능한 말과 글은 그것이 진리를 담지하고 있다는 확신 속에서만 가능하다. 카프카는 어떤 것도 최후의 진리로 승인하고 싶지 않았다.

그래서 문학에 더욱 끌렸다. 예술은 진리를 확정하지 않는다. 괴테가 가장 잘 보여 주듯이 예술은 세계를 탐구하며 새로운 안목을 조형한다. 자연이 이미 제공한 질료들로 작업하지만 각각의 예술가들은 저마다 다른 작품을 창조하지 않는가? 카프카는 편협하지 않은, 보다 성숙한 시야를 갖기 위해 빈 노트를 펴들었다. 날마다 조금씩 자신이 본 것, 느낀 것, 갑자기 떠오른 것, 아무튼 뭔가를 쓰기 시작했다.

---

[*] 카프카의 다양한 공부에 관해시는 클라우스 바겐바하, 『카프카―프라하의 이방인』 전영애 옮김, 한길사, 2005의 3장과 4장 참고.

3. 청년 카프카, 인디언을 꿈꾸다

카프카는 언제 '작가 카프카'가 되었던 것일까? 글 쓰는 삶에 대한 비전과 작가로서의 소명을 어떻게 갖게 된 것일까? 카프카는 자신의 개인적인 기록을 거의 남기지 않았다. 그의 가정사나 경력에 관해 자료조사를 하는 전기 작가들은 직접 인용할 수 있을만한 자료가 없다. 전기를 쓰려면 프라하 여기저기를 헤매면서 그의 집과 회사, 가족과 친구들의 기억에 남아 있는 그의 흔적을 더듬어 갈 수밖에 없다(카프카에 대해 가장 많은 정보를 담고 있는 자료는 『나의 카프카』막스 브로트, 편영수 옮김, 솔출판사, 2018., 그리고 20년대 초반에 카프카와 우정을 나누었던 청년 구스타프 야누흐의 회고록 『카프카와의 대화』구스타프 야누흐, 편영수 옮김, 문학과지성사, 2007. 두 권이다). 그래서 작가 카프카가 어떤 과정을 통해 잉태되었고 태어났는지를 하나하나 순서대로 재구성하기는 불가능하다. 그러나 작품 출간 전후로 그가 일기나 편지 등에 남긴 몇 가지 말들을 통해 카프카의 심경 변화를 추측할 수는 있다.

나는 내가 아니다

청년 카프카는 조금씩 일기도 쓰고, 습작이라고 할 수 있는 단편들을 쓰기는 했지만 아직 자신을 작가로 규정할 수가 없었다. 사방에서 자신을 향해 달려드는 소속에 대한 요구에 제대로 답하기도 어려웠다. 너는 도대체 유대인이냐, 독일인이냐, 날마다 입장을 밝히라는 요구가 빗발쳤다. 그런데도 '무엇을 쓸 것인가, 어떻게 쓸 것인가'가 확실하지 않았다. 그러나 가을은 오고 열매는 무르익는 법. 간절히 탐구하는 자는 깨닫게 된다. 1910년부터 1912년 초까지 서서히 그는 자신의 글에 대한 철학을 마련할 수 있었다. 그런데 흥미롭게도 이 기간 그를 강하게 사로잡은 것은 이념이나 '무슨무슨' 주의가 아니었다. 유행하는 철학이나 훌륭한 사상가도 아니었다. 그것은 연극이었다. 우연히 관람하게 된 동유럽 유랑 연극단의 무대를 본 이후로 카프카는 말 그대로 희망을 품게 된다. 앞으로 자신이 어떤 길을 걷고 싶은지에 관한 그림이 대강 떠오르게 된다.

유랑 연극단 단원들 중 카프카가 강하게 매료된 이는 극단의 연출자이자 배우인 이차크 뢰비(Yitzchak Lowy; 1887~1942)였다. 물론 카프카는 일찍부터 극예술에 관심이 많았다. 체코의 유대인 아이에게 연극은 허락되지 않은 교양교육이었음에도 불구하고(출세에 도움이 되지 않는 여기餘技에 시간을 낭비하지 마라!) 연극 관람은 카프카에게 있어 중요한 취미였다. 그렇지만 이때 그가 접한 연극은 통상적으로 우리가 부르는 연극과는 완전히 다른 것이었다. 유랑 유대인들의 연극을 본 직후 카프카의 감상은 다음과 같다.

상연된 연극은 희극이었는데, 노래와 춤이 곁들어진 6막 10장으로 된 슈모르의 「발 추베」였다. (중략) 우선 첫째로 언어가 이디시어라는 것, 독일어식 이디시어이긴 하지만 그러나 역시 보다 훌륭하고 아름다운 이디시어였다. 둘째로 여기에서는 무엇이고 다 있다는 것, 즉 연극, 비극, 노래, 희극, 춤, 모두를 갖춘 바로 인생이 아닌가! 온밤 동안 나는 흥분 때문에 잠을 이룰 수가 없었다. 나는 마음속으로 언젠가는 나도 유대 예술극장에서 봉사할 것을 그리고 유대인 배우가 될 것을 맹세했다. 카프카, 『꿈 같은 삶의 기록: 잠언과 미완성 작품집』(카프카전집 2), 이주동 옮김, 솔출판사, 2017, 385쪽.

카프카는 배우가 될 꿈까지 꾸었던 모양이다. 유대 전통과 철저히 단절하려고 한 헤르만 카프카 덕분에 카프카는 유대적인 것 자체에 대한 감수성을 거의 기를 수 없었고, 중부 유럽의 유대인이라면 대강이라도 알고 있을 법한 이디시어도 몰랐다. 아마 카프카는 무대에서 무슨 일이 진행되는지 반도 이해하기 어려웠을 것이다. 그럼에도 불구하고 카프카는 이들의 무대에 연극, 비극, 노래, 희극, 춤 등 인생 전부가 있음을 간파했다. 카프카는 도대체 이들로부터 무엇을 보았던 것일까?

동유럽 유대인들의 유랑극단은 폴란드 부근에서 만들어져서 유럽 남쪽으로 이동하던 중이었다. 사실 이들의 무대는 초라하고 기괴했다. 기본적으로 서유럽 지향적 유대연극이나 시오니즘에서 즐겨 표현하는 고풍스런 유대연극과 달랐다. 그것은 당연했다. 이들은 움직이고 있었기 때문이다. 배우들의 출신도 러시아, 폴란드 등으로 다양했고, 상연 지역도 바르샤바, 프라하, 베를린 등 천차만별이었다. 이들은 하나의 공동체를 이루었지만 연출자 뢰비의 명령에 움직이는 조직은 아니었으며, 내부 규율이 있는 것도 아니어서 출입도 자유로웠다.

당연히 프라하를 비롯해 많은 도시에서 이들은 놀림거리가 되었다. 떠돌아야 하는 처지와 계속되는 생활고 때문에 연극 무대의 질이 형편없었던 것이다. 무대장치나 배우들의 화장은 어설펐다. 가끔은 충분한 연습 없이 무대 위에 오르는 배우들도 있었다. 전체적으로 통일성이라고는 갖추지 못했다. 유대적 감수성, 연극적 형식성, 예술적 규범성, 이들은 그 어떤 것에도 자신들을 맞출 수 없었다. 그런데 카프카는 이처럼 모든 규약을 내려놓은 유랑단의 무대에 깊은 감동을 받았다. 이들은 예술의 통념을 내려놓았을 뿐만 아니라 공연하는 도시 각각에서 매번 다른 방식으로 통념을 만들고, 부수고, 하고 있었다. 무엇보다 이들은 자기들이 만든 관습적 틀로부터 자유로웠다. 특히 카프카에게는 배우의 입매, 치마 주름, 얼룩덜룩한 화장과 같이 전체 줄거리로는 도저히 설명되지 않는 작은 조각들의 즉흥적 윤무들이 너무나 매력적으로 보였다. 무대 위에서 펼쳐지는 모든 것들은 독자적인 의미를 구축하면서 관객에게 계속 충격을 가하고 있었다. 도시적 습속이나 대중예술의 전형성으로부터 탈주하는 그들의 과감한 표현에 카프카는 감동했다.

카프카가 가장 높이 평가한 점은 이들의 느긋함이었다. 이들은 관객과 평단의 온갖 손가락질 앞에서도 당당했다. 이들의 자신감은 정신 승리법 같은 것이 아니었다. 유랑 배우들은 러시아와 헝가리를 비롯해서 동부 유럽 여기저기를 떠돌면서 프라하에 도착했었다. 이 고장의 관습이 저 고장에 가서는 금방 무용해진다는 것에 익숙했다. 이동할 때 접속하게 되는 낯선 풍경과 예상치 못한 사건 속에서 배우 한 사람 한 사람은 자기 삶에 주어진 문제를 스스로 만들고 풀어 나가고 있었다. 유랑극단의 배우들은 모든 삶을 재단할 수 있는 단 하나의 척도 같은 것은 있을 수 없다는 것을 알고 있었던 것이다.

카프카는 이 배우들이 그 어떤 정치조직들보다도 확고하게 정주, 안착, 안정이라는 가치와 대결하고 있음을 보았다. 물론 그들이 박해를 피해서, 삶터를 일굴 수 없어서, 정말이지 어쩔 수 없어서 유랑을 시작하게 된 것도 사실이다. 하지만 배우들은 자신들이 쫓겨나야 했던 장소에 대한 어떤 트라우마를 풀기 위해 연극을 하는 것도 아니었고, 불타는 적개심을 고취시키면서 다른 피억압자들을 찾아다니는 것도 아니었다. 배우들은 실질적으로 공동체를 꾸리고 허물면서 자신들의 윤리를 바꿀 뿐이었다. 이들에게 '유랑'이란 민족의 전통과 고장의 다른 풍토들 사이를 옮겨 다니며 그때그때마다 주어진 조건을 살펴 '무엇을 할 것인가?'를 묻는 일이었다. 이들은 인생이란 이 고장 저 고장에서 다르게 연출되는 한 편의 연극 같은 것임을, 우리 각자는 그 무대 위에서 주어진 역할을 할 뿐임을 확실히 알고 있었다. 그러면서 그 각각의 무대가 충분히 뒤섞일 수 있는 것임도 증명하고 있었다.

삶이 하나의 연극이며 각자는 어쩌다가 도착한 무대 위에서 주어진 배역을 수행할 뿐이라는 이 인식은 유랑 배우들로 하여금 다음과 같은 행동양식을 만들었다. 연출가와 배우들은 무대 위에서 벌어지는 모든 문제의 원인을 저 천상에도 저 과거에도 돌리지 않았다. 올릴 작품의 선택과 무대를 만들면서 나타나는 여러 문제들은 바로 그 자리에서 해결되어야 했다. 동일한 배우, 동일한 극본도 연출의 변화에 의해 전혀 다른 작품이 되듯이, 그들은 모든 것을 이미 갖고 있었다는 듯 문제를 발견하고 해결하는 데 있어 능동적이었다. 연출과 연기의 무한한 가능성 속에서 배우들은 계속 자신을 시험했다. 그들은 자신들의 행동 하나하나의 의미를 스스로 만들어 가고 있었다. 그랬기에 이들은 '시간과 공간에서 삶이 요구하는 모든 것에서 자유롭고자' 하면서도 책임감을 갖고 있었다. 카프카는 그들이 만드는 충만한 자존감의 분위기를 높이 평가했다.카프카, 「1911년 10월」, 『카프카의 일기』 (카프카전집 6), 168쪽 참조.

은어, 민족도 문법도 모르는 말

하나 더! 카프카가 유랑극단의 무대에서 또 하나 중요하게 생각한 것은 이들의 언어였다. 이들의 언어는 중부와 동부 유대인들이 전통적으로 써온 이디시어였는데 러시아, 헝가리, 폴란드 전역에서 오랫동안 사용되었던 독일어에 유대 전통의 히브리어가 뒤섞인 형태였다. 독일어에 어느 정도 익숙하면 이들 언어의 대체적 윤곽을 잡는 것은 가능했다. 카프카가 잘 들어 보니 이들의 말에는 어떤 장식이나 비유가 없었다. 당연했다. 거처를 옮기고 있으니까. 그런데 더욱 주의 깊게 들어 보니 이 말에는 독일어뿐만 아니라 히브리어, 프랑스어, 영어, 슬라브어, 네덜란드어, 루마니아어, 게다가 라틴어조차 어딘가에 흔적을 남기고 있었다. 이들은 '유랑'하는 동안 자신들의 말에 민족적 관습과 어울릴 수 없는 많은 것들도 붙이고 녹였던 것이다. 각 지방의 민족어가 부분부분 섞여 있었고 온갖 사투리의 파편이 죽은 듯 누워 있다가 깨어나기도 했다. 한마디로 중부 유럽어의 뒤범벅! 덕분에 누구도 이 말에 정통할 수 없었다. 심지어 배우들 자신조차 말이다. 이들의 언어는 말의 주인이 곧 땅의 주인이었던 민족주의자들의 언어관을 무의미한 것으로 만들고 있었다.

더군다나 유랑 배우들의 언어에는 법칙으로 고정시킬 수 없는 삶의 여러 결이 기입되어 있었다. 그것은 길을 걷다가 아이를 낳고, 노상에서 별을 보며 천막을 치고, 관객의 조롱을 유머로 바꾸고 할 때마다 튀어나오는 말들이었다. 누군가는 뒷골목에서 주워서 보태고, 누군가는 숲 속에서 긁어서 따다 붙인 언어. 오다가다 흘리고, 변질되고, 잃어버렸다가 찾게 되기도 하는. 그렇기 때문에 이 말에는 학습을 위한 교재가 있을 수 없었다. 어딘가의 누군가가 기계적으로 반복 재생할 수가 없는 것이다. 오직 자기 식으로 변용해서 쓸 수밖에 없다.

배우들은 매번의 공연에서 자기 언어를 바꾸었다. 바르샤바에서는 바르샤바 유대인들을 위해, 프라하에서는 프라하 유대인들을 위해, 그들은 원래 없던 뉘앙스를 덧붙였다. 덕분에 음성의 한 조각, 동작의 작은 부분에 매번 새로운 색깔이 입혀졌다. 유랑극단의 무대는 그렇게 매번 배우들과 관객들 사이에서 고유한 문법을 만들어 내었다. 독일어에서 출발하고, 히브리어에서 출발하고, 폴란드어에서 출발했지만 이 무대와 함께 배우와 관객은 한 번도 밟아 보지 못했던 낯선 언어의 영역으로 나아가고 있었다.

카프카는 열심히 이 유랑극단을 따라다니면서 언어의 본질에 대해 생각했다. 언어는 본디 민족도 문법도 모른다. 의사소통도 언어의 본질적 목적이 될 수는 없다. 말의 기능은 세계를 더 정확하게, 혹은 더 많이 표현하는 것이 아니다. 왜냐하면 표현되어야 할 세계가 모든 사람에게 똑같지 않으니까. 세계란 한 편의 연극 무대처럼 각자 자기 역할을 수행하는 와중에 배우와 배우가, 배우와 관객이 매번 일회적으로 만드는 작품이라고 해야 했다. 그렇기 때문에 언어를 진리를 담고 있는 성배나, 누구에게나 투명하게 제공되는 중립적 미디어라고 할 수 없는 것이다. 언어는 지금 바로 이 무대에서 배우와 관객이 약속한 하나의 틀이며, 무대가 전개됨에 따라 그 외연과 내포가 계속 바뀌는 생산물 같은 것이다.

카프카는 유대인들의 언어에 새로운 이름이 필요함을 깨달았다. 그것은 이디시어라고 할 수도 없고, 독일어라고도 할 수 없기 때문이다. 카프카는 이 언어를 '은어'라고 명명했다. 끼리끼리, 그때그때 만들어 낸 비문법적 말이라는 뜻이다. 이해관계에 따라 마주치는 사람들이 발명하고 쓰고 버리게 되는 말. 그 조건을 떠나면 생명력이 휘발되어 버리는 말. 문법을 부정하지는 않지만 그것에 흡수되지는 않는 말이며, 정통적인 언어 규범의 한계를 치고 나가면서 새롭게 의미의 길을 뚫는 말이기도 하다. 이 '은어'는 자명하게 생각되었던 언어적 관습을 비틀면서 낯설게 만든다. 프라하의 평단이 유랑 연극단을 노골적으로 비난했던 것은 자기 언어의 편협한 역사성을 사유하기가 불편해서였다. 비평가들은 유랑 연극을 통해 자신들의 삶을 되비쳐 보기보다는 '못 배운 가난뱅이'들의 초라한 연극이라며 비웃기를 선택했던 것이다. 그러나 카프카는 이 '은어'를 통해 공동체, 함께 사는 삶 자체를 다시 생각해 볼 수 있었다. 은어를 만들어 가며 체코인도 유대인도 독일인도 각자 다르지만 함께 만나 예술을 한다. 민족이라든가 특정한 이념을 척도로 끊임없이 평가되는 삶, 그 기준에 어울리지 않는 타자를 색출 박멸하는 삶이여, 이제 '굿-바이'다!

카프카는 평단의 조롱을 비판하면서 대중에게 은어의 가치를 설명하고자 강연회를 기획했다. 세상에! 늦은 밤 혼자 일기나 쓰던 소심한 공무원이 대중 강연이라니? 카프카는 이 은어를 소개하기 위해 마침내 자신의 작은 방에서 걸어 나왔다. 친구들이 제발 무엇이든 출간을 해서 대중과 만나라고 그렇게 권유했건만 꿈쩍도 안 했는데 말이다. 많은 사람들 앞에서 목소리를 높이는 일에 기겁하던 그였지만, 은어에 대한 이야기를 하기 위해서는 얼마든지 사람들이 모여 있는 곳에 나서야 한다고 생각했던 것이다. 왜냐하면 독일어를 쓰지만 우리 각자의 언어는 독일어로 회수되지 않는 온갖 여백을 갖고 있을 것이며, 얼마든지 그 언어 안에 다른 이미지들, 다른 상식들을 기입할 수 있을 것이기 때문이었다. 수많은 사람들이 함께 모이더라도 자기 언어를 의심하면서 말할 수 있다면 '우리'는 특정한 가치만을 고집하는 폐쇄적인 공동체가 되지 않을 수 있을 것이다. 자기의 집 안에서, 자기 언어 안에서 얼마든지 낯선 경험을 계속하면서 거듭거듭 새로운 지평을 발견하는 삶을 살 수 있는 것이다. 은어를 쓰면서 산다면 프라하를 떠나지 않고서도 유목적으로 살 수 있을 것이다. 카프카는 마침내 세상 속으로, 사람들 앞으로 한 걸음 나갔다. 1912년 2월의 일이었다.

이 강연은 카프카 일생에서 있었던 단 한 번의 예술 강연이었다.카프카, 「유대인 독일어에 대한 강연」, 『꿈 같은 삶의 기록』(카프카전집 2), 164~169쪽 참조. 그는 프라하의 일반 대중뿐만 아니라 각계각층의 인사들, 친구들을 여기에 초대했다. "함께 은어를 쓰자!" 카프카는 거침없이 주장했다. '상식이 무너지는 것을 두려워하지 마세요. 관점을 바꾸고 다른 방식으로 자신을 들여다보는 일이 무서운 까닭은 실은 자신이 어떤 존재인지 우리가 잘 모르기 때문입니다.' 그 두려움은 바로 어떤 언어라도 만나고 쓸 수 있는, 다시 말해 어떤 존재라도 될 수 있는 자기 자신에 대한 느낌인 것이다.

카프카는 물었다. '은어를 계속해서 생산하는 삶이란 어떤 것일까?' 자신에게 필요한 것도 척도화된 삶, 특정한 이념이나 가치를 절대화하는 삶을 끊임없이 거부하면서 계속해서 이질적인 타자들에게로 열려 가는 글쓰기였다. 극단의 배우들이 이디시어를 통해 배우와 관객이 각자가 묶여 있던 자리로부터 비틀거리며 벗어나듯이, 자신도 자신의 독일어를 은어화하면서 지금 서 있는 바로 이 자리에서, 미처 발견되지 못한 또 다른 삶의 지평을 향해 열리는 삶을 살고 싶다는 생각이 들었다. 이것이야말로 같은 자리에서 매번 다른 눈을 갖고 세계를 바라보는 진정한 여행, 유목이 될 것이었다. 글을 쓸 필요가 있었다. 독일어면 어떻고, 이디시어면 어떤가? 그것을 쓰면서도 그 안에 갇히지 않을 수 있다.

유대인이란 뭔가? 시민이란 뭔가? 도대체 인간이란 뭔가? 우리의 정체성은 누가, 어떻게 정하는가? 인간은 어떤 그물에도 갇히지 않는 물고기이다. 갑자기 전통의 굴레에, 골렘의 아우라에 갇혀 있는 것처럼만 보였던 프라하가 낯설고 새롭게 다가오기 시작했다. 낡고 뻔해 보이던 프라하에 자신이 걸어 보지 못한 수많은 길이 더 있다는 생각이 들었다. 프라하에 살지만 프라하에 갇히지 않는 길이 보이는 듯했다.

작은 문학, 더 멀리 가기 위하여 더 작게

1911년 12월 말, 카프카는 이들 유랑단의 무대처럼, 부분 각각이 독자적인 의미를 가질 뿐만 아니라 전체 줄거리와는 무관한 작은 세부들이 매번 새로운 문제를 제기하는 글쓰기에 도전할 것을 결심했다. 굳이 말하자면 독일어의 은어화였다. 그리고 이 작업에 이름을 붙였다. 작은 문학이다.

카프카가 말하는 작은 문학이란 큰 문학에서는 사소하고 부차적인 것들을 다루는 문학으로서, 건물로 비유한다면 메인 홀이 아니라 지하실이나 옥상으로 올라가는 계단처럼 꼭 없어도 되는 장소 같은 문학이다. 그렇지만 이 작고 비좁은 장소 같은 문학에서는 큰 문학에서라면 전혀 문제가 되지 않을 일들이 인물들의 생사를 결정하게 된다.『카프카의 일기』(카프카전집 6), 261쪽 참조. 예를 들면 한 인간의 일생을 좌우하는 행불행이 국가의 대소사나 운명 같은 사랑 등이 아니라 약속 시간에 맞추기 위해 서두르다가 계단에서 넘어지는 순간에 달려 있는 식이다(「일상의 혼란」). 조금 무릎이 까졌다고 해서 그가 곤란을 겪을 일이 뭐가 그리 크단 말인가?

카프카가 말하는 큰 문학이란 '독일 문학', '체코 문학', '유대 문학'이다. 당시 프라하에는 이 세 개의 문학이 소용돌이치고 있었다. 지배자 독일의 문학과 피지배자 체코의 문학, 그리고 피지배자의 피지배자 유대인 문학. 그런데 비록 그 규모(작가의 수, 작품의 양, 다른 문학에 대한 파급력)의 차이가 있을지언정 이들은 모두 큰 문학이었다. 왜냐하면 이 셋 모두는 개별 작가의 말과, 낱낱의 삶을 '민족정신'이라는 큰 기표로 수렴시켰기 때문이다.『카프카의 일기』(카프카전집 6), 256쪽 참조. 심지어 정치적으로 취약한 작은 민족일수록 '더 큰' 민족정신을 드러내고자 애를 썼다. 예를 들면 체코 문학계는 갑자기 체코 민족정신이 살아 있는 전통적인 민요나 역사 이야기를 수집하려고도 했다. 그러나 그들이 체코적이라고 생각했던 것들은 모두 '독일적'이라고 불리던 것들을 척도로 해서 발견된 것들이었다.

독일 문학도 체코 문학도 '위대한 민족의식'이라는 기준 자체를 고수했다. 이는 제국 일본의 지배를 받았던 식민지 조선의 문학 상황과도 비슷했다. 한국 문학사는 식민지 시대에 쓰인 많은 소설을 리얼리즘 문학과 모더니즘 문학으로 구분한다. 그 기준은 '민족'의 식민지적 현실을 반영하느냐 아니냐에 달려 있다. 민족 말살, 국가 상실의 처지에서 문학을 통해 민족과 국가라는 대기표를 실체화하고 그럼으로써 조선민족이라는 상상의 공동체를 되살려 내려 한 것이다. 이런 시도 역시 피지배 민족의 '큰 문학'이라고 할 수 있다.

카프카는 '큰 문학'이 갖는 함정에 주의를 기울였다. 괴테를 자기 문장의 기원으로 삼고자 하는 무수한 독일어권 작가들은 오히려 독일어의 발전에 방해가 된다고까지 보았다. 정전이 있다는 것, 작품의 의미와 해석 가능성이 그 기준에 의해 재단된다는 것에 대해 작가들은 왜 두려워하지 않는가? 괴테는 그의 저작들이 가진 흡입력 때문에 독일어의 생기로운 변이를 방해하기도 한다.『카프카의 일기』(카프카전집 6), 258쪽 참조.

예술에 국경이 있을 수 있을까? 바흐나 베토벤의 국적이 그 음악을 이해하는 데 문제가 되는가? 고흐가 어떤 민족 출신인지가 그 그림을 감상하는 데 중요한 틀이 되는가? 그런데 문학은 그 언어가 민족어에 속해 있다는 생각 때문에 작가의 국적이 논의의 대상이 된다. 하지만 따지고 보면 그것도 근대에 들어와서 만들어진 통념이다. 소설의 역사만 놓고 보더라도 로런스 스턴(아일랜드; 1713~1768)은 라블레(프랑스; 1494~1553)에게 영향을 받았고, 드니 디드로(프랑스; 1713~1784)는 스턴에게 영향을 받았으며, 헨리 필딩(영국; 1707~1754)은 세르반테스(스페인; 1547~1616), 제임스 조이스(아일랜드; 1882~1941)는 플로베르(프랑스; 1821~1880)를 잇고자 했다. 마르케스(콜롬비아; 1927~2014)는 카프카 덕분에 자신의 전통을 벗어날 수 있었다고 했다.밀란 쿤데라, 「세계 문학」, 『커튼』, 박성창 옮김, 민음사, 2012 참고. 존경하는 작가가 사용한 언어, 그의 모국어를 알아야 작가·작품을 제대로 이해한다는 것은 '문학'이라는 개념을 민족어의 틀에 맞출 때에만 당연해지는 상식이다. 카프카는 민족어와 문학을 일치시키려는 시도는 국제 정치의 민족적 위계화를 사실로 받아들이는 태도에 뿌리를 두고 있음을 지적했다. 그리고 작은 민족의 큰 문학 의식은 헤게모니를 쥔 지배국의 문학을 계속해서 권위의 축으로 군림하게 하며, 민족의 언어로 쓰인 모든 글을 현실

정치의 틀 안에 가두려는 예속화에 불과하다고 비판했다.

그럼 작은 문학이란 무엇인가? 카프카에게 '작음'이란 '큼'에 맞서는 단어다. 그것은 그의 시대 유럽의 모든 문학이 민족성을 기준으로 쓰이고 평가된다는 점에 대한 문제의식 속에서 발견된 개념이었다. 문학의 작은 요소란, 유대 문학, 체코 문학, 독일 문학과 같이 '집단적인 언표로 이미지화된 규범들에 의해 내쫓겨져서, 지금까지 파악될 수 없었던 것'을 말한다. 그동안 눈에 들어오지 않았던 이 요소들이 갑자기 출현한다면 우리는 지금까지 그것이 왜 드러날 수 없었는지를 되묻게 될 것이다. 어떤 척도가 이들을 배제했는지가 의문에 붙여질 것이며 그럼으로써 그동안 잠재해 있던 언어의 다른 힘들이 비로소 가시화될 것이다. 이 '작은 것'들은 '큼'의 기준으로는 설명되지 않는 다양한 문제군들을 제시하면서 '큰 세계'에 균열을 내게 되리라. 그런 방식으로 작은 문학은 자명하다고 전제했던 지배적 가치들을 비틀고 고장 낼 것이다.

예를 들면 이렇다. 동유럽 유랑극단의 한 여배우는 성급한 성미를 주체 못해 공연 중에 자기 옷의 끝단을 밟는 바람에 배역에 어울리지 않게 휘청대기도 하고 무대장치가 심하게 움직이게 만들기도 했다.『카프카의 일기』(카프카전집 6), 167쪽 참조. 이런 작은 부분은 연극 예술 전체, 유대인의 민족성 전체, 프라하의 문화계 전체를 뒤흔들곤 했다. 독일 문학의 관습으로는 도저히 표현될 수 없었던 것, 시민 사회나 산업화되어 가는 제도 속에서는 감히 노골적으로 느낄 수 없었던 것이 무대 위에서는 직접적으로 표현되고 말았기 때문이다. 그레고르의 방에 걸린 작은 액자라든가, 방바닥을 굴러다니는 음식 쓰레기 같은 일회적이고도 파편적인 사물들에 대해서도 생각해 보자. 이것들은 갑충의 세계를 확대경처럼 보여 주는 장치가 된다. 인간의 눈에는 아무 쓸모없는 작은 것들이 갑충의 발에서 맛있고 신기한 것으로 탈바꿈하는데, 그럼으로써 인간이 중요하다고 벌벌 떨었던 것들의 무게가 줄어든다. 학생이 교실 천정 구석의 거미줄을 세는 일은 왜 중요하지 않은가? 바쁘게 차들이 지나가는 사거리에서 갑자기 멈추어 서서 대기의 온도나 습도를 느껴 보는 일은 왜 쓸데가 없는가? 발가락을 꼼지락거리며 침대 위에서 늦잠을 자는 일은 왜 나쁜가? 그런 판단은 과연 누구의 관점에서, 어디에서 이루어지는 것인가? 우리가 반드시 해야만 하는 일들은 도대체 어떤 세계를 지탱하기 위한 것인가? 큰 것은 크지 않고, 작은 것은 작지 않다. 중요하지 않아 보이는 것들의 중요성을 되물을 때 크고 위대한 것들의 세계는 휘청거린다.

카프카의 작품을 비정치적이라 해야 할까? 회사 가고 싶지 않은 근대인의 내면을 잘 묘사했다고 보면 거기에는 아무런 정치의식이 없어 보인다. 프라하의 민족투쟁에 거의 직접적으로 의견을 낸 적이 없었기 때문에 그를 노골적으로 정치소설가라고 할 수도 없다. 하지만 소설의 정치성이란 그 안에 대사회적 메시지를 담아야만 확보되는 것이 아니다. 선악에 대한 판단만이 정치성을 확보해 주지는 않는다. 카프카는 크고 작음을 문제 삼으면서 글쓰기의 정치성을 일상의 세부로까지 확장시켰다. 옳고 그름만이 아니라, 크고 작음, 맛이 있고 없음, 깨끗하고 더러움, 못나고 예쁨. 이 모든 것을 가르는 구분선 자체가 삶을 재단하고 그 범위를 제한하는 한계들이기 때문이다. 카프카는 큼과 작음을 비교하면서 모든 경계에서 작동하는 권력 관계를 질문했던 것이다.

여기서 우리도 한번 '작은 문학' 읽기 연습을 해보자. 카프카의 첫 발표작은 1913년의 『선고』이다. 그 직후에 카프카는 단편집 『관찰』을 펴낸다. 이 단편집에 묶인 작품 대부분이 1910년부터 12년 사이에 쓰였으리라고 추정된다. 왜 제목을 '관찰'이라고 붙였을까? 아직도 걸어 보지 못한 프라하의 어떤 길을 찾아보려 했던 것일까? 이 단편집에 실린 작품 대부분이 손바닥 하나 크기를 넘지 않는 장편소설(掌篇小說)들이다. 누군가가 창밖을 바라본 찰나라든가(「멍하니 밖을 내다보다」), 막 전차에서 내리는 아가씨의 옆모습이라든가, 프라하의 도심 여기저기, 너무나 일상적인 현대인의 삶을 찰칵찰칵! 장편(掌篇)의 대표작이라고 할 수 있는 작품 「갑작스러운 산책」을 읽어 보자. 아래는 전문이다. 이렇게나 길다! 그 와중에 소설의 3요소라고들 하는 인물, 사건, 배경, 어느 것도 확실하지가 않다.

저녁때 집에 머물러 있기로 최종적으로 결심한 것처럼 느껴져, 집에서 입는 옷을 입고, 저녁 식사 후에는 책상에 불을 켜고 앉아서 이런 일이나 저런 놀이를 — 이것이 끝난 후에는 습관적으로 자러 간다 — 시작한다면, 밖은 음울한 날씨여서 집에 머물러 있는 것이 당연하다고 생각된다면, 이제는 꽤 오랫동안 책상에 머물러 있어서 외출한다는 것이 당연히 놀라움을 불러일으킬 것이 분명하다면, 층계도 이미 어두워졌고 대문도 잠겨 있다면, 그리고 이런 모든 것에도 불구하고 갑작스러운 불쾌감 속에서 벌떡 일어나 상의를 갈아입고 곧장 외출복 차림으로 외출해야만 한다는 것을 설명하고는 짧은 작별 후에 외출하면서 거실문을 닫는 속도에 따라 다소간의 불쾌감을 뒤에 남겨놓게 된다고 생각한다면, 골목길에서 다시 정신을 차리고 이 전혀 예기치 않았던 자유에 특별히 민첩하게 답하고 있는 온몸으로 — 그는 온몸에 이 자유를 마련해 준 것이다 — 깨어난다면, 이 한 가지 결심을 통해서 모든 결심의 능력이 내부에 집중되었다고 느낀다면, 가장 급격한 변화를 쉽게 일으키고 그것을 견디어 내고 싶어하는 욕구보다는 오히려 그럴 수 있는 힘을 자신이 가지고 있다는 것을 평상시보다 큰 의미를 가지고 인식하게 된다면, 그리고 긴 골목길을 걸어 나간다면 ── 그렇다면 그는 이날 저녁 가족으로부터 완전히 벗어나게 되고, 가족은 흔들거리며 비실체 속으로 떨어지게 되며, 반면에 그는 스스로, 아주 확고하게, 자신의 진정한 모습을 향해 허벅지 뒤를 치면서 아찔할 정도로 일어서게 된다.

만약 이 늦은 밤 시간에 어떤 사람이 자기 친구가 어떻게 지내는지 보기 위해서 그를 방문한다면, 이 모든 것은 더욱 강렬해질 것이다.

카프카, 「갑작스러운 산책」, 『변신: 단편전집』(카프카전집 1), 23~24쪽.

화자는 저녁 시간 자신이 머물던 따뜻한 집을 갑자기 나선다. 집에 악마가 살아서가 아니다. 그저 익숙한 사물들, 인간관계들이 갑자기 불쾌해졌을 뿐이다. 가족들로부터 멀어지기를, 친구들 사이에서 낯설어지기를. 원한다면 이뿐이다. 화자는 '만족'을 견딜 수가 없다. 왜냐하면 이 저녁의 '안락', 따뜻한 저녁식사와 편안한 잠자리야말로 자신을 가두고 있다는 생각이 들기 때문이다. 그는 이를 깨닫자 바로 골목으로 나와 버린다. 이 갑작스러운 출발은 삶에 '만족'하지 않으려는 태도를 뜻한다. 이 것을 다르게 번역하면 인생에 목적을 도입하지 않겠다는 말이 된다. 그 목적이란 것이 우리 삶의 방향을 고정시켜 버리는 걸쇠 가 되기 때문이다.

위의 작품에서도 잘 알 수 있지만『관찰』에 실린 작품들은 특히 클로즈업 기법으로 쓰였다. 인물이 입고 있는 외투 한 자 락, 갑자기 일어서는 그의 허벅지 근육 같은 것을 볼록렌즈를 들 이대듯 부풀리는 것이다. 표현되는 대상이 이런 식으로 과장되 면 그 부분은 전체의 일부로서 작동하기가 곤란하게 된다. 우리 가 광학 렌즈로 사물을 줌-인(zoom in)하게 되면 모든 것이 너무 나 자세하게 보이기 때문에 그 전체적인 윤곽을 짐작할 수 없듯 이 말이다. 갑자기 일어나는 한 남자의 허벅지로는 그의 인격도, 그의 장래도 조망할 수가 없다.

그래서 이런 작품도 있다. 화자는 갑자기 찾아온 봄날에 창 가에 가서 소녀와 소녀 뒤를 따라 가는 한 남자를 보게 된다. 남 자는 곧 지나가 버리는데 아이의 얼굴은 바라보니 아주 밝다는 것이다. 끝! 이 작품의 제목은 「멍하니 밖을 내다보다」『변신: 단편전 집』(카프카전집 1), 31쪽.이다. 카프카는 이 작품을 여러 번 고쳐서 자신 의 첫 단편집에 수록했다. 그런데 정말 이 봄날에 우리는 무엇을 할 것인가? 왜 창문 손잡이에 볼을 기대야 하는지, 스쳐 지나가는 남자와 소녀가 무슨 사이인지, 그래서 뭘 어쩌자는 것인지, 카프카는 아무런 답이 없다. 이 멍하니 밖을 내다보는 일이 왜 '작품'이 될 만큼 중요한 것일까?

아주 짧은 소설이지만 한 줄 한 줄이 전체 줄거리에 봉사하지 않는다. 짧고 단순한 각 문장 하나하나가 공평하게 자기 무게를 갖고 숨쉰다. 도대체 카프카가 주제문으로 삼은 것이 무엇인지조차 모르겠다. 그래서 독자는 주제를 하나로 선정할 수가 없다. 그런데 보라, 문장 하나하나가 이렇게 저렇게 공명하면서 한 남자와 한 소녀 사이에 있을 법한 모든 가능한 경우의 수를 다 파괴한다. 그래서 우리가 작품을 읽어 내려가는 동안 그저 스쳐 지나가는 두 사람 사이에 있을 수 있는 수많은 이야기들이 문장과 문장 사이에서 나타났다가 사라지는 것이다. 남자가 소녀를 겁박하려 한 것인지, 그는 그저 자기 약속이 있어 바빴을 뿐인지, 소녀는 위협적인 남자로부터 벗어나서 표정이 밝아진 것인지, 갑자기 어떤 즐거운 생각이 떠올라 가벼워진 것인지. 모든 것이 가능하다. 이렇게 카프카는 한 올 한 올, 읽기에 따라서 얼마든지 다른 방식으로 풀려 나가고 다시 엮일 수 있는 글쓰기를 시도했다. 그럼으로써 카프카는 완성된 이야기, 인물·사건·배경의 삼위일체를 이루는 소설의 자명성을 공격했다.

삶에 특별한 이유를 설정하지 않으려는 단호함이, 일상의 구석구석을 어떤 목적을 위한 도구로 삼지 않는 여유가 카프카의 주인공들에게 무한한 자유를 느끼게 해 준다. 카프카의 유대인 친구들은 이 소설들을 읽으며 '도대체 왜 팔레스타인으로 안 떠나는 것이냐, 돌연히 출발한다더니 겨우 골목이냐'며 혀를 끌끌 찼을지도 모른다. 카프카는 뭐라고 대답했을까? 이 짧은 작품 안에 얼마나 많은 이야기가 가능한가를 한번 보라고 하지 않았을까? 문학 작품을 이루는 한 문장 한 문장은 주제나 작가 의식을 위해 기능적으로 봉사할 필요가 없다. 작가 자신도 예측할 수 없이 많은 사건의 가능성이 숨쉰다는 것을, 그 누구보다 작가 자신이 발견하는 것으로 충분하다. 카프카는 유대인이라든가, 체코 민족이라든가, 혹은 어떤 지위에 자신을 위치시키기보다는 그 어떤 이야기에도 완전히 종속되지 않는 온갖 의미들이 나타났다 사라지는 글쓰기가 자신의 천직임을 깨달았다.

2장
독신

───

가족을
해치고
공동체를
흔들고

1. 세 번의 약혼

1910년과 11년 이차크 뢰비와의 만남은 세계를 편견 없는 시선으로 보고 싶은 욕망을 낳았다. 그런데 '그것만 있을 리가 없잖아' 싶은 시선으로 주위를 돌아보았지만 정말 모두들 '그렇게만 살고' 있는 듯했다. 처음에는 프라하가 온통 민족투쟁으로 범벅된 정치 공간으로 보였지만 삶 속의 여러 이야기들에 눈길을 돌리기로 마음먹은 순간, 카프카의 눈에는 정말 또 다른 굴레가 보였다. 사실 사람들은 어떤 의미에서는 정말 자유로웠다. 교통공간의 확장, 미디어의 광범위한 정보 제공 덕분에 갈 수 있는 곳이 점점 더 많아지고 있었기 때문이다. 그러나 그것도 자세히 보면, 이른 아침 같은 시간에 침대에서 일어나 비슷한 양복을 입고 전차를 타고 각자의 회사로 가는 일이 주를 이루고 있었다. 자기만의 방에서 누군가의 사무실을 왕복하는 삶이었다. 먹고 마시는 것도 공산품, 입에 올리는 화제는 미디어가 제공하는 가십과 정보들. 무엇보다 각자의 집과 사무실 자체가 천편일률적인 모습을 하고 있었다. 상품들, 상품들, 또 상품들. 뭔가를 바깥에서 사서 들여놔야 안심이 된다고 생각하는 삶으로 걸어 들어가는 것이 정말 '자유'일까? 카프카는 모두가 똑같은 방식으로 살기를 희망하는 '지금'이 과연 무엇을 위한 시간인지 묻고 싶었고, 각기 다른 위치에서 자유를 외치고 있다지만 도대체 그것이 무엇인지, 어떤 상태인지 진지하게 고민하는 이가 과연 있는지도 의심스러웠다. 자유라는 말 자체가 복지에 의해 제공되거나 돈을 주고 살 수 있는 하나의 상품처럼 유통되고 있는 것은 아닌지, 깊은 서글픔이 그를 찾아왔다.「옷」,『변신: 단편전집』(카프카전집 1), 36쪽.

좀 더 다양하고 풍요로운 삶을 상상할 순 없을까? 그러나 새로운 삶의 길을 찾고자 했지만 어디서부터 어떻게 그것을 포착할 수 있을지가 막연했다. 돈을 벌어 빚을 갚고 미래를 설계하는 삶이나 '민족'의 이름을 찾기 위해 발버둥치는 것을 '틀렸다'라고 비판만 하기가 싫었다. 비판을 한다고 해서, 다르게 살아지는 것은 아니니까 말이다. 아, 무엇을 써야 할까?

1912년 카프카는 삶의 구체적인 현장 속으로 더욱 깊이 내려가고 있었다. 이처럼 그에게 자기 주변의 구체적 현장으로 고개 돌리게 만든 사건이 있었으니, 바로 연애였다. 내 인생을 망

치러 온 나의 구원자 펠리체 바우어 양을 만나게 된 것이다. 운명처럼 그에게 찾아온 뮤즈는 정말 써야 할 것, 마주해야 할 문제가 무엇인지를 보여 주었다. 다르게 살기 위해서는 정말이지 지금 내가 어떻게 살고 있는지를 직시해야 했던 것이다. 펠리체와의 연애를 시작으로 카프카는 자기 삶에서 가장 결정적인 굴레가 무엇인지를 발견했다. 그것은 가족과 회사였다. 어째서 이두 문턱이 카프카에게 문제가 되었을까? 이 장에서는 먼저 '가족' 문제에 대해 살펴보자.

카프카가 일생을 두고 발표한 작품은 우리가 보고 있는 솔출판사 카프카전집 1권에 실린 300페이지에 불과하다. 생애 겨우 단편집 세 편(『관찰』[1913], 『시골 의사』[1919], 『단식광대』[1924]는 카프카 생전에 출간되지는 않았지만 그가 책으로 펴내기 위해 임종 직전까지 작업한 작품들이다), 중편소설 세 작품(『선고』[1913], 『화부』[1913], 『변신』[1915])을 발표했을 뿐이다. 그런데 흥미롭게도 발표된 작품의 반 정도 되는 분량이, 그리고 이 중편 세 편이 쓰인 것은 겨우 1912년 가을부터 1913년 겨울로 넘어가는 두 계절이었다. 게다가 이들 세 중편은 미완의 장편이자 카프카의 온 정수가 다 들어 있다고 평해지는 『실종자』, 『소송』, 『성』의 모티프를 다 포함하고 있다.

키프카는 1912년 8월 13일에 베를린에서 친구들과 함께 모임을 가지게 되었는데 펠리체 바우어(Felice Bauer; 1887~1960)라고 하는 유대인 여성을 만나게 되었다. 그녀는 스물다섯 살로 베를린의 구술축음기 전문회사에 다니는 당시로서는 보기 드문 전문직 여성이었다. 카프카는 침착하고 자신에 차 보이는 그녀에게 첫눈에 반했다.「펠리체 바우어 양에게」(1912.11.3.),『카프카의 편지: 약혼녀 펠리체 바우어에게』(카프카전집 9), 변난수·권세훈 옮김, 솔출판사, 2002, 58쪽 참고. 그리고 잠시의 망설임 끝에 카프카는 1912년 9월 20일 '존경하는 아가씨'라고 시작되는 편지를 쓴다. 이렇게 시작된 편지는 두 번의 약혼과 파혼을 거듭하는 동안 계속 이어지다가 1917년 10월 16일에 중단된다. 펠리체에게 쓴 편지는 카프카가 일생을 두고 쓴 어떤 종류의 글보다 많다. 펠리체와의 결별 이후에도 그는 사랑하는 연인들에게 편지를 아주 많이 썼다. 펠리체에게 보낸 것 말고도 밀레나 예센스카(Milena Jesenská; 1896~1944)에게 보낸 편지가 또 유명하다.『밀레나에게 쓴 편지』(카프카전집 8), 오화영 옮김, 솔출판사, 2017. 이 편지도 분량에 있어서는 거의 펠리체의 것에 육박한다. 일기보다도 편지보다도, 카프카를 카프카답게 해 준 글의 장르가 있다면 연애편지인 것이다.

카프카는 이전에도 여러 아가씨들과 짧은 만남을 가졌었다. 그런데 어째서 펠리체와의 만남이 글에 추진력을 부여할 수 있었던 것일까? 펠리체가 완벽한 여성이어서는 아닐 것이다. 그녀는 카프카의 소설세계를 거의 이해하지 못했던 것으로 보인다. 카프카는 그녀를 묘사할 때 입이 큰 여자, 생활력이 강한 여자로 묘사했다. 그녀의 지성에 반하지는 않았던 것이다. 그렇다면 왜? 음… 일단은 시절 인연이 맞아서라고 할 수 있다. 카프카도 펠리체도 자기 삶에서 가장 중요한 것이 무엇인지 진지하게 묻고 있던 때였다. 펠리체는 이십대 초반부터 베를린에서 자신의 부모님과 형제를 부양하고 있었다. 이미 스물다섯 살이었고 하루라도 빨리 결혼을 해서 자식을 낳고 가정을 꾸리고 싶어 했다. 카프카의 사랑을 허락한 그녀의 마음속에는 많은 계획이 있었다.

카프카는 삶 자체에 대한 그녀의 애착, 친구나 가족에게 바치는 그녀의 헌신에 이끌렸다. 펠리체는 손을 써서 일하기를 두려워하지 않았다. 씩씩하게 자기 두 발로 걷고, 자기 힘으로 살아가고자 하면서도 타인을 끌어안는 그녀의 에너지란! 카프카는 그런 펠리체에게 강하게 이끌렸다. 날마다 베를린에 있는 펠리체가 프라하의 골목골목마다에서 다 떠오르고, 회사 사무실에서나 카페 책상 앞에서나 그녀에게 하고 싶은 말이 많아져서 참을 수가 없었다. 주변의 모든 것이 생기롭게 보였고 자신과 세상이 점점 더 밀접한 관계를 맺어 가는 것처럼 사방으로 자기 힘이 확대되는 것을 느꼈다. 포착해 보고 싶은 것들이 점점 더 많아저 갔다. 그녀와 함께 새로운 생활을 일구고 싶었고, 편협해 보이기만 했던 생활이 그녀와 함께 완전히 달라질 예감이 들기도 했다. 카프카에게 펠리체는 자신의 "나약한 말들을 쏟아 낼 수 있고 그 말들을 열 배나 더 강하게 해서 돌려주는" 존재였다.

1912년 가을에서 겨울 동안 카프카는 정말 많이 썼다. 작품만이 아니라 날마다 몇 통씩 펠리체에게 연애편지와 엽서를 썼다. 친구들에게도 편지를 써 자신의 흥분과 격정을 이야기했다. 회사일에도 적극적이었으며 그동안 쓰다 말다 했던 글들을 마무리짓기도 했다. 일기는 또 얼마나 열심히 썼는지. 카프카는 펠리체를 이해하고 싶고 그녀를 느끼고 싶은 만큼 자신이 계속해서 열려 간다는 것을, 글은 그러한 자신을 발견하게 해 준다는 것을 알게 되었다.

확실히 글쓰기와 사랑 사이에는 상관관계가 있었다. 카프카는 9월 22일 펠리체에 대한 사랑으로 들떠 있던 그 밤 『선고』를 쓰기 시작해 다음 날 새벽에 작품을 다 완성했다. 전혀 계획에 없던 작품이었다. 지금까지 주변 풍경을 관조하는 것에 머물던 그의 펜은 이날 처음으로 자기도 모르는 힘에 휩쓸린 듯 작품을 낳아 버린 것이다. 카프카는 이 놀라운 경험에 대해 9월 23일 이렇게 쓴다.

나는 이 「선고」라는 이야기를 22일에서 23일까지 밤에, 저녁 10시부터 다음 날 아침 6시까지 단숨에 썼다. 오래 앉아서 뻣뻣해진 다리를 책상 아래서 꺼내는 것도 거의 불가능할 지경이었다. 끔찍하게 힘들기도 했지만 기쁨도 있었다. 이 이야기는 마치 내가 물에서 앞으로 나가듯이 발전되어 나갔기 때문이다. 이날 밤에 나는 몇 번씩이나 나의 무게를 등에 싣고 있었다. 어떻게 그 모든 것을 과감히 말할 수 있을 것인가. 어떻게 그 모든 것, 그 모든 환상적인 착상들을 위한 거대한 불꽃이 마련될 것이며, 그 불꽃 속에서 그것들이 사라진 후 다시 살아나게 될 것인가. (중략) 나는 소설쓰기와 더불어 글쓰기라는 수치스러운 저지대에 있다는 분명한 확신. 오로지 이런 식으로만, 오로지 이런 맥락에서만, 이처럼 완벽하게 육체와 영혼을 열어 놓은 상태에서만 글은 써지는 것이다. 카프카, 「1912년 9월 23일」, 『카프카의 일기』(카프카전집 6), 379쪽.

몇 번씩이나 자기의 무게를 느끼면서 글을 썼다니? 그는 새삼 자신의 무게를 발견한 모양이다. 위의 회고에서 카프카는 글이란 아는 내용을 쓰는 것도 아니고, 자기 안의 무의식을 따라 쓰이는 것도 아님을 강조한다. 완벽하게 육체와 영혼을 열어 놓으면 자신을 통과하는 온갖 욕망들과 감정들, 상념들이 나의 펜

위에서 모습을 드러내게 될 뿐이라는 것이다. 이런 글쓰기가 수치스러운 이유는 자기를 관통하는 모든 것들이 선악의 기준과 무관하기 때문이다. 자신을 개방한다는 것은 온갖 도덕률로 무장한 자신을 내려놓고 사물과 사건을 무심한 상태로 침착하게 바라본다는 의미다. 내가 맺는 관계, 내가 하는 일 그것이 나의 현존이며 나의 꿈이기 때문이다. 카프카가 느꼈던 '무게'는 자기 도덕의 무게였다. 글은 자기의 상식과 도덕의 저편을 향해 쓰인 다!

그런데 『선고』는 아버지와 아들의 갈등을 다루는 작품이다. 카프카는 갑자기 왜 부자간에 발생하는 내밀한 인정투쟁의 장으로 시선을 옮기게 되었을까? 자기 무게의 근간, 자기 도덕의 근간에 왜 부자 관계가 있다고 생각했던 것일까? '다른 삶'을 상상한다는 것은 정말이지 구체적인 관계, 아주 비근한 일상의 구석구석에까지 생각이 미치지 않으면 안 되는 일이었던 것이다. 카프카가 이처럼 비근한 관계에 눈을 돌리게 된 이유는 간단했다. 펠리체가 가장 원하는 것이 결혼이었기 때문이다. 카프카는 결혼한다는 것, 누군가의 남편이 되고 아버지가 된다는 것. 그것이 도대체 어떤 일인지를 구체적으로, 생생하게 먼저 생각해야 했다. 그러자 그의 눈에 인간관계의 원초적 모습이 들어왔다. 부자 관계, 아버지와 자식 사이에서 발생하는 인정욕망의 구조 말이다. 카프카는 프라하의 유대인으로서의 자기 정체성을 고민하는 문제보다, 아들로 산다는 것, 누군가의 아버지가 된다는 것과 같은 근본적이고 직접적인 문제야말로 다른 삶의 출발점이될 수 있다는 생각이 들었다.

이제 카프카는 비판적 거리를 갖고 관찰했던 광장 대신에눈뜨고 일터로 나갔다 돌아오는 자신의 작은 방을 주시하기 시작했다. 특히 가족 문제와 관련해서 자신의 어린 시절, 지금까지자신이 기거해 온 방, 아버지나 어머니가 자기에게 말하는 방식을 다시 관찰했다. 그러자 이 모든 것이 자기를 이루고 있는 힘들이라는 생각이 들었고, 펠리체와 함께 이루어야 할 '다른 삶'역시 이 같은 생활의 구체적 모습을 어떻게 가져갈 것인가에 달려 있음을 알게 되었다.

가족이란 도대체 뭘까? 한 존재를 있게 하는 그 관계란 어떤 것인가? 그의 눈에 응접실 소파에 앉아서 온갖 잔소리를 하고 있는 아버지가, 아버지 눈치를 보면서 하루도 맘 편히 앉아쉬지를 못하는 어머니가, 돈 많은 남자를 만날 생각을 하고 있는 여동생들이 들어왔다. 서로를 전혀 이해하지 못하면서도 같은 공간에 살고, 지켜야 할 것은 오직 집이라고만 믿는 사람들의공동체. 게다가 그 안에서는 피할 길 없는 권력 관계가 작동하고있었다. 바깥에서 아버지가 빌어 오는 돈에 절대적으로 의존하는 삶이었기에 집안에서 아버지는 절대적 권위를 지닌 왕으로 군림하고 있었다. 모두가 가족이라는 성채(城砦)를 유지하고 보수하기 위해 최선을 다해 아버지의 눈치를 보고 있었다. 아, 내가 겨우 이렇게 살고 있구나! 어떻게 하면 이런 가족 말고 다른 가족을 만들 수 있지?

펠리체는 사랑이란 곧 글쓰기임을 가르쳐 주었다. 사랑할수록 우리는 더 많은 것, 또 다른 것을 욕망하게 된다. 이 사랑은 결코 완성을 모르며 어떤 틀 안에 가두어질 수 없는 것이다. 자신을 계속 열어 가는 글쓰기, 자신의 생각에 계속 갇히지 않는 글이 어떤 것인지 카프카는 확실히 느꼈다. 카프카는 펠리체를 사랑하는 만큼 세상 곳곳을 사랑할 자신이 생겼고, 온갖 욕망을 마주하는 글을 쓰고 싶었다. 그런데 아버지가 있는 삶, 그 자신이 아버지가 되는 삶이란 것은 자기 왕국 안을 온갖 소유물들로 채우고 지배하는 삶이었다.

카프카는 펠리체의 손을 잡고 예식장으로 걸어 들어갈 수는 없었다. 무려 두 번이나 약혼을 했으면서도 말이다. 파혼의 결정적 계기로 직접 밝혀진 바는 없다. 하지만 카프카에게 사랑은 자신의 도덕을 계속 넘어가는 일이었고 그것은 글로써 표현될 것이었다. 그런데 한편에서 사랑은 두 사람 사이에 관계 형식을 필요로 하는 문제였고, 그것은 당대의 도덕을 무시하고는 불가능했다. 이 갈등을 카프카는 사소하게 여기지 않았다. 시간이 흐르면 어떻게든 해결될 문제로 막연히 남겨 두지도 않았다. 펠리체에게 이런 자신의 상황을 자세히 설명하기도 했다. 그런데 결혼을 해야 한다는 사실이 더 중요했던 펠리체는 이를 카프카가 글 쓰는 시간을 더 많이 확보하면 해결될 문제로 보았다.

결국 카프카는 신혼집에 들여놓을 가구를 사다가 그만 참지 못하고 파혼을 결심하게 된다. 알뜰했던 펠리체가 유행, 실용, 편리 등을 이유로 응접실이며 부엌을 꾸밀 가구를 고르는 것을 보고 그는 다 단념할 수밖에 없었다. 그 같은 평가 기준들이 오직 내 집, 내 영토를 견고하게 다지는 주춧돌로만 보였기 때문이다. 시간과 돈이 영토 관리에만 집중될 것이며 자식들은 내 영지 관리인으로 훈련받게 될 것이다.『카프카의 편지: 약혼녀 펠리체 바우어에게』(카프카전집 9), 738쪽 참조. 카프카는 절망했다. 펠리체의 생활력은 지금 주어진 이 삶, 이 사회적 관계, 이 관습을 온전히 긍정하는 데에서 나오는 힘이었고, 자신은 바로 그러한 것들과 대결하는 일을 사랑했기 때문이다. 카프카는 이 둘 사이의 중재는 결국 불가능할 것임을 깨닫게 된다.

카프카는 1917년에 펠리체와 헤어지고 난 뒤, 1919년에 체코 아가씨 율리에 보리체크(Julie Wohryzek; 1891~1944)와도 잠깐 약혼을 한다. 그러나 이도 곧 흐지부지된다. 약혼만 세 번이라니, 누굴 놀리는 겐가! 그런데 세 번이나 약혼을 한 것이 더 놀랍다. 카프카는 결혼 제도를 비웃거나 부정하지 않았던 것이다. 그는 누군가와 함께 살고 어떤 사회에 뿌리내리기 위해서는 형식이 필요함을 인정했다. 그렇지만 그 관계의 문법은 집안에 왕을 모시고 굽신거리며 사는 식이어서는 안 되었다. 카프카는 이방인, 떠돌이가 되려고 하지 않았으며 구체적이고 실질적인 차원에서 함께 살아갈 형식을 실험하고 모색하려고 했다. 질리지도 않고 세 번이나 결혼을 결심했던 것으로 보면 알 수 있다. 말년에 병 때문에 고생하지 않았더라면 그는 네 번의 약혼도 불사했을 것이다.

2. 가족 ─ 피, 돈, 욕망의 성삼위일체

그 누구도 가족 없이 태어나지 않는다. 어머니와 아버지 그리고 자식. 이 관계는 근대 가족주의가 '가족'의 롤모델로 안착시키기 전에도 원초적인 생의 첫번째 계단이었다. 카프카는 펠리체를 사랑하는 그 한가운데에서 삶의 근간이 되는 그 관계를 이해해 볼 필요를 느꼈다. 어떻게 아버지를 왕으로 모시고, 소유물들로 성채를 채우는 이 모양 이 꼴의 가족적 삶으로부터 벗어날 수 있을지 고민하기 위해서였다. 다른 삶을 살기 위해서라도 지금 내가 어떻게 살고 있는지 냉철하게 직시할 필요가 있었다. 카프카는 그것을 세 편의 작품으로 푼다.

1912년 가을부터 1913년 겨울까지 카프카는 중편소설 세 편을 쓴다. 작품집 『관찰』에 실린 작품들이 모두 아주 짧은 단편들인 것에 비하면 『선고』, 『화부』, 『변신』은 구체적인 사건을 중심으로 이야기가 전개되고 그 결말도 확실하다. 펠리체와의 사랑이 막 불붙었을 즈음, 카프카가 고민한 것은 가족이었으며 그 중에서도 부자 관계였다.

『선고』, 『화부』, 『아버지에게 드리는 편지』: 무식한 아들들이 벌이는 왕좌의 게임

작가 카프카로의 출발을 알린 『선고』는 게오르크 벤데만이라는 한 남자가 약혼을 하게 되면서 아버지와 빚게 되는 갈등을 다루는 작품이다. 소설은 게오르크가 '나가 죽어라'라는 아버지의 명을 받아 강물이 흐르는 다리 아래로 뛰어내리는 것으로 끝난다. 펠리체와 관계가 깊어지기도 전인데, 이 작품은 쓰일 때부터 펠리체에게 헌사될 예정이었다. 그런데 내용이 약혼자가 '아버지' 때문에 물에 빠져 죽는 이야기라니!

이 간단한 이야기가 다루는 사건은 다음과 같다. 잘나가는 사업가 게오르크는, 사업 실패로 결혼도 못 하고 러시아에 묶여 버린 자신의 친구에게 약혼 소식을 알릴 것인가 말 것인가로 아버지를 찾는다. 일선에서 물러선 아버지는 침대 위에서 아들을 맞이하지만 '러시아 친구' 따위는 없는 것 아니냐며 아들을 거짓말쟁이로 몰다가, 갑자기 그 러시아 친구가 실은 자신에게 아들이나 다름없어서 오랫동안 편지왕래를 하고 있었다며 불효자식 게오르크를 꾸짖는다. 그러다가 이 아버지가 갑자기 강물에 빠져 죽을 것을 명하는 것이다. 침대 위에 쭈그러져 있던 아버지는 러시아 친구에 관한 이야기를 꿈인 듯 환상인 듯 계속해서 말하는데, 자신을 공경해 왔다는 이 러시아 아들에 대해 이야기하면 할수록 그의 목소리가 높아지더니 당당히 두 발로 서서 자식을 내려다보는 경지에 이르게 된다.

이 아버지에게 생명력을 불어넣어 준 것은 무엇인가? 아들의 방문, 아들의 질문이었다. 약혼을 해도 되나요? 친구에게 편지를 보내도 되나요? 자신에게 결혼 허락을 받으려고 하고, 친구 사귐에 대해 동의를 구하려고 하고, 언제나 아버지에게 존경을 바치는 아들이 있음으로 해서 아버지는 아버지가 되어 간다. 카프카는 왜 '러시아 친구'라고 하는 믿을 수 없는 인물을 작품에 삽입한 것일까? '러시아 친구'가 진짜 게오르크의 친구인지 아닌지가 중요한 것이 아니기 때문이다. 러시아 친구가 진짜이면 어떻고 가짜이면 어떨 것인가? 그 정보의 진위가 서사의 방향을 결정하지는 않는다. 아버지가 진실을 알고 있느냐 모르느냐가 핵심이 아니라 그런 대답을 할 만한 자리가 마련된다는 사실이 중요한 문제이다. 『선고』는 어떤 사안에 대해 최종적인 의견을 가지는 누군가의 자리가 있다는 것 자체가 우리의 생사를 결정한다는 점을 보여 준다. 아버지가 알고 있는 것은 진리가 아니며, 아들이 알아야 할 것도 진리가 아니다. 여기서 발생하는 권력 관계는 어떤 배치 속에서, 누가, 힘을 얻게 되는가를 통해 드러난다.

아버지는 어떻게 아버지가 되는가? 아들이 있어서다. 그럼 아들은 어떻게 아들이 되는가? 아버지와 아들의 위치를 결정하는 것은 굳이 따지자면 시간 순서다. 누군가 먼저 이 땅에 도착한 사람이 아버지가 되었을 뿐이다. 그런 의미에서 아버지는 아버지를 갖고 있고, 그 아버지는 또 아버지를 갖고 있다. 이 아버지의 사슬이 이어지고 이어져서 지금까지 내려오고 있다. 그뿐이다. 그런데 이 사슬이 권력의 최초 회로가 되어 사람을 그에 길들이게 하는 장치가 된다.

카프카가 이 사슬 관계의 메커니즘을 분석한 것은 그 자신이 아버지에게 쓴 편지를 통해서였다. 1919년 율리에 보리체크와의 파혼에 대해서 많은 사람들은 헤르만 카프카의 반대가 있었을 것이라고 평가한다. 왜냐하면 유대인도 아니고 부자는 더더구나 아닌, 한낱 체코의 하층 계급 아가씨랑 프라하 최고의 엘리트인 아들 프란츠가 결혼한다고 했을 때 그 아버지가 보일 반응은 너무나 뻔한 것이었기 때문이다. 이 파혼 직후 카프카는 아버지에게 한 통의 편지를 썼다. 카프카는 이 편지에서도 자신의 아버지가 얼마나 편협한 부르주아인지를 비난하고 있지 않다. 카프카가 아버지의 과도한 교육열이나 강압적인 가정교육에 대해 썼던 대목도 잘 들여다보면 그런 아버지 앞에서 아들인 자신이 어떤 태도를 보였는지가 더 많은 분량으로 기술되어 있음을 알 수 있다. 카프카가 '가족'을 문제 삼은 것은 그 원초적 관계 안에 작동하는 권위의 작동방식 때문이다.

『아버지에게 드리는 편지』에서 카프카는 자신의 생각을 자기 생애의 몇 가지 에피소드를 통해 정리한다. 권위는 어떻게 출현하는가? 카프카가 기억하는 아버지는 처음부터 식탁에서 당신 공치사만 했다. 아버지는 자신의 비참했던 어린 시절에 비해 카프카와 누이들이 얼마나 등 따시고 배부르게 사는 것인지를 강조했다. 아버지의 말씀을 한마디로 요약하면 이렇다. '빨갛게 튼 손으로 수레를 끌던 나의 헌신이 아니었다면, 감히 너희가 체코인들도 엄두를 못 내는 독일계 김나지움에 다닐 수나 있었겠니? 내가 아니었으면 이렇게 따뜻한 집 안에서 발 뻗고 지낼 수 있었겠어?' 문제는 이 말의 효과다. 아버지의 말씀은 아들에게 부채감과 죄의식을 안겨 주었다. 자식들에게 그들 능력보다 과한 대접을 받고 있다는 뉘앙스로 거의 매일같이 말씀하셨기 때문이다. 카프카 씨네 아이들은 아버지를 보면서 고생하는 부모에 대한 자신의 의무를 상상했다.

우리는 언제 죄책감을 느끼게 되는가? 그것은 죄사함을 받고자 하는 자가 어디로 가는지를 보면 알 수 있다. 바로 예배당이다. 우리는 신 앞에서 죄책감을 느낀다. 신과 같은 진리, 신과 같은 도덕, 전적으로 옳은 것으로 상정된 것 앞에서 한없이 부끄러워지는 자신을 느끼게 된다. '권위'라는 말의 용법은 이를 잘 보여 준다. 신의 권위, 아버지의 권위, 법의 권위 등등. 죄책감은 항상 선하고 도덕적인 권위가 있고, 그 권위가 작동할 수밖에 없는 신성한 왕국을 가정하는 데에서부터 파생된다. 그러한 권위가 앞서 존재하지 않고는 하나의 행동을 '죄'로 규정할 수가 없다. 그래서 권위는 그것이 힘을 발휘하는 방식과 그 제반 관계를 마치 법처럼 절대 진리로 옹립시키게 된다. 여기에 더해 종종 학교, 회사, 병원, 법원, 이와 같은 거창한 모습의 제도적 실체들은 그 권위를 뒷받침해 주는 도구로 이용된다.

그렇다면 과연 헤르만 카프카는 신성한 존재였는가? 카프카는 어린 시절, 물을 달라고 보챘다는 이유로 추운 밤에 발코니에 속옷 바람으로 서 있으라는 벌을 받은 적이 있었다. 카프카가 이 에피소드에 관심을 두는 까닭은 자기 아버지가 포악해서가 아니다. '아니, 어떻게 그토록 막강한 아버지가 굳이 그럴 필요가 없는 작은 일에 이토록 분개할 수 있는 거지?' 카프카는 왕이 도저히 이해할 수 없는 변덕쟁이인 것에 놀랐다. 아버지는 때때로 조용히 노는 아이들을 향해서 '북어포처럼 찢어 놓을 테다!' 라며 엉뚱한 으름장을 놓기도 했지만 정말 혼이 나야 할 만한 일에 대책 없이 관대했다. 전체적으로 보아, 아버지의 명령이나 상벌에는 그 어떤 숭고한 원칙도 없었다. 최소한 합리적이거나 일관적이기만 해도 좋으련만 아버지는 그저 자기 기분 내키는 대로였다.

카프카는 분명히 알 수 있었다. 왕의 권위는 그의 신성함에서 나오는 것이 아님을. 우리 각자에게 '다른 아버지'는 있을 수 없다. 우리 모두의 유년이 그렇듯이 최초 양육자의 말을 일단 믿고 따라야 먹을 것을 얻고 잘 곳을 마련할 수 있다. 아버지란 어쩌다가 나에게 주어진 조건이지만 그 조건은 결정적이다. 그런 연유에서 헤르만 카프카가 '너희는 나에게 왜 고마워하지 않니?'라고 하는 아버지의 언사는 그 자체로 진리효과를 발생시켰던 것이다. 그 아버지의 말씀은 '그 아버지'가 말씀하셨기 때문에 옳으며, 그것을 어기면 '그 아버지'의 말씀을 어겼기 때문에 죄다. 선악을 가르는 기준은 '이 아버지'에게 있지 하늘에 계신 저 아버지에게 있지 않다.

그런데 아이러니하게도 왕은 바로 그 정의라는 것이 없기 때문에 신민을 통치할 수 있다. 카프카는 아버지 헤르만 카프카가 평생 동안 자신에게 해온 말을 단 한마디로 요약한다. '아들아 너는 고생을 모르고 컸단다.' 아버지가 보기에 아들은 겨울철에 언 손을 녹이며 고기 배달을 한다는 것이 어떤 의미인지를 모르고, 좋은 학교를 나오고 번듯한 직장을 다니지 않는다면 어떤 대가를 치르게 되는지를 모르고, 가족을 꾸리지 않으면 노년에 어떤 봉변을 당하게 될지를 모른다. 아버지에게 아들은 '아무것도 모르는' 존재이다. 그런데 생각해 보자. 아버지는 단지 이 세계에 먼저 도착했고 자신의 경험밖에는 가진 것이 없다. 그런데 아버지의 그늘 아래에서 앎의 양적 차이는 삶의 질적 차이로 바뀐다. 아버지의 왕국밖에 알지 못하는 어린 아들은 이 전치에 대해 속수무책으로 당할 수밖에 없다. 나에게 이렇게 저렇게 살라고 명령하는 모든 권위는 그 자체로 의미 있는 것이 아니다. 그건 그저 주어진 것이다.

이 본원적인 예속으로부터 어떻게 빠져나갈 수 있을까? 여기에서 카프카는 아들에게로 분석을 옮긴다. 누가 이런 어처구니없는 존재를 왕으로 옹립하는가? 바로 왕의 자식들이다. 카프카는 아버지의 변덕 앞에서 전전긍긍했던 어린 자신을 떠올렸다. 누군가의 자식으로 산다는 것은 날 때부터 노예로 길들여진다는 의미가 아닐까? 기준 없는 상과 벌 앞에서 노예──카프카는 어떤 표정을 지었던가? 그 노예는 언제라도 무릎을 꿇을 준비를 한다. 그러면서 왕의 일거수일투족을 살핀다. 왕의 변덕에 영향을 미칠 만한 모든 것, 그의 이마 위로 잠깐 지나가는 주름 한 자락까지 노예에게는 중요한 해석거리가 된다.카프카, 『아버지에게 드리는 편지』, 이재황 옮김, 문학과지성사, 2014, 53~54쪽 참조.

노예는 왜 복종할 수밖에 없는가? 언제 어떤 일이 벌어질지 알지 못하기 때문이다. 일어날 온갖 사건을 자신의 힘으로 돌파할 수 없는 자들은 삶에서 벌어지는 온갖 불확실하고 불투명한 것들을 조금이라도 설명해 주는 대상에 의존할 수밖에 없다. 바로 그 대상이 불안을 조장하고 있음에도 말이다. 내 몸이 아픈지 안 아픈지 알 수 없어서 의사를 방문하고, 내 행동이 옳고 그른지를 판단할 수 없어 판사를 찾고, 삶의 의미가 무엇인지 알기 위해 신부님에게 간다. 권위란 이처럼 자신에게 묻고 스스로 답하지 못하는 무능력자가 자신보다 더 많이 알고, 더 많이 알기에 옳을 것이라고 간주하는 자에게 바치는 영예이다. 권위자는, 권위가 있어서가 아니라 무식한 노예가 있기에 그 모습을 드러낸다. 왜 하필 여기에 이렇게 존재하고 있는지 그것을 이해하지 않고, 어떻게 하면 이 조건에 잘 맞춰 살 수 있는지만을 고민할 때 우리는 노예가 되고, 삶의 주인으로 누군가를 초대하게 된다.

카프카의 관심은 어떤 가족 안에서 얼마나 폭력적인 아버지가 있을 수 있냐가 아니었다. 권력의 원초적인 작동 메커니즘이 가족 안에서부터 싹을 틔우고 있기 때문에 집안 어딘가에 버티고 앉아 있는 아버지를 주목한 것이다. 초기 작품에 나오는 아버지의 형상은 다른 작품에서 계속 변주되어 나타난다. 때로는 왕이나(「황제의 칙명」), 최상급 판사 혹은 신부(『소송』), 성주(『성』)로 나오기도 한다. 우리가 주목해야 할 것은 이들이 모두 뒷모습만 보여 주거나 죽어 가거나 아예 소문으로만 존재한다는 점이다. 아버지는 그 자체로는 존재감이 하나도 없다. 그들이 힘을 얻게 되는 것은 신민들이 왕이 무엇을 생각할까 먼저 생각하고, 왕이 무엇을 원할까 먼저 욕망할 때이다(『성』). 아버지가 빠져 죽으라고 말한들, 그 말을 내가 따를 이유가 무엇인가? 『선고』의 게오르크는 죽기 직전에 이렇게 말한다. '아버지 당신을 사랑했습니다.' 아버지에 대한 사랑이 과거형으로 말해진다. 내 삶의 주인이신 아버지시여, 당신을 사랑했던 삶을 그만둡니다!

『선고』에 바로 이어 카프카가 쓰기 시작한 작품은 『화부』이다. 이 작품은 나중에 『실종자』라고 하는 장편으로 발전하지만 카프카는 『실종자』를 펴낼 생각은 하지 않았고 이 『화부』만 발표한다. 『화부』의 주인공은 카알 로스만으로 십대 청년이지만 하녀와 부적절한 관계로 아들을 낳고, 아들의 장래를 걱정한 자기 아버지에 의해 미국으로 쫓겨나는 중이다. 누군가의 아들이자 누군가의 아버지인 카알 로스만. 작품의 제목이 '화부'인 것은 그가 미국으로 가는 배 안에서 화부(火夫)를 만난 사건을 다루기 때문이다. 게오르크는 뉴욕항에 막 도착한 직후 배 안 선원들 사이의 알력 다툼에서 밀려나게 된 화부를 응원하다가 우연히 미국에서 자수성가한 외삼촌을 만나 하선한다. 작품에서 게오르크는 화부를 위해 이리 뛰고 저리 뛰는 노력을 하면서 자신이 마치 어른이라도 된 듯한 기분을 느끼기도 하고, 갑자기 나타난 외삼촌 덕분에 귀향하는 탕아가 된 것 같은 착각에 빠지기도 한다. 표면적으로 부자 갈등은 없지만 『선고』와 마찬가지로 더 많이 아는 자와 잘 모르는 자 사이에서 발생하는 긴장과 위계(카알 로스만 vs 화부, 배의 선장 vs 카알 로스만, 외삼촌 vs 카알 로스만)가 작품 전체를 관통한다. 이는 나중에 『실종자』에서 가족 관계, 회사 관계 등에까지 더 확장된다.

　『실종자』의 카알 로스만은 처음에는 외삼촌의 대저택에서 안락하게 지내지만, 아버지처럼 모든 것을 보살펴 주는 외삼촌의 손아귀에서 점점 숨 막힘을 경험하게 되고 결국 도망치듯 집을 빠져나와 유랑 생활을 시작한다. 어떻게 하면 안락하게 잘 살 수 있을까? 독선적인 외삼촌이지만 어쩔 수 없이 의지했던 까닭은 삼촌의 경제력 때문이었다. 그래서 카알 로스만은 스스로 돈을 좀 벌어 남들처럼 결혼도 하고 안정되게 자유롭게 살아 볼 결심을 한다. 이리저리 떠돌다가 옥시덴탈 호텔이라는 곳에 엘리베이터 보이로 취직을 하게 되는데, 아뿔싸! 여기서는 한 명의 아버지가 아니라 수 명의 아버지들이 자기를 향해 달려든다. 회사라는 곳은 온갖 위계적 관계가 촘촘히 사람을 얽매는 곳이었기 때문이다. 엘리베이터를 깨끗하게 하고 문을 잘 여닫는 너무나 간단한 임무에 있어서도 제복을 입는 법, 인사를 하는 법을 비롯해 지켜야 할 규범도 너무나 많았고, 지위에 따라 눈치를 봐야 할 대상도 한없이 많았다. 그리고 각자는 저마다의 아버지를, 그 아버지의 아버지를 모시고 있었다. 과장님이 어떻게 생각하실까? 그럼 사장님은 또 어떻게 생각하실까? 이 아버지와 저 아버지 사이에서 가끔 가랑이가 찢어지기도 했다. 그런 혼란에도 불구하고 직원들은 정답이 적혀 있는 호텔의 경전이 어디 따로 있기라도 하다는 듯 더욱더 정확한 '말씀'이 어디 없냐며 곤란한 표정으로 돌아다니기만 했다. 호텔에서 카알은 자기 주변을 관찰하고 스스로의 힘으로 상황을 이해하려는 시도가 없다면, 결국 어디서나 아버지를 찾아다니며 누군가의 아들이 될 길만 구하는 삶을 살게 될 것이라는 점을 깨닫는다.

『변신』, 「시골 의사」, 「재칼과 아랍인」: 가족, 욕망의 저수지

카프카가 보기에 자기 삶에 초월적인 척도를 도입하려는 자들에게는 하나의 공통점이 있었다. 바로, 모여 살기를 좋아한다는 점. '세상은 춥고 어두워, 앞으로 벌어질 일은 예측하기가 어려워, 도대체 어떻게 살아야 할지를 모르겠어!'라는 불안감에 빠진 이들은 자신을 더 확실하게 보호해 줄 무리를 찾아 기어들어 가게 되어 있기 때문이다. 이들은 더 큰 아버지, 보다 더 큰 아버지를 찾아 몸을 움직이다가 마침내 거대한 무리 안에 안착하게 된다. 헤르만 카프카처럼 말이다. 헤르만 카프카는 유대인이건 체코인이건 독일인이건 가리지 않고 가장 많은 사람들이 원하는 삶에 대해 생각했고 그것은 돈 많은 삶, 돈으로 무엇이든 살 수 있는 삶이었다.

헤르만 카프카는 왜 그렇게 열심히 살았던 것일까? 그는 단 하루도 쉬지 않고 가게를 열어 소매품을 팔았고, 번 돈으로 땅이나 공장에 투자를 했다. 이유는 간단했다. 불안정한 정치 상황과 변덕스러운 인심 때문에 언제 어떻게 거래가 끊기고 손님들이 발길을 끊을지 알 수 없었기 때문이다. 게다가 그는 유대인이었다. 프라하가 합스부르크 왕가의 땅이 아니라 체코 공화국의 영토가 된 이후로는 언제 프라하에서 쫓겨날지, 어떻게 다시 게토에 처박힐지 예측불가였다. 정의로워야 할 공화국의 법은 정치적으로 힘이 없는 자들에게까지는 미치지 않았다. 헤르만 카프카도 어린 카프키와 다를 바 없는 치지에 놓여 있었다. 그 또한 세상이 어떻게 돌아갈지 전혀 짐작할 수 없었다. 와해된 신분제, 불확실한 자본의 흐름, 도처에서 출몰하는 신기술과 신감각. 결국 사람들의 마음속에는 절박한 하나의 욕구가 자리하게 되었다. 믿을 것을 찾아라!

헤르만 카프카가 발견한 최종적 주인은 가족이었다. 높은 학력, 뛰어난 명성, 착착 축적되는 부. 이 세 가지 축이 맞물려 돌아가면서 완성되는 안락한 생활. 아버지에게 부르주아적 삶이란 불안정한 이 세계에서 그가 선택한 절대 진리였다. 자신에게서 아들에게로 부는 오직 이 시간의 계열을 따라 대물림되고 증식되어야만 했다. 그에게 가족이란 무법한 세상으로부터 자신을 지키기 위한 최후의 보루, 피와 돈이 축적되어 가족들을 지켜줄 절대의 영토였다.

카프카는 가족의 본질을 축적에 대한 욕구에서 찾았다. 『변신』은 가족 드라마를 다룬다. 이 아버지는 어디에 앉아 있나? 빚을 지고 거실에 웅크리고 있다. 아들 그레고르는 그 빚을 갚느라 몸이 부서지기 직전이다. 잠자 씨와 아들 그레고르가 모시는 신은 돈이다. 아버지 눈치만 보는 엄마와 바이올린 레슨비에만 관심 있는 여동생이 모시는 신도 같은 것이다. 『변신』에서는 그 집 바깥 세상은 어떻게 생겼는지가 나온다. 그레고르가 갑충으로 몸이 바뀌자마자 회사의 상사가 방 입구까지 들이닥치고, 나중에는 근처의 직장인들까지 그레고르의 거실로 밀려오기 때문이다. 집 안과 바깥을 돌아다니는 이들도 모두 같은 신을 모시는 신도들인 것이다. 이들은 그레고르가 더 이상 노동력을 화폐로 교환시킬 수 없는 처지가 되자 가차 없이 그레고르를 무시한다.

『변신』은 가족 관계를 유지하는 운동 법칙을 두 가지로 설명한다. 첫째, 이것은 어떤 구심력이라고도 할 수 있는데 같은 욕망을 가진 자들이 계속 그 관계 안으로 끌려 들어간다는 것이다. 그레고르가 죽고 가족들은 짧은 소풍을 가게 되는데, 그때 아버지 어머니 딸의 마음속에는 어떻게 하면 돈 있는 남자를 이 집안에 끌어들일 수 있는가밖에 없었다. 즉 돈줄을 마련하는 것이 가족을 유지하는 첫번째 요건이 되는 것이다.

「시골 의사」(1917년 집필, 1919년 단편집 『시골 의사』에 수록)에서는 돈줄 대신에 핏줄이 문제가 된다. 어느 마을에 시골 의사가 있었다. 그는 한겨울 환자를 돌보기 위해 길을 나섰다가 영원히 자기 집으로 돌아오지 못하게 된다. 의사가 겨우 이 병든 집을 벗어날 수 있었던 것은 까딱하다가는 자신도 이 집 식구로 엮일 위험이 있음을 깨달았기 때문이다. 그의 환자는 어린 소년으로, 태어날 때부터 옆구리에 손바닥 크기만 한 구멍이 있어서 그 환부에서 벌레가 기어 나오는 병을 앓고 있었다. 병명 자체가 '아들'인 셈이다. 환자의 아버지는 죽어 가는 아들 대신에 자기 침대에 뉘일 만한 다른 아들을 찾고 있었고 의사는 자기도 모르게 먹잇감이 될 처지에 놓이게 된다. 이 집에는 환자의 누이가 있는데 누이는 은근히 핏빛 손수건을 흔들며 의사를 유혹한다. 마치 그레고르가 갑충이 되어 돈벌이를 못하게 되자 그의 누이가 신랑감을 찾았던 것처럼 말이다. 의사는 환자 가족의 집 안에 머무는 시간이 길어짐에 따라 옷을 하나둘씩 벗게 되는데 자기가 가진 모든 것이 탈탈 털릴 지경에까지 처하게 된다. 결국 그는 완전히 발가벗겨져서 그 집의 아들처럼 피 묻은 흔적이 가득한 이불 밑에 눕혀지게 된다. 그리고 그제서야 자신의 운명을 자각하게 된다. 곧 가족들의 피 묻은 이빨이 자신의 배에도 구멍을 내리라는 것을! 『변신』에서는 돈이, 「시골 의사」에서는 피가 구심이 된다.

가족의 두번째 운동 법칙은 원심력의 작용에 의해 배덕자를 색출하는 것이다. 같은 신을 모시는 자들이 무리를 이루게 되고 그것이 계속해서 대물림되면 하나의 조직이 된다. 화폐가 아니더라도 유일신을 중심으로 무리를 이루는 사람들은 그 신이 허락한 순결한 신도들과 불결한 타락자들을 명확히 가르는 것에 능하다. 카프카는 이런 조직들을 모두 '종족'이라고 한다. 이 집안에 어울리고, 이 공동체에 어울리는 어떤 틀이 암묵적으로 작동해서 그에 맞지 않는 자들을 배타적으로 선별하고 차별하게 되는 것이다. 카프카는 이런 조직화가 낳는 폭력이 얼마나 지독하고 끔찍한지를 「재칼과 아랍인」(1917년 집필, 1919년 단편집 『시골 의사』에 수록)에서 다룬다. 여기서는 하나의 핏줄에 의해, 더 구체적으로는 한 핏줄로서 묶여 있는 기억에 의해 서로가 서로를 떠나지 못하고 있는 재칼의 무리가 나온다. 이들은 사막에서 우연히 만난 화자 즉 탐험가에게 요청한다. '우리를 구해 주세요. 우리는 아랍인들이 없어져야 온전한 평화를 가질 수 있어요. 그들이 없어야 순결한 삶을 살 수 있어요.'

그들은 순결한 평화를 위해 주인을 찾고 있었다. 그렇지만 그 평화는 피를 필요로 했다. 화자가 보기에 재칼은 타인의 살과 피를 뜯어먹으면서 무리의 온기를 유지하고 있었다. 그 무리는 자신이 믿고 있는 신을 따르지 않는 자들을 박멸해야 평화가 도래한다고 믿는 결벽증을 갖고 있었다. 결벽증으로 무장한 이들은 자기와 다른 가치, 다른 윤리를 가진 자를 참지 못했다. 그러던 것이 몇 대를 거듭하다 보니 평화라는 목적은 너무나도 작아져 버렸고, 배신자 색출이 생의 목적으로 전도되기 직전이었다. 카프카는 이러한 삶을 사막의 추위를 피한다는 명목으로 서로의 피를 핥고 있는 재칼들을 통해 그렸다. 이것은 스스로의 힘으로는 타인과 세계를 따뜻하게 만들 수 없는 초라한 삶이었다. 『변신』이 가족주의의 탐욕을 포착한다면 「재칼과 아랍인」은 민족으로 확장된 가족주의의 배척주의를 꼬집는다. 순혈주의에 집착하는 가족은 피와 돈을 나눌 수 없는 자들을 찾아서 내다 버린다.

「재칼과 아랍인」의 주제는 자신의 모든 욕망을 가족 안에 기투(企投)시키려는 자들과는 운명을 같이해서는 안 된다는 것이다. 카프카는 이 작품 마지막에 재칼들이 아랍인들이 던져 준 먹이를 뜯어먹으며 죽음과 하나가 되는 모습을 그린다. 카프카의 메시지는 분명하다. 가족도 어떤 집단도 그 안에서 차이를 만들어 내지 못한다면, 구멍이 숭숭 뚫려 있어서 여기저기로 연결된 인연의 선분이 만들어지지 않는다면, 저 신성한 아버지 신의 권위 앞에 배신자들만 갖다 바치게 될 것이다.

그런데 과연 희생양들이 무엇을 배신했단 말인가? 카프카가 보기에 재칼들이야말로 사막의 추위를 핑계로 자기 삶을 방치한, 자기 자신에 대한 배신자들이었다. 카프카가 보기에 가족도 공동체도 어쩌다 모여 살게 된 무리에 불과하다. 세상은 사막이니, 온기가 필요해서 지금 이렇게 함께 있을 뿐이다. 우리에게 필요한 것은 온기이지 '가족'이나 '민족'이라고 하는 타이틀이 아니다.

『변신』이나 「시골 의사」, 「재칼과 아랍인」에서 가족을 비판적인 시선으로 바라보고는 있지만, 기본적으로 카프카는 '관계'

특히 가족이나 공동체에 대해 열린 관점을 취한다. 세상이 두려워 아무리 아버지 바짓가랑이만 붙들고 싶다고 해도, 집 밖은 춥다며 아무리 똘똘 뭉쳐 있다 해도, 정말이지 뜻대로 안 되는 것이 가족이라는 것이다. 왜? 어디서 갑자기 갑충이 튀어나와 버리니까. 카프카는 어떤 폐쇄적인 관계도 절대 영원할 수 없다는 것을 자연법칙처럼 당연하게 그려 낸다. 「공동체」(1917~23년 사이 집필)가 그려 내는 가족은 아무리 팔꿈치로 밀쳐내 버려도 다시 오는 여섯째 때문에 매일같이 귀찮아 고생이다. 가족이 다섯일 수밖에 없는 데에 무슨 특별한 이유는 없다. 그저 우리 다섯에게는 참아지는 것이 저 여섯번째에는 참아지지 않을 뿐이다. 무슨 정의가 따로 있어서 혈족이 되고 배덕자가 되는 것이 아니라는 뜻이다. 그러니 아버지 말씀을 잘 들을 궁리를 하기보다는 차라리 갑충과 함께 지낼 수를 모색하는 것이 더 낫지 않을까?

3. 오드라데크, 집 안의 낯선 자 되기

우리 모두는 누군가의 아들로 이 세상에 온다. 살아간다는 것은 누군가와 어떤 관계를 맺어 나가는 일이며, 인간인 이상 자신의 종족 안에서 그 민족이나 그 사회가 취해 온 전통과 습속에 맞추어 삶을 일굴 수밖에 없다. 우리는 작품의 아들들이 불행에 몸서리치면서도 가족 관계 자체를 부정하지 않았다는 점에 주목해야 한다. 그렇지만 카프카가 프라하에 사는 다수가 원하듯이 가족, 더 나아가 민족이라는 예배당에 앉아 조용히 권위적 신을 모시는 삶을 긍정한 것도 아니다. 어떻게 하면 프라하 안에서 다르게 살 수 있을까? 어떻게 하면 아버지 집 안에서 아들로만 살지 않을 수 있을까?

「독신자의 불행」, 「나이 든 독신주의자, 블룸펠트」, 「가장의 근심」: 혼밥, 장난감, 불면은 독신의 자격

나쁜 아버지를 부정하는 방법은 사실 간단하다. 집을 나가면 된다. 하지만 앞에서도 살펴보았듯이 그 아버지를 그렇게 군림하게 한 것은 아들이다. 아버지의 폭정은 아버지와 아들이 함께 만든 작품이다. 카프카는 『아버지에게 드리는 편지』(1919)에서 권위에 대항하는 방법으로 보였던 세 가지 전략을 자신의 형제들을 거론하면서 비판했다. 누이들이 아버지와 맞섰던 방법은 나중에 『성』에서 성주에게 맞서는 세 전략으로 활용된다.

헤르만 카프카에게는 네 명의 자식이 있었다. 장남 프란츠 카프카가 있고 그 아래로 많은 터울의 누이들이 있다. 『아버지에게 드리는 편지』에서 이 누이들 각각을 설명할 때도 카프카는 그녀들의 성격이나 생의 이력을 읊는 것이 아니라, 왕과 맺는 관계, 왕과 신민 사이에 작동하는 메커니즘을 설명한다. 세 명의 여동생은 일단 '아버지는 폭군이다!'라는 것에서부터 출발했다.

먼저 발리를 보자. 첫째누이 발리는 순종의 상징이다. 발리는 비록 아버지가 폭군이라 해도 그 아버지를 따르는 것 외에 무슨 길이 또 있겠느냐며 비관적인 태도를 취했고, 끝까지 착한 딸로 살았다(『성』의 여관주인을 닮았다). 둘째누이 엘리는 다른 왕국을 꿈꾸었다. 착한 남편에게 시집을 가기로 한 것이다. 새 왕국은 아버지보다 더 착하고 자애로우리라! 엘리는 새 왕국에 똬리를 틀면서 아버지의 왕국을 비웃는 길을 선택했다(『성』의 프리다를 닮았다). 마지막으로 두 언니들과는 달리 아버지에게 직접 맞짱을 뜬 오틀라가 있었다. 오틀라는 발리와 엘리와는 달리 '악마'다. 이 막내딸은 왕국을 버리기로 결정했는데 헤르만 카프카가 그토록 혐오했던 흙 밟는 삶으로 돌아간 것이다. 오틀라는 프라하 바깥의 시골로 가서 농장일을 하며 아버지와 거의 인연을 끊고 독신으로 혼자 살았다(『성』의 아말리아다). 카프카는 그나마 오틀라와 가까웠고, 나중에는 오틀라가 빌린 성 아래 마을의 집에서 작품 활동을 하기도 했다.

카프카가 택한 방식은 세 누이의 것과는 달랐다. 그는 아버지를 떠나지도 않았지만 아버지에게 복종하지도 않았다. 평생 아버지 시야를 벗어나지 않았다. 특히 집을 구할 때 늘 아버지의 집 근처에서 찾았다. 카프카는 왜 여동생들의 길을 따르지 않았는가? 세 여동생의 경우는 모두 '아버지'를 자기 삶의 척도로 삼고 있었기 때문이다. 나쁜 아버지가 있는 삶, 착한 아버지가 있는 삶, 어떤 아버지도 없는 삶. 카프카는 저 아버지에게 힘을 실어 주는 존재가 바로 자신이라면 아버지 말씀을 진리로 받아들이지 않는 아들로서 그 아버지와 함께 살면 될 일이라고 생각했다. 이는 단지 아버지만을 권위자로 인정하지 않는 문제가 아니었다. 이는 거리와 회사에서 군림하는 다른 권위자들의 명령도 절대적인 것으로 받아들이지 않는 삶과 연결되어 있었다. 이런 아들이 있다면, 비록 왕이 성 안에 있다 해도 신민을 다스릴 수 없다.

카프카는 이런 아들의 존재방식에 대해 생각했다. 그리고 그것을 '독신자'로 명명했다. 카프카의 독신자는 어떤 사람인가? 그는 그저 연인을 찾지 못해, 어쩌다 보니 결혼을 못 한 사람은 아니다. 독신자는 정확히 자기 삶에 결여된 것이 무엇인지를 아는 사람이다.

독신자가 불행한 이유는 아무도 없는 집으로 걸어 올라가야 하고, 아파도 혼자 버텨야 하고, 가끔씩 힘들게 자신을 꾸며가며 만날 사람을 찾아다녀야 하기 때문이다(「독신자의 불행」). 카프카는 가족에 대해 어떤 낭만적 환상도 갖고 있지 않다. 영원을 약속한 사랑이라든가 애절한 모성애나 부성애를 가족 관계의 핵심에 놓고 있지 않다. 가족은 그저 늙고 병든 어느 날 한 끼 밥을 함께할 수 있는 사이를 말한다. 그런데 이것이 없는 상황이 정말 불행하다고 할 수 있을까? 역으로 말해 기혼자의 행복이라는 것도 겨우 여기에 있는 것이다. 카프카는 가족에 대한 정의는 이 정도면 충분하다고 본다. 가끔 밥 한 끼 먹을 수 있는 사이. 그 관계에 혈연으로서의 필연성을 부여하고 삶의 모든 이유를 투사하는 것은 카프카가 보기에 '오바'다.

이 작품의 반전은 두번째 문단에 있다. 독신자는 결국 밥을 혼자 먹게 될 것이다. 하지만 중요한 것은 오늘 그는 손으로 치기 위한 이마를 가지고 있는 존재로 서 있다는 점이다. 손으로 이마를 친다니? 그런데 우리는 언제 손으로 이마를 치는가? 깨달음의 한 순간이다. 아, 내가 바로 이 점을 놓치고 있었구나! 아, 세상에 이런 일이 있을 수 있구나! 카프카의 독신자는 면벽수행 절차탁마를 통해 진리를 깨닫는 수행자가 아니다. 다만 그는 매 순간 자기 이마를 치며 자신이 갖고 있던 상식을 깨 나갈 뿐이다. 상식이란 뭔가? 두 사람 이상이 공통적으로 인정하는 통상적인 견해이다. 가족을 이룬다는 것은 둘 이상이 하나가 되는 것. 정말이지 혼자로서의 의견을 가질 수 없게 된다는 것을 의미한다.

그런데 자기 테두리에 갇히지 않기 위해 독신자가 해야 할 일이 있다. 그는 늘 깨어 있으면서 잘 놀 궁리를 해야 한다. 「나이 든 독신주의자, 블룸펠트」를 읽어 보자. 이 작품은 유고집에 수록된 작품으로 언제 쓰였는지는 불분명하다. 독신주의자 블룸펠트는 사실 혼자가 아닌데 집 안에서 늘 그의 등 뒤에서 튀고 있는 공 두 개를 데리고 살기 때문이다. 그가 자면 공은 침대 밑으로 기어들어 가지만 그가 깨는 순간 두 공은 제각각의 방향에서 튀며 블룸펠트의 정신을 어지럽히고 생활을 산만하게 한다. 출근 시간, 퇴근 시간도 잘 못 맞추게 하고 이웃들이 자신을 이상하게 볼까 계속 신경을 쓰게 만든다. 모두가 시계를 쳐다보면서 혹은 상사의 눈빛을 쳐다볼 때 블룸펠트의 시선은 거기에 초점을 맞추지 못하고 늘 이리저리로 튀고 있는 공 생각으로 불안하다. 직장 상사의 명령이 귀에 안 들리는 것은 아니지만 그의 지시사항을 정확하게 이해할 집중력이 그에게는 없다.

이것이 무엇을 의미하는지는 「가장의 근심」을 통해 더 생각해 볼 수 있다. 이 작품은 1919년 『시골 의사』에 수록되어 있는데 1912년부터 1919년까지는 카프카가 약혼과 파혼을 반복하던 시점임을 다시 한 번 상기하자. 제목부터가 가장 즉 아버지의 근심이다. 아버지가 걱정이 많은 이유는 자기 집 안을 돌아다니고 있는 장난감 때문이다. 블룸펠트의 두 공을 연상시키는 이 장난감은 이렇게 생겼다.

그것은 우선 납작한 별 모양의 실타래처럼 보인다. 그리고 그것은 실제로 실이 감겨져 있는 것처럼 보이기도 한다. 물론 그것은 다만 끊겨진 채 서로 엉키고 매듭지어진, 여러 모양과 색깔의 낡은 실타래 조각일 수 있다. 그러나 그것은 그저 하나의 실패만이 아니라 별의 중간에는 횡으로 작은 막대가 돌출해 있고, 이 막대기와 맞닿아 오른쪽 모서리에 또 하나의 막대기가 있다. 이쪽 면에서 보면 이 두번째 막대기의 도움으로, 다른 쪽 면에서 보면 별이 발하는 빛으로 인해, 이 전체 모양은 마치 두 개의 다리로 서듯 곧추 설 수 있다.「가장의 근심」, 『변신: 단편전집』(카프카전집 1), 241쪽.

펜을 들고 이 묘사를 따라 그림을 그려 보려 해도 녀석의 모양이 잘 상상되지 않는다. 그런데 바로 이것이 핵심이다. 도대체 용도가 무엇인지 파악할 수 없기 때문에 형상화가 잘 안 되는 것이다. 이것이 블룸펠트의 공과 비슷한 까닭은 유난히 움직임이 많아 붙잡을 수 없다는 점에 있다. 천장에 있다가, 계단에 있기도 하고, 복도에 있는가 하면, 현관에 있기도 한다. 한동안 보이지 않을 때도 있지만 어김없이 또 나타난다. 청결해야 마땅할 집 안에 가끔씩 출몰하면서 집 안을 어지럽히기만 한다. 그런데 이 녀석 때문에 피곤한 사람은 오직 가장이다. 우리 집안의 분위기, 가족들의 생활을 좌우하는 아버지만이 이 녀석 때문에 괴롭다. 왜?

이 장난감의 이름은 오드라데크(Odradek)인데, 이 말은 슬라브어에서 나왔다는 설도 있고 독일어에서 나왔다는 설도 있다. 한마디로 기원이 불분명하다. 기원이 불분명하다는 것이 무엇을 의미하는가? 이것에 목적이 없음을 뜻한다. 언제 어디서 왜 태어났는지 알 수 없기 때문에, 언제 어디서 왜 태어났는지 그 의미가 지정된 것들을 번거롭게 한다. 앞서 우리가 살펴보았던 「공동체」의 여섯번째가 바로 오드라데크인 셈이다. 아버지는 이 집안의 빛이요 척도이시지만, 오드라데크는 그 빛이 들어오지 않는 집구석, 계단 틈새 여기저기에서 놀기에 바쁘다. 덕분에 아버지는 두 발을 뻗고 잘 수가 없다.

　얼마나 오드라데크를 없애지 못해 괴로워하는지를 보면 아버지의 삶이 어떤 것인지를 알 수 있다. 아버지란 이유 없는 것들, 의미 없는 것들, 목적 없는 것들과는 도저히 함께 살 수가 없는 존재인 것이다. 앞에서 우리는 카프카가 분석한 폐쇄적 공동체 가족의 작동방식을 살펴보았다. 아버지는 한 가족의 삶에 척도이다. 상식의 주재자요 집행자다. 아버지의 뜻을 받들고 그에 어긋나는 것은 다 쳐내면서 무리는 자기들의 상식을 재생산하는 '가족'이 된다. 그런데 지금 이 집에는 오드라데크가 있어서 아버지의 목소리로 집 안을 쩌렁쩌렁 울리게, 온 집구석을 아버지의 취향으로 도배하게 되지가 않는다. 집이란 모름지기 아버지의 뜻에 맞게 가지런히 정리되어 있어야 하건만 오드라데크 덕분에 자꾸만 지저분해질 뿐이다(집을 포함해서 카프카가 그리는 모든 공간은 어딘가 지저분하다. 하나의 목적으로 깨끗하게 정비되어 있는 장소란 한 번도 나오지 않는다고 해도 과언이 아니다. 신성해야 할 법정마저도 세탁부가 더러운 빨래를 손으로 짜고 있고 갑자기 남녀가 그 바닥에서 옷을 헤치며 사랑을 나누는 곳으로 나온다).

블룸펠트의 공 같은 것은 사라지지 않는다. 아버지의 집이 싫어서가 아니라, 아버지 자체가 누구인지가 별 관심이 없어서다. 이러한 관점을 조금 더 확대해 보자. 자연을 인간의 의도대로 다 정비할 수가 있을까? 이 세계 안에는 인간도 있지만 인간이 누구인지 관심조차 없는 무수한 생물 아니, 정말 오만 가지 존재들이 다 있지 않은가? 각각의 존재들에게는 생명을 이어가기 위한 노력이 있을 테고 그것을 인간의 관점에서 잴 수는 없다. 대규모 전염병을 일으키는 바이러스에게 예의와 절제라는 인간적인 너무나 인간적인 척도를 들이댈 수 없는 것 아닌가? 바이러스에게 왜 태어났냐고 묻는다면 뭐라고 대답할까? 카프카의 오드라데크는 존재함의 목적을 묻고, 살아감의 척도를 따지는 일의 어리석음을 보여 준다. 카프카의 독신자는 내 삶 안에 가족만이 아니라 무수히 다른 존재들이 함께 있음을 안다. 그러면서 하나의 상식으로 뒤덮인 가족을 고장낸다.

여기서 하나 더 짚고 가야 할 것이 있다. 잠깐 언급했지만 오드라데크가 장난감을 닮았다는 점이다. 아이들이 지나간 자리는 금방 표시가 난다. 모든 것이 어질러져 있기 때문이다. 블록은 블록끼리, 소꿉은 소꿉끼리, 아무리 그 목적에 맞게 정리하라고 일러도 블록으로 반찬을 차려내고 소꿉으로 기차를 만들어 내는 식이다. 어느 날 보면 솥이랑 냄비를 다 꺼내 놓고 제 집을 짓고 있기도 한다. 아버지나 엄마가 아무리 큰소리를 쳐도 온 사방으로 튀어 나가 버리는 아이들. 아이들은 언제나 부모의 권위를 시험에 들게 한다. 아이들의 존재 방식 자체가 오드라데크를 닮은 셈이다. 잠깐 생각해 보자. 정말 「가장의 근심」에 나오는 가장이 무엇을 근심하는지. 그가 걱정하는 것은 오드라데크가 아니다. 아버지가 있어서가 아니라, 아버지가 있어도 아이는 자란다.

『변신』: 아버지의 집에서 갑충으로 살다

우리는 카프카의 '변신'을 어느 외무 사원의 오드라데크 되기로 읽어 볼 수 있다. 『변신』은 아침에 눈을 떠 보니, 외판원이 갑충이 되어 있더라는 이야기이다. 그레고르 잠자 씨는 출근 준비를 재촉하는 시계 소리를 의미 없는 소음으로 듣게 되면서, 먼지가 굴러다니는 마룻바닥을 재충전을 놉던 침대보다 더 쾌적하게 느끼자마자, 몸통 여기저기에서 허우적대는 많은 발을 느끼게 된다. 이 발이 오드라데크의 발과 닮았다. 이 발길질과 함께 그레고르를 옭아매던 일상의 사슬이 한 겹씩, 두 겹씩 서서히 풀려나간다. 가족을 부양해야 한다는 도덕, 돈을 벌어야 한다는 상식, 여행을 떠나고 음악을 듣는 취향까지도.

그런데 그 덕분에 아버지 잠자 씨의 위선 또한 고스란히 드러나게 된다. 물론 『변신』은 그레고르가 아버지의 사과에 맞아 병들어 비참하게 부서지는 것으로 끝이 나고 여동생 그레타가 어디선가 남자를 물어 올 궁리를 하는 것으로 끝이 나기는 한다. 그렇지만 가장이 근심하듯이, 여섯번째 아이가 비집고 들어올 틈은 언제나 열려 있다. 오드라데크는 가끔씩 집을 바꾸기는 해도 결코 집을 떠나지는 않기 때문이다.

『변신』에서 카프카는 이불 밑에서 많은 발을 발견한 어떤 사나이의 희한한 경험을 그리고 있다. 사람이 벌레가 되다니? 희한한 상상력이다. 하지만 온갖 약속과 깨알 같은 규칙을 지키면서 24시간을 살아가는 현대인이라면 그런 아침을 충분히 이해할 수 있다. 몸은 무겁고, 시간은 자꾸 나를 떠밀고, 해야 할 일은 돌덩이처럼 나를 짓누르고. 그렇지만 왜 이렇게 하고 있는지 알 수 없는 느낌 말이다. 감당하기엔 버겁고 무시하기엔 꺼림칙한 이 중력! 사람의 몸집만큼이나 큰 갑충이라니, 정말 환상적이다. 그런데 그레고르가 던진 질문은 너무나 현실적이다. 꼬박 꼬박 출근 시간을 지켜 가며 회사에 가서 하는 일이 겨우 서류 속 숫자 확인이라구? 그렇게 번 돈으로 하려는 일이 절대 탕감 될 리 없는 나날의 빚 갚기라구? 도대체 나는 왜 이 일을 계속하는 거지? 겨우 아플 때 밥 한 끼 먹여 줄 누군가를 위해서?(「독신자의 불행」)

누군가의 아들로, 학생으로, 직장인으로, 이 사회의 일부분으로 사는 게 인생일까? 우리의 삶을 채우는 것이 오직 노동과 가족이 되어야 할까? 그레고르는 이렇게밖에 살 수 없는 자신을 돌아보게 되었을 때 갑자기 갑충으로의 변신에 들어갔다. 카프카는 이런 질문을 하는 사람은 모두 벌레처럼 비참한 나락으로 떨어지게 될 것이라고 경고라도 하려던 것일까? 그런데 생계를 도외시한 가장은 벌레나 다름없다는 세간의 가치평가를 무시할 수 있다면, 스스로를 갑충으로 느낀다는 것은 대단한 도약이 된다. 그는 출근하기 위한 두 발 대신에 사방의 먼지를 즐길 수 있는 많은 발을 갖게 되었다. 가족을 위해 써야 할 온 정신과 마음 대신에 공간의 습도와 온도까지 느낄 수 있는 등껍질을 갖게 되었다. 그렇게 그는 정상적이라고 하는 사회화된 인간의 생활로부터 거침없이 멀어져 간다.

카프카의 작품을 아버지가 군림하는 세계의 압도적인 기세에 눌려서 실패를 거듭하는 사람들의 드라마라고 보면, 그레고르 잠자의 경우에서처럼 그것은 모두 비극이 된다. 그렇지만 주어진 세계의 자명성을 의심하면서 그 세계가 허락한 방식에 완벽하게 무심한 존재들의 여행기라고 보면, 모든 이야기가 희극이 된다. 그레고르는 일터에 나가지 못해서, 아버지를 능욕했기 때문에, 벌 받은 것이 아니다. 갑충인 이상 그레고르에게는 회사가 회사일 이유가 없었다. 아버지가 아버지일 까닭도 없었다. 일을 해서 돈을 벌어야 한다는 명제도, 아버지니까 공경해야 한다는 도덕도 그에게는 무용했기 때문이다. 대신 벽지의 무늬와 침대 밑의 그늘이 훨씬 더 유용했을 뿐이다.

　그레고르는 갑충이 된 뒤로 다시 말해 '아들 그레고르의 일'을 고집하지 않게 된 뒤로, 회사원의 방을 전에 없던 놀이터로 바꾸었다. 휴식을 취하고 다시 회사로 복귀하기 위해서만 존재했던 그의 작은 방은 이제 더듬어 보고 싶은 유리 액자가 있고 실바람이 흘러들어 오는 작은 틈을 가진 창문이 있고 오래된 먼지가 붙어 있는 구석이 있는 별스런 공간이 되었다. 겨우 외무 사원에 불과했던 그가 자기 자신을 규정해 왔던 상식의 중력으로부터 벗어나자마자 전에 없던 별별 감각이 살아나면서 온 사방의 벽을 즐기는 여행자가 된 것이다. 변신이란 무엇보다 '해야만 하는 일', '있어야만 하는 것', 약속된 모든 규범 즉 삶의 척도로부터 결별하는 데에서 시작된다. 일상에서 관계에 대한 경중이 바뀌고 일과 사물에 대한 감각이 달라진 것은 변신의 증거다. 갑충-그레고르의 많은 발은 중요한 것들의 무게를 덜고, 사소하다고 평가되었던 수많은 것들을 향해 몸을 뻗기에 좋다.

가족 안에서 낯선 자가 되는 것. 자기 삶에 척도를 도입하지 않는 것. 그러기 위해서 가장 필요한 태도는 가벼움이다. 갑충이 된 그레고르는 가족이라는 중력으로부터 한없이 가벼웠다. 그랬기 때문에 그는 게오르크 벤데만처럼 "아버지, 사랑했습니다"(『선고』)라는 유언을 남기고 강물 아래로 뛰어내리지 않을 수 있었다. 카프카는 함께 산다는 것에 어떤 특별한 이유가 필요한 것은 아니라고 한다. 가족이 되기 위해서는 아버지나 배우자에게 충성을 맹세할 필요도 없고 자식 사랑을 이유로 헌신할 필요도 없다. 세상의 오만 가지 우연이 동시적으로 작동해서 그만 여기에 이러고 모여 있게 되었을 뿐이다.

카프카는 「열한 명의 아들」(1914~1917년 집필, 1919년 단편집 『시골 의사』 수록)에서 아들 하나하나를 거론하며 어딜 봐서 가족이겠냐고 반문한다. 확실한 재주라고는 없고 매사에 불확실한 태도며 불성실한 성격이며, 심지어 연약하기까지 한 이들은 정말이지 "아버지를 기쁘게 할 수 없다. 그것들은 사실 가족의 파괴를 가져올 것이 분명하다". 그렇지만 파괴되지 않으면 안 되는 가족의 형태라든가 모습 자체가 없기 때문에 이 형제들은 어떤 일도 두려워하지 않는다. 그렇게 함께 살아가는 것이다.

사실 그레고르처럼 딱 끊고 독신자 되기란 어려운 일이 아니다. 내 삶의 무게 중심을 옮기는 것으로 충분하기 때문이다. 아침밥을 정성스럽게 차려내는 것만이 최선의 삶이라고 생각하던 주부가 새벽같이 일어나 소설책을 들고 도서관으로 나서는 모습을 상상해 보자. 이 이상의 변신은 없다. 아이들의 학교생활, 남편의 승승장구가 전부라고 생각했던 삶 안으로 정말 뜬금없는 벌레가 기어들어 오게 된다. 성적을 받아 진학할 것도 아니고 돈이 되는 것은 더더구나 아니지만, 소설 속에 펼쳐지는 인생을 천천히 음미하는 중에 주부의 하루는 자식이나 남편에 대한 것 외에도 다양한 이야기가 깃들게 될 것이다. 그러는 와중에 누군가가 그녀를 '엄마'라고 불러도 잘 듣지 못하는 독신자가 될 것이다.

독신자들은 외롭지 않냐고? 물론 그는 혼자 밥 먹고 혼자 자야 한다. 하지만 고독할지언정 외롭지는 않을 것이다. 왕 같은 아버지의 권위에 기대지 않고 가족 안에서도 어울리는 듯 어울리지 못하는 채로이지만, 그는 자신의 말과 행동이 의미하는 바를 잘 보고 가게 될 것이다. 그에게는 아버지나 가족이 든든한 울타리가 되지 않을 것이다. 그 안에 있지만 그 힘에 의탁하지 않고 움직일 것이다. 연애 관계, 부부 관계, 부자 관계 등 온갖 인간관계에 따로 모범을 두지 않을 것이기에 자기의 인격과 품위를 먼저 생각하면서 상대방을 대할 것이다. 윤리는 바로 여기에서 만들어진다. 안주할 굴레를 찾아다니기보다는 구체적이고 실제적인 관계에 대해 스스로 책임을 질 때 말이다.

3장

소송

————

정의를
비틀고
법을
고장내다

1. 나는 공무원이로소이다

카프카는 자신의 일상이 '지옥으로 추락하는 승강기'와 같다고 도 했다. 올라갈 것이라고 생각하면서 탄 승강기가 실은 자신을 지옥으로 떨어뜨리는 틀이라는 것이다. 그의 시선은 이제 조금 집 바깥, 수많은 승강기들이 오르락내리락하는 세계로 확장된 다. 일터로, 사회 속으로. 카프카가 가족 문제 다음으로 깊이 주 의를 기울인 것은 회사 생활, 더 정확하게는 사무실 생활이었다. 카프카는 체코 공화국의 공무원이었다. 법학 박사학위를 취득 한 직후 카프카는 1907년 이탈리아계 보험회사 '아씨쿠라치오 니 게네랄리'(Assicurazioni Generali)에 입사했다. 그리고 보다 여 유 있게 책을 읽고 글을 쓸 시간이 주어진다는 이유로 1908년 7 월 15일 '노동자재해 보험공사'에 들어가 공무원 생활을 시작한 다. 1922년 병을 이유로 해직할 때까지, 몇 차례씩 병가를 내면서도 14년 동안 이 직장을 떠나지 않았다. 직장 생활에서도 꽤 유능했는지 동료들로부터 업무적으로도 인정을 받았고 인간적으로도 존경을 받았다.

책을 읽고 글 쓰는 일을 좋아했는데 왜 전업 작가의 길을 가지 않냐고? 아버지의 재산도 많았는데? 이런 질문에는 어떤 전제가 들어 있다. 노동과 창작의 구분, 돈 되는 일과 되지 않는 일의 구분 등. 그런데 전업 작가라고 해도 하루 종일 글만 쓸 수 있을까? 글은 먹고살면서 쓰는 것이고 먹고사는 것에 대해 쓰는 것이다. 생존에 진지하다면 내가 얼마만큼 벌어야 하는지, 어떻게 써야 하는지에 관해서도 냉정한 관심과 노력을 기울여야 한다. 그러고 보면 카프카에게 꿈과 현실, 욕망과 능력은 대립 개념이 아니었나 보다. 물론 변호사로 산업재해 현장을 방문해서 노동자나 회사 측을 대변해 일하는 것을 좋아하지는 않았다. 다만 일을, 돈 버는 생활을 자기 삶의 전부라고 생각하지 않았기 때문에 보다 가벼운 마음으로 직장 생활을 계속 이어갈 수가 있었다. 글 쓰는 일을 자기의 무게 중심으로 삼고 있는 한, 돈을 벌든 여행을 가든 언제 어디서나 그는 한결같이 세파에 끄달리지 않으며 움직일 수 있었다. 변호사 일을 돈을 버는 수단으로 생각하지 않게 되자 노동자재해 보험공사는 프라하 사회를 더 면밀하게 이해할 수 있는 어떤 창구가 되었다.

그럼 카프카는 공무원 생활로부터 무엇을 발견했던가? 카프카의 작품에는 의외로 공무원들이 많이 나온다. 법원에서 일하는 성직자, 화가, 서기, 하급 판사, 전령사 등이 떼로 몰려 나오는『소송』같은 작품도 있고, 백작의 지휘를 받는 하급 관리들이 여기저기에서 출몰하는『성』도 있다. 단편에서도 시골의 공의라든가, 학교 선생님처럼 소소하게 마을을 관리하는 전문직 공무원들이 나온다. 그중에서 공무원을 가장 유머러스하게 표현한 작품이 있다. 「포세이돈」이다. 포세이돈은 원래 바다를 관장하는 신이 아니던가? 그런데 이 작품 속 신은 공무원이다. 그것도 저 천상의 주피터를 상관으로 모시는. 그는 낮이나 밤이나 대양의 심연에 앉아 도처의 하천을 관리하고 정비하는 서류 업무로 바쁘다. 출장 때 잠깐 바다를 바라볼 수도 있는데, 주피터에게 결재 받는 일에 전전긍긍하느라 그 장엄하고 위대한 풍경을 볼 여유는 상상도 못 한다.

그는 죽기 직전까지 서류만 들여다보고 있다. 이 일상적 임무를 그만둔다는 것은 상상도 할 수 없는 일이다. "그는 바다의 신으로 정해져 있었고, 그리고 그것은 유지되어야 한다." 이것이 그의 신념이다. 카프카는 공무원 포세이돈의 삶의 특징을 '자기 자리'를 지키는 운명으로 본다. '자기 자리'에 앉아 주변 풍경이라고는 볼 여유도 없이, '맡은 일'만 열심히 하는 사람들이 그래도 자신은 신이라며 스스로를 위로한다.

카프카가 제 자리, 그리고 제 임무, '자리'의 중요함에 대해 생각하게 된 계기는 그 자신의 직업과 임무에 있었다. 카프카는 프라하 인근 지역에서 막 성장하고 있던 대규모 공장들에서 발생하는 산업재해 문제를 많이 다루어야 했다. 실제로 공장에 가서 노동자들의 근로 조건과 기계 설비 장치의 모습을 확인해야 했고 덕분에 노동의 구체적 현장에서 노동자나 관리자가 겪는 온갖 경험을 직접 목격할 수 있었다.

공장 안에서는 특히 기계에 눈이 갔다. 그가 남긴 재해 보험 공사의 문서들 중에는 손가락 절단이 빈번히 일어나는 기계의 개선 방향에 관한 것도 있다. 기계에서 카프카가 가장 주목한 것은 그것이 어떤 구체적 목적에 봉사하는 부품들의 연합체라는 점이었다. 자동차를 생산한다고 생각해 보자. 핸들에서부터 바퀴에 이르기까지 엄청나게 많은 부품들이 차 한 대의 구동을 위해 정밀하게 가공되고 완벽하게 조합되어야 한다. 조각 하나하나가 제 자리에서 완벽하게 제 기능을 발휘해야만 전체가 일사분란하게 제 목적을 수행할 수 있다. 카프카가 보기에 기술에 대한 신뢰도는 앞으로도 점점 더 높아질 것이었다. 생활의 편리함이 기술 발전의 이유였고 보다 효율적으로 노동할 수 있는 환경을 제공해 주는 기계의 발달을 마다할 사람은 없었다. 보다 정확하게 일터로 실어날라 주는 전차와 자동차의 발달. 보다 더 효율적인 경제 동향을 전달해 주는 통신 기술의 발달. 기술은 예측 가능하고 안정된 생활을 견인할 도구였다.

그런데 기계와 함께 일하는 인간은? 카프카는 크게 놀랐다. 엄청난 규모의 기계들 속에서 노동 자체가 단순 분업화되고 있었고 그 속에서 사람들이 기계 부품처럼 취급되고 있었기 때문이다. 노동자 스스로가 그런 상황을 자연스럽게 받아들이고 있었다. 생산성 향상을 목표로 하는 공장에서는 기회비용이라는 관점에서 인간의 노동을 측정하고 있었다. 노동의 질적 차이는 시간에 따른 양적 차이로 전환되었고 노동자들은 오로지 같은 시간에 얼마나 많은 결과물을 내놓을 수 있는가에 따라 평가(임금)받고 있었다. 잘못 설계된 기계 때문에 손가락이 잘려도 그의 삶은 기업 이윤이나 가계의 손해 관점에서 계산되었다. 무엇보다 노동자들은 자신이 하는 일이 전체 설계 중 어디에 해당하는지조차 감 잡지 못했다. 기계화된 산업 시스템이 너무나 복잡해지고 있었기 때문이다. 카프카는 "모든 피조물의 가장 숭고하고 결코 손으로 만질 수 없는 부분인 시간"^{구스타프 야누흐, 『카프카와의 대화』, 264쪽.}이 그저 임금 산출을 위한 수단으로 전락함을 보았다. 사람들은 똑같은 시간에 출근해서 그 누구로도 대체될 수 있는 규격화된 일을 하면서, 자신이 무엇을 위해, 어떻게 살고 있는지 완전히 관심 없는 상태로 나날을 보내고 있었다.

공장에서 일하지 않았지만 사무실에 앉아 있는 자신도 다르지 않았다. 산재 보험공사 변호사 카프카 씨의 일과를 한번 상상해 보자. 그는 작게 나뉜 사무실에 자리를 배당받고 이렇게 저렇게 쪼개진 산재 사건들의 부분에 파묻혀 매일같이 공문서만 쓰고 있다. 회사 내 업무 효율을 높이기 위한 방안을 제시하고 동료나 부하 직원들의 업무 능력을 평가하기도 한다. 고학력이어서 높은 연봉을 받고는 있지만 법률서와 규정집을 뒤지면서 시시비비의 근거를 베껴 쓰는 필경사나 다름없다. 아, 카프카여!

카프카가 주로 맡았던 사건이 산업재해라는 점도 생각해 볼 만하다. 현장에서는 기계의 오작동, 노동의 미숙 때문에 상해가 일어나는 일이 빈번했다. 하지만 경위와 책임 소재를 따지는 전 과정에서 일어나는 것은 사건 자체를 세세하게 쪼개어 문서로 만든 뒤 수많은 관리자들에게 확인을 받고 또 받는 일이었다. 손가락과 직장을 잃고 눈물을 흘리는 피해자는 있었지만 그에게 사과를 하고 일어난 사건에 대해 책임을 질 수 있는 구체적인 인물은 어디에도 없었다. 카프카는 자신이 회사에 앉아서 작성하는 모든 문서가 사람과 사람을 연결하는 것이 아니라 규정과 규정만을 매개하고 있음을 발견했다. 거대한 시스템 안에서 한 사람 한 사람의 삶과 상처가 한 꾸러미의 서류뭉치로 전환되

고 있었다. '전체'의 부분으로 일하고 평가받고 있지만 그 '전체'
는 규정집의 모습을 하고 있기에 너무나도 추상적이었다.[*]

산업재해의 보상과 관련해서 변호사가 왜 필요할까? 상해
를 입은 자가 자신의 경험을 진술하고 그 보상을 책임자에게 직
접 요구하는 일은 왜 불가능할까? 작업 자체가 너무나 파편화되
어 있기 때문에 어디서부터 어디까지를 끊어서 사고로 보아야
하는지 그 자체가 논란의 대상이 되기 때문이다. 기계가 어느 시
점에 어떤 이유로 고장이 나기 시작했는지, 피해자가 언제 어디
서부터 실수를 하게 되었는지, 상해 사고의 인과를 이해하려면
그 노동자와 그 기계, 그 공장, 그 사회가 어떤 지점에서 잘못된
만남을 갖게 되는지를 분석할 수 있어야 한다. 그러나 그와 같은
부감(俯瞰)이 가능한 자리는 공장 안에도, 보험공사 안에도 없
다. 변호사는 사건의 경위 하나하나를 쪼개어서 그 적법성을 따
지지만 그 적법함 즉, 정의의 심판대는 있을 수 없는 것이다. 왜
냐하면 공장에서뿐만 아니라 복잡한 사회 생활 전반에 걸쳐 삶
이 너무나 파편적으로 이해되고 있기 때문에 사고에 대한 통찰
이 애초에 불가능하기 때문이다.

게다가 법은 그 자체로 사후적인 성질을 지닌다. 신의 말씀

---

[*] "밤낮을 타고 가는 기차 여행 같은 회사생활"(「헤트비히 바일러 앞」, 『행복한 불행한 이에게』, 120쪽
참고); "엄청난 양의 일"(앞의 책, 127쪽 참고).

이 쓰인 경전이 아닌 바에야 일어날 모든 일을 예견하고 있는 법전 같은 것은 없다. 만약 그러한 법전이 있다면 그때부터 법원은 예언집을 설교하는 교회가 될 것이다. 어떤 특정한 범죄가 있고 나서야 사람들은 그것에 대해 여러 가지 해석을 덧붙이면서 사건을 규제할 방안을 마련한다. 카프카는 변호업무라는 것이 지극히 사후적이라는 것을 새삼 발견했다. 자신과 같은 변호사들이 작성한 여러 가지 변론서들을 통해 법규 자체가 구성된다. 정의가 먼저 있기에 변호사가 나서서 선악을 가리는 것이 아니라, 그런 정의가 어딘가에 있을 것이라고 가정하면서 변호사가 선악의 기준을 만들어 간다. 모두가 시스템 안에서 잘 자리 잡고 살고자 했지만 그 시스템 자체가 유동적으로 구축되는 중인 것이다. 정의는 구성 중! 하여 믿을 데가 늘 없는 사람들은 더 권위자를 찾아다니게 되었다. 카프카는 현대인의 삶이란 늘 구성 중인 정의, 그렇기 때문에 한시적일 뿐인 정의를 찰떡같이 믿으며 사는 생활이 아닐까 생각했다.

권위자는 어디에 있는가? 정의의 대리자는 어디에 있는가? 카프카는 공장이나 회사에서만이 아니라 생활의 도처에서 잘사는 것과 못사는 것에 대한 규범이 만들어지고 있음을 보았다. 걸음걸이, 걸치고 둘러야 하는 옷들, 여가와 휴식의 방식에 이르기까지 어떤 기준이라도 있는 것처럼 사람들은 모델을 찾아 두리

번거리고 있었다. 자기가 어떤 구석에서 무엇을 위해 움직이고 있는지를 이해하기보다는 정답을 찾듯 변호사를 구하고 있었던 것이다. 공적으로 올바른 것에 대한 막연한 믿음에 기대어 스스로를 훌륭한 시민으로 만들기 위해 최선을 다하는 사람들, 카프카가 보기에 그들은 제복을 입지는 않았지만 모두 공무원이나 다름없었다. 바로 그런 이들이 시스템 사회를 열심히 생산하고 있었다. 그런 의미에서, 제 위치를 잘 파악해서 규정에 어긋나지 않는 성실한 사람들로 똘똘 뭉쳐진 산업사회는 관료제 사회였다. 하지만 다시 한 번 묻자. 그 사회의 정의를 정하는 자는 어디에 있단 말인가? 구성원 전부가 시스템의 부분으로 움직이고 있는데 말이다.

나치 독일의 파시즘을 피해 1941년에 미국으로 망명한 사람 중에 한나 아렌트(Hannah Arendt; 1906~1975)라는 철학가가 있다. 평생을 전체주의 문제를 고민했고 파시즘을 통해 인간을 이해하려고 했다. 아렌트는 카프카의 작품을 무척 좋아했는데 그녀는 바로 자신과 같은 사람들이 카프카의 독자라고 생각했다. '인생과 세계와 인간이 너무 복잡하고 대단한 이해관계로 얽혀 있어서 그에 대한 진실을 발견하기를 원하는, 그래서 우리 모두에게 공통된 경험에 대해 통찰력을 얻기 위하는 사람들' 말이다. 아렌트는 카프카의 소설에서 학교에서 회사로, 회사에서 다시 관공서로, 거대한 조직 속의 구석구석에서 모두가 길을 잃고 있는 현실을 보았다. 열심히 일하고 착실하게 돈을 벌며 살아가고 있다지만 자신의 활동을 전체적으로 파악할 수 없기 때문에 언제나 미로를 헤매는 것처럼 불안하고 답답할 수밖에 없다. 현대인은 직선 일로의 발전 과정에 자신을 두는 것처럼 보인다. 하지만 스스로의 삶을 제도가 제시하는 틀 여기저기에 맞추며 살아가기 때문에 자신을 충분히 이해하지 못하고 소외되어 있다는 것이다.한나 아렌트, 「프란츠 카프카에 대한 재평가 : 카프카 서거 20주기를 맞이하여」(1944), 『이해의 에세이 : 1930~1954』, 홍원표 외 옮김, 텍스트, 2012 참조.

포세이돈처럼 자기의 바다를 보지 못하는 자들에게 희망은 없는 것일까? 그런데 카프카는 전체의 부분으로 작동하는 거대한 시스템 사회, 관료제에 존재하는 아이러니도 발견할 수 있었다. 왜냐하면 전체를 위해 봉사해야 할 부품이 너무나 작게, 너무나 많이 조각 나 있었기 때문에 그 하나하나를 매끄럽게 완벽하게 연합시킨다는 것이 거의 불가능한 일인 것이다. 예를 들면 카프카는 개별 문서가 이 책상 저 책상으로 옮겨 다니는 과정에서 그 위에 명백히 모순되는 요소들이 계속 부착되어 감을 보았다. 카프카는 노동자재해 보험공사 사무실에 앉아 날마다 서류 위에 어떤 사건을 정리하고 규명하는 문서를 썼는데 그 서류는 다시 여러 공무원의 책상 위에서 각기 다른 목적을 갖고 검토되었다. 공무원 각자는 자신의 전문성을 살려 사건의 일부에 대해서 적극적으로 해석하고 판단을 내렸지만 전체 맥락을 볼 수가 없었다. 게다가 너무나 많은 사건이 조각 나서 이 책상 저 책상으로 이동하는 바람에 한 공무원의 책상 위에 이 사건의 조각과 저 사건의 조각이 마구마구 뒤섞이게 되었다.

카프카의 책상 위에는 손가락을 잃은 산재 사건에 대한 각종 검토문과 카프카 자신에 대한 개인 업무 보고서와 동료 직원에 대한 평가서 등등 온갖 문서들이 함께 펼쳐져 있었다. 어떤 문서가 누구의 책상 위에 계류되어 있는지를 파악하기도 어려웠고, 임무를 명령하는 자와 그것을 받는 자가 공유하는 정보의 양도 달라서 하나의 산재 사건을 공정하고 정확하게 분석하는 일, 책임의 공과를 정하는 일, 그것은 영원히 불가능한 임무가 되고 있었다. 카프카는 이러한 상황을 『성』에서 K가 자기 임명장을 못 찾아 고생을 하는 장면으로 재미있게 풀어놓았다. K가 백작님에게 다가가지 못하는 이유, 마을에서 계속 쫓겨 다니는 이유는 그의 초빙을 보증하는 서류가 어디에 있는지 아무도 못 찾아서라는 것이다. 서류가 언제 오기는 왔는데 A부서에 도착해야 할 것이 사고로 B부서에 오게 되었고, 그 착오를 수정하기 위해 A부서에서 B부서로 공문을 보냈는데 B부서의 누군가가 그런 사고가 있었다는 것을 회신은 했지만 도착한 서류 봉투에는 서류가 없었다는 것이다. 수많은 문서가 이 부서, 저 부서 사이를 오고갔는데 그 와중에 어딘가에 서류가 있기는 할 텐데 어디 있는지는 잘 알 수 없다는 것이다. 헥, 헥, 헥. 아 숨차다, 소득도 없이.카프카, 『성』(카프카전집 5), 오용록 옮김, 솔출판사, 2000, 78~79쪽 참조.

더 중요한 사실은 규정 자체, 정의 자체가 계속 구성되어 간다는 점이다. 신분제의 와해, 기술의 급속한 발달로 세상이 예측 불가능하게 돌아가기 때문에 불안해진 군중은 더욱더 권위적인 사람, 더 많은 사람들이 동의하는 정의를 찾아 헤매게 되었다. 하지만 잠깐만 멈춰 서 주변을 바라보면 오히려 그 예측 불가능성 때문에 관료주의적 시스템 내부에는 아직 결정되지 않은 빈틈도 너무나 많음이 보인다. 믿고 따라야 할 진실, 사회적 정의 자체가 지금 내 불안감을 통해 만들어지고 있는 중임을 안다면 우리는 지금 눈앞에 번듯하게 늘어서 있는 정의를 절대적인 것으로 여기지 않아도 된다.

2. 관료제—전체주의와 비인간화의 장치

관료제적 삶에서 어떻게 빠져나올 것인가? 카프카에게 일상은 관료제의 톱니바퀴들이 여기저기에서 맞물려 돌아가는 거대한 기계로 보였다. 이 장에서는 그가 글을 쓰면서 어떻게 삶의 전체주의적 제도화의 문제를 이해하고 돌파했는지를 살펴보자.

「만리장성의 축조」: 만 리의 벽도 막을 수 없는 탈주의 꿈

카프카는 지옥으로 가는 승강기 안에서 자신이 느꼈던 공포를 어떻게 형상화했을까? 그런데 카프카가 그린 지옥이 독특하다. 긴 복도, 어떤 사무실의 계단, 큰 앞치마를 두른 아줌마가 왔다 갔다 하는 거리. 지옥이 이렇게 일상적이라고? 뿐만 아니라 주인공들이 처하게 되는 곤경은 온통 사소한 일들뿐이다. 일상이라고 해도 살인·상해와 같이 도시에서 일어날 법한 온갖 끔찍한 사건사고는 하나도 나오지 않는다. 인물들은 약속 시간에 늦고, 의도치 않게 길을 잃고, 사람을 착각하는 일 때문에 좌절할 뿐.

예를 들면 「일상의 혼란」이라는 작품이 있다. 어디론가 바삐 뛰어다니던 A는 상대 역시 바쁘게 뛰는 바람에 결국 미팅에 맞추어 가지 못하게 된다. 목표를 향해 뛰고 뛰고 또 뛰다가 그만 스텝이 꼬여 넘어지게 되기 때문이다. 그는 결국 발뒤꿈치 근육이 타는 듯한 열상을 입고 고통으로 까무러친다. 자기 자리에서 최선을 다할수록 일의 진행이 어그러지고 상대방도 나도 도대체 누가 무엇을 잘못해서 진행이 안 되는지도 모르는 채로 발만 구르고 있는 형국이다. 그런데 그러더라도 겨우 약속 시간이 어긋나 버린 일에 지나지 않는다.

심각한 경우라고 한다면 『소송』의 K 정도를 들 수 있겠다. 하지만 그도 어떤 선고를 받은 뒤 법원이나 변호사 사무실, 화가의 아틀리에나 성당 등을 돌아다니느라 바쁠 뿐이다. 선고를 받은 자라며 광장에서 손가락질 받거나 밥줄이 끊겨 고통을 받는 일같이 극적인 사건은 없다.

아, 어느 날 아침에 갑충이 된 것은 좀 심각한 사건일 수 있겠다. 그런데 그 경우에 그레고르 씨는 또 이렇게 많은 발을 슬쩍 들어 보일 뿐이다. 이게 뭐 대수라고! 일상 속에 일어나는 작은 미끄러짐들은 천 근의 무게로 사람을 내리누르는 반면 아버지의 집에서 갑충이 되는 일은 충분히 그럴 만한 일로 여유 있게 다루어진다. 그 누구도 나라를 구하거나 사랑을 지키기 위해 분투하지 않는다. 다만 각자가 있어야 할 자리에서 시간에 맞춰 해야 할 일들을 하지 못해 가끔씩 난처할 뿐이다. 그런데 카프카에게는 바로 이러한 일상의 곤경이야말로 결코 사소하다 할 수 없는 지옥에서의 삶이었다.

카프카는 매일 아침 같은 시간에 일어나 어디론가 들어갔다 나오고 있는 사람들을 그려 보았다. 그리고 '변호사'라는 제목을 붙였다. 화자는 지금 진원지를 알 수 없는 소리가 웅웅거리는 복도에 있다. 그는 지금 자신이 어디에 있는지를 모르고 앞으로 뭘 해야 할지를 모른다. 자기 자신과 발 딛고 있는 현실로부터 완벽하게 소외되어 있다. 그의 눈앞에 있는 다른 사람들도 마찬가지다. 무표정한 얼굴로 느릿느릿 이 방 저 방 앞을 기웃거리고 있다. 지금 여기가 어디냐고 서로 묻지만 "아마, 법원이 아닐까요?"라는 대답만 겨우 되돌아올 뿐 사실 그들은 자신들이 어디에서 뭘 하고 있는지를 모른다. 자기 자신의 걸음에 대해 확신이 없으니 타인에 대해서도 자신이 없다. 하지만 이들은 믿고 있다. 여기가 정의가 살아 있는 곳이라고. 아무런 근거도 없으면서 말이다. 그래서 이 복도에서 서로는 마치 박물관의 유물, 도서관의 책들처럼 공인된 사물들로 비춰진다. 하지만 그렇게 비춰질 뿐이다. 사람들은 법원 안에 자신이 들어 있다고 믿을 뿐이다. 카프카가 보기에 이렇게 막막하게 복도를 서성이는 삶, 시간 맞춰 문을 열지 못할까 전전긍긍하는 삶, 바로 이것이 공포스러운 까닭은 자신이 지금, 왜, 여기에 있는가를 하나도 이해하지 못하기 때문이다. 자기의 구체적인 삶으로부터의 소외가 그들을 불행에 빠트린다.

카프카는 「변호사」에서처럼 이 공포스러운 삶을 미로로 표현한다. 『실종자』, 『소송』, 『성』의 배경도 모두 미로이다. 이 미로는 몇 가지 특징이 있다. 첫째 공적 공간과 사적 공간의 구분도 따로 없고, 세상의 온갖 방들이 복도를 사이에 두고 서로서로 맞물려 연결되어 있다는 점이다. 요제프 K는 처음에 법원인 줄 알고 들어갔지만 세탁부의 신혼집이었고, 화가의 개인 아틀리에인 줄 알고 찾아갔지만 나올 때는 다시 법원과 연결된 복도에 서 있는 자신을 발견했다. 침실이고 성당이고 온갖 사람들이 마음만 먹으면 얼마든지 드나들 수 있게 거대하고도 촘촘한 방식으로 연결되어 있었다. 가장 은밀한 침실에서부터 모두가 돌아다니는 광장에 이르기까지 어디나 신, 심판자가 계시는 것이다.

카프카는 미로를 돌아다니는 일을 방과 방을 통과하는 것으로 그렸다. 어떤 방문은 열려 있지만 어떤 방문은 닫혀 있고, 때로는 문지기까지 있어서 통과하기 위해서 시험을 치러야 할 때도 있다. 여기서 두번째 특징이 나오는데 이 미로를 돌아다니기 위해서는 따로 지도가 필요 없다는 점이다. 문이 열릴 것인지 닫힐 것인지, 그 앞에 도착해 봐야 알 수 있다는 것이다. 이쪽저쪽 문지기가 다 무서워 보여서 오도 가도 못하게 될 수도 있다. 이 미로들은 모두 어느 구석에서 뭐가 튀어나올지, 벽인지 문인지 두드려 보기 전에는 가늠할 수가 없는 시험의 연속이라고 할 수 있다. 그러니 얼마나 난감한가. 카프카는 이런 상황이 주는 곤란과 피로를 푹푹 빠지는 눈길을 걸어가는 기분으로 표현한다. 비틀비틀! 너무나 차갑고, 너무나 무겁다. 겨우 눈인데 한 걸음 떼기에도 힘이 들어서 지쳐 쓰러지기 일보 직전이다.카프카,『성』 (카프카전집 5), 19쪽 참조.

누가 세계를 이 모양으로 만들었을까? 세계가 미로로 되어 있다면 그 설계자는 누구이며 그의 의도는 무엇인가? 자, 모두가 법원으로 믿는 이 세계가 도대체 어떻게 만들어졌는지를 한번 살펴보자. 「만리장성의 축조」는 카프카의 세계관이 드러난 작품이다.「만리장성의 축조」,『변신: 단편전집』(카프카전집 1), 545쪽.

언젠가 황제가 북방의 오랑캐를 막자며 그의 백성들에게 성을 지을 것을 명령했다는 것이다. 그 원대한 계획을 이루기 위해 온 백성이 힘을 합쳤는데 문제는 그 규모 때문에 누구도 자기 일생 안에 장성의 축조를 볼 수가 없다는 점이다. 그 누구도 북방이라는 저 먼 곳에서 올 그 모든 오랑캐의 규모를 가늠할 수 없었다. 그래서 수많은 사람들이 아이디어를 쏟아부어 축조 기술을 만들었다. 그것이 '부분축조술'이다. 관리자와 미장이들이 장성의 여기저기를 돌아다니면서 잠깐씩 일하기를 반복하는 것이다. 바로 이 작업 덕분에 장성은 일괄적으로 관리되지 않았고 지어지다 말다를 반복하면서 지형에 따라 드문드문 벽들이 올라가다 말다 하게 되었다. 장성의 이 벽은 막혀 있기도 하지만 짓다 말다 허물어진 벽이 도처에 있어 찾아보면 누구나 드나들 수 있게 되어 버린 것이다. 막혔다고 생각한 곳도 뚫려 있고, 뚫려 있다 싶으면 또 막혀 있다. 가다 막히고 막히다 뚫린다. 세계는 이런 모습으로 계속 지어지고 있다. 그렇기 때문에 누구도 완전히 장성 안에 있지도 않고 아예 그 바깥에 있을 수도 없다.

오랑캐를 막자며 지어 올린 장성이 결국 미로가 되었다. 그럼에도 사람들은 계속 장성을 지어야 한다고 믿는다. 왜? 그리고 왜 하필 부분축조술일까? 카프카는 여기서 인간의 본성을 이유로 든다. 인간은 본래 목적이 없이는 살아갈 수 없다. 자기 삶에 방향을 정하면서 사는 것이 인간이다. 인간은 그 목적이 크고 위대할수록, 모두가 달려드는 목적일수록 그 목적과 자신을 한

몸으로 느끼기를 원한다. 초월을 향한 욕망을 부정할 수는 없다. 그래서 어딘가에 황제가 있다고, 그가 나를 부르고 있다고 말하기를 좋아한다. 황제를 위하여 즉, 의미 있고 위대한 업적에 이를 수 있다면 무엇이든 할 수 있는 존재가 인간이다. 인간은 언제나 완성과 초월에 대한 목마름으로 초조하다. 그런데 만약 이들에게 자기 생애를 통해 헌신하더라도 장성이 완성될 리가 없다고 말한다면 어떻게 될까? 자신이 설정한 그 위대한 과업이, 바로 그 위대함 때문에 자기 손으로 그것을 절대로 만져 볼 수 없다면? 그는 이 불가능성 앞에서 자멸해 버릴 것이다.

카프카가 보기에 인간에게는 이와 모순된 또 하나의 본성이 있다. 인간은 목표 없이는 살아갈 수 없지만 목표에 자신이 완전히 갇혀 버리는 것 또한 참지를 못한다는 것이다. 만약 스스로를 묶게 된다면 그 인간은 자신도 찢어 버리고 말 것이다.

그래서 사람들은 이 모순을 부분축조술로 해결했다. 여기서 조금 쌓아 올리고 저기서 조금 쌓아 올리면서 이동할 때, 그들은 도처에서 그런 식으로 누군가가 또 쌓아 올리고 있는 장성의 부분들을 보면서 자기 업무의 거대한 크기를 상상한다. 그럼으로써 자신이 의미 있는 삶을 산다고 자위한다. 동시에 이동하는 그 짧은 순간에 자신이 그 목표에 완전히 갇히지 않았다고 느끼며 조금 한숨을 돌린다. 약간 여유를 갖게 된 그는 아직 다 완성되지 않은 장성의 빈틈을 최선을 다해 메우면서 또 열심히 장성을 여기저기에서 쌓게 된다. 카프카는 세상이 황제가 신성하다고 '믿기로 한' 사람들이 만든 미로라고 한다. 다시 말하면 이 세상을 이 모습으로 만든 것은 황제가 아니라 인간 개개인의 욕망인 것이다.

사실 미로는 중세 교회에서는 '예루살렘으로 가는 길'의 비유였다. 미로에는 입구와 출구가 있는데 예루살렘 즉 천국이 둥글게 말려 들어가는 길들 한가운데에 있다는 것이다. 카프카는 이 비유를 인정했다. 위대한 일에 자신을 던지고 싶은 욕망, 초월적이고 신성한 목적을 위해 산다는 명분이 미로를 만들었다는 점 말이다. 그런데 카프카는 여기서 또 하나의 측면을 더했다. 천국으로 가는 길의 지난함에 말려들고 싶지 않은, 인간의 셀 수도 없이 많은 욕망이 사람들로 하여금 성벽과 구멍을 동시에 만들게 했다는 것이다.

절대로 갇혀서는 못 사는 인간의 본성이 미로를 낳았다. 미로를 만든 것이 나라면 그 미로 안에서 불안해할 필요가 없다. 하지만 흥미롭게도 많은 사람들은 황제의 명령을 잘 이행하지 못해서 아직도 미로가 있는 것이라고 생각한다. 카프카가 보기에 명령을 내리는 자는 황제가 아니다. 어떤 명령이든 수행할 준비가 되어 있는 '나' 같은 사람이 모여서 황제에게 권위의 왕관을 씌워 주면서, 미로를 열면서 살고 싶음에도 불구하고 장성을 지어야 한다며 초조해한다. 그렇게 몸을 움직이면서 때로는 황제를 기다리는 삶이라며 자랑스러워하고 때로는 황제가 모르는 길을 내고 싶어 하면서 즐거워한다.

이들은 자기 앞에 들이닥친 오랑캐가 황군인지 적군인지조차 분간할 수 없을 것이다. 황제의 명령만을 기다리면서도 그 황제가 죽었는지 살았는지는 파악할 수 없을 것이다. 그런 줄도 모르고 '황제의 칙명을 기다린다'는 것으로 무조건 안심하다니, 어리석고 어리석도다! 자신의 삶을 어딘가의 황제에게 의탁하는 자, 자신에게는 다른 삶에 대한 욕망도 있음을 깨닫지 못하는 자, 그런 자들은 날마다 황제의 전령만 기다리면서 자신이 미로가 아니라 장성을 쌓으며 산다고 자위할 것이다.

『실종자』, 『성』: 제복을 입고 윤리를 버리다

그럼 어리석은 자들의 일상, 어리석은 자들끼리는 어떻게 만나고 헤어지나? 자신이 모시는 황제가 누구인지도 알 수 없는 지경이고, 자신이 무엇을 위해 지금 이렇게 살고 있는지는 더더욱 모르는 마당이니, 그런 사람들 사이의 사귐이란 것은 더 말해 무엇할까? 서로는 서로에게 황제의 대리인으로서 말하고 행동할 뿐이다. 앞에서 인용했던 「변호사」에도 나오지만 그들은 서로에게 침묵한다. 장성 안의 사람들은 황제의 말씀을 반복해서 말하거나 황제의 칙령을 받아쓰는 것으로 만족할 것이다.

카프카는 황제의 신민으로 자처하면서 사는 이들을 그 복색으로 설명하기도 했다. 『성』에 나오는 마을 사람들은 제복을 입고 돌아다니는 하급 관리나 전령사들을 보면 사족을 못 썼던 것처럼 말이다. 제복을 입고 있지 않아도 그들은 알아서 관리들의 말투를 흉내 내고 관리들이 좋아할 만한 것들로 자기 집을 치장했다. 그런데 모두가 성실하게 황제에게 복종하지만 도대체 황제가 무슨 말씀을 하고 계신지는 아무도 몰랐다. 심지어 늘 마을을 돌아다니는 클람이 어떻게 생긴지도 잘 몰랐다. 클람의 외모는 마을에 잘 알려져 있고 그를 본 사람도 몇 있지만, 그는 마을에 올 때와 나갈 때가 다르고 깨어 있을 때와 자고 있을 때가 달랐다. 사람들은 클람을 저마다의 인상에 의해 회상했는데 따지고 보면 정말 같은 사람이라고 할 수 없을 만큼 달랐던 것이다. 그럼에도 사람들이 어떻게 '클람'을 보았다고들 확신하던지! 그들이 마주쳤던 사람이 제복을 입고 있었기 때문이다. 그러니 어떻게 마을의 관리 '클람'이 아닐 수 있겠는가? 『성』(카프카전집 5), 206~207쪽 참조.

클람이 일부러 자신을 숨긴 것은 아니다. 제복을 입는 순간 그는 인격을 잃는다. 그래서 그에게는 표정이 없다. 이렇게 인간을 추상화시키면서 작동하는 것이 바로 관료제다. 그레고르의 아버지도 제복을 입자마자 누군가의 아버지가 아니라 한 사람의 사회인이자 국가를 지키는 군인이 되었다. 그의 모든 권위는 오직 그 제복으로부터 나왔다. K도 전령사 바르나바스가 입은 제복에 황홀감을 느낀 적이 있었다. 하지만 클람은 명령의 수신과 발신의 길목일 뿐 '클람'이라는 고유명을 가진 인간은 지상에 존재하지 않는다. 그는 자신의 의견도, 태도도 갖고 있지 않다. 사람들은 쉴 틈 없이 클람의 눈치를 보았지만 정작 그는 눈이 없어서 마을 사람을 보지 못한다. 명령을 받는 이를 바라볼 수도 심지어 그 자신의 모습도 볼 수 없는 자. 마을은 그런 빈 얼굴들의 지휘 아래 유지되고 있었던 것이다.

게다가 제복은 꼭 성에서만 하사되지 않는다. 바르나바스를 보라. 그는 하급 관리의 전령사가 되기 위해 스스로 제복을 지어 입었다. 너도 나도 제도의 한 부분이 되어 자기 얼굴을 감추려고 드는 형국이 아닌가? 마을 사람들이 스스로 제복을 입은 것처럼 행동할 때 바로 그 자리에서 소리 없이 권위가 솟고 마을이라는 거대한 관료제적 기구가 작동을 시작했다.

카프카는 『실종자』(카프카전집 4), 한석종 옮김, 솔출판사, 2017의 옥시덴탈 호텔에서 직원들 각자가 자기 제복에 갇혀 스스로를 권위자로 지배자로 만드는 모습을 그리기도 했다. 제복을 입은 자들, 자기 입으로 말하는 것이 아니라 관리로서 말하려는 자들, 그런 이들이 낳는 것은 타인에 대한 모욕일 뿐이다. 그는 지금 카알 로스만이 단지 자기에게, 카알 로스만이라는 하급 엘리베이터 보이보다 높은 자리에 있는 자기에게 인사를 안 했다는 이유로 욕을 하면서 몸을 더듬으며 수색을 하는 것이다. 그는 뭔가 지녀서는 안 될 것을 색출한다면서 허락 없이 바지 주머니를 헤집고, 자기 판단에 불필요한 것을 함부로 내던지기까지 한다. 도대체 그가 무슨 권리로 그렇게 막무가내의 권력을 휘두를 수 있는 것인가? 이유는 단 하나다. 수위장의 제복. 그는 단지 제복을 입었을 뿐인데, 자신이 호텔 전체를 대변한다고 생각하고, 눈 앞의 카알이 호텔에 무릎을 꿇지 않는다며 자기 앞에 무릎 꿇리려 한다. 수위장의 오만과 무례. 이것이 관료적 마인드인 것이다.

『성』에서도 마찬가지다. 제복은 착복한 자를 추상적인 질서에 빙의시킨다. 마을에는 명시적인 규칙이 없었다. 그럼에도 사람들은 자기가 알아서 클람의 뜻을 실행했다. 사회나 국가와 같은 공동체가 도대체 '어디'에 있는 것이냐고 물을 때 과연 '바로 여기야'라고 답할 수가 있을까? 구체적인 인격을 떠나 여러 사람을 일률적으로 통합하는 원칙은 추상적인 것으로서 그 누구

손에도 잡히지가 않는다. 하지만 그 추상성을 실체화시키는 장치가 부수적으로 계속 작동하기 때문에 제도는 현실화된다. 그런데 그 장치가 바로 나다. 나의 믿음이다.

클람의 얼굴을 정확하게 그릴 수 없다는 사실, 제복 안에 들어 있는 것이 클람인지 소르디니인지 파악하기가 어렵다는 사실. 바로 여기에서 법에의 자발스러운 복종술이 탄생한다. 백작님이 누군지 모를수록 사람들은 더 백작님의 전령에 신경을 쓸 수밖에 없기 때문이다. 제도를 작동시키는 모든 발화는 모호하기 때문에 그 구체적 수행을 위해서는 해석이 필요할 수밖에 없다. 마을 사람들은 '소르디니가 이것을 좋아할까?', '소르디니가 저것을 싫어할까?', '아말리아가 이걸 잘못했을까?', '저것을 실수했을까?' 이런 답 없는 해석을 계속하면서 예쁜 아가씨에게 반한 한 사람의 소르디니를 '선량한 관리'로, 비명 한번 질렀을 뿐인 아가씨를 '체제의 반항자'로서 실체화시켜 갔다. 그리고 '이장'과 '선생'과 같은 마을의 전문가들이 이런 해석에 권위를 부여해 주었다.

자기가 발 딛고 사는 세계에 대한 무관심, 자기가 마주하는 이웃들에 대한 무관심, 무엇보다 자신의 욕망에 대한 무관심, 황제의 신민들은 그런 무관심으로 똘똘 무장한 채 저마다 황제나 클람의 목소리를 흉내 내면서 살아간다. 그리고 그렇게 자신을 공무원으로 빙의시킨 채로 돌아다니기 때문에 마을은 계속해서 백작님이 지배하시는 영토가 된다.

3. 시골 사람 되기, 법의 생산자 되기

『소송』: 외적인 구속으로 얻는 내적인 자유라고?

세상 돌아가는 이치라는 것이 그때그때마다 황제를 찾아다니는 사람들이 이렇게 저렇게 꾸며 놓은 미로의 축조술에 불과하다는 것을 알면 어떻게 될까? 「만리장성의 축조」에 나오는 화자를 보자. 그도 한때는 미장이였다. 하지만 이제는 안다. 장성이 어떻게 지어지고 있는지를. 실제의 장성이 아니라 장성이 없으면 안 된다는 나의 상식이 그를 가둔 것이다. 그는 이 점을 깨달으면서 발걸음이 가벼워짐을 느꼈다.

「변호사」의 화자도 마찬가지다. 작품 제목이 왜 '변호사'일까? 제목이란 이야기를 거머쥐는 틀이다, 에피소드들을 이해하게 해주는 키워드다. 사람들은 어떻게 이런 자기 소외를 참고 견딜 수 있는 것일까? 왜 여기가 어디인지 서로에게 묻지 않는가? 이들은 정답이 어딘가에 있을 거라고 생각한다. 자신이 법의 테두리 안에 있음이 분명하며, 자신을 변호해 줄 누군가가 저 어딘가의 방 안에 있을 것이라고 가정한다. 자신이 무엇을 하며 어떻게 사는지 조금만 정신 차리면 자신의 눈으로도 살펴볼 수 있을 텐데도 말이다. 카프카는 자신이 기대고 있는 제도들, 학교나 회사, 정부와 같은 것들을 하나의 정의로, 믿고 의지해 마땅할 선한 기구로, 그렇게 간주할 때의 상황을 여기서도 미로로 묘사했다.

그런데 조금만 더 읽어 보자. 이 화자는 지금 자신이 처한 상황을 '보고 있다'. 그는 자신이 서 있는 자리가 복도와 방들의 미로라는 것을 안다. 그래서 그는 자문한다. '내가 여기서 뭘 하는 거지? 뭐가 그리 급해서 주변도 살피지 않고, 오는 길에 대한 기억도 없이 길을 잃어 이 구석에서 꼼짝 못하게 된 거지?' 그는 변호사가 자신을 대신해서 뭔가를 해명해 줄 것을 기대했기 때문에 이 복도를 빠져나갈 수 없었다는 것을 깨닫는다. 결국 그는 다음과 같은 탄식을 터뜨리면서 이 깊고 넓은 의존의 길을 벗어날 결심을 한다. 이 짧은 소설은 그가 또 다른 방향으로 걸음을 옮기면서 이렇게 끝이 난다.

이러한 시간의 소비, 이 잘못 든 길을 시인한다는 것은 참을 수 없는 일일 것이다. 어떻게 그렇게 할 수 있겠는가? 불안스레 웅웅 울려오는 소리를 들으면서 이 짧고 바쁜 삶 속에서 한 계단을 내려가다니, 그게 될 말이나 한가? 그것은 불가능하다. 너에게 주어진 시간은 너무 짧아서, 네가 만약 일 초를 잃어버린다면, 너는 벌써 너의 삶 전체를 잃어버리는 것이다. 왜냐하면 삶은 네가 잃어버린 시간만큼 더 긴 것이 아니라, 언제나 바로 그 정도의 길이밖에는 되지 않기 때문이다. 그러므로 네가 만일 어떤 길을 시작했다면, 어떤 일이 있더라도 계속해서 그 길을 가라. 너는 이길 수밖에 없다. 너는 결코 위험에 처하지 않을 것이다. 아마 너는 끝에 가서는 넘어질지도 모른다. 그러나 네가 이미 첫걸음을 떼어놓자마자 뒤돌아서 층계를 내려갔다면, 너는 처음에 곧장 넘어졌을 것이다. 아마가 아니라 분명히 말이다. 그러니까 네가 만일 이 통로에서 아무것도 발견할 수 없다면 문을 열어라. 그 문 뒤에서 아무것도 발견하지 못하면 또 다른 층이 있다. 네가 위에서도 아무것도 발견하지 못한다면 그것 또한 곤란한 것은 아니다. 새로운 계단으로 뛰어올라라. 네가 올라가는 것을 멈추지 않는 한, 계단 또한 멈춰 있지 않을 것이다. 그것들은 올라가고 있는 너의 발밑에서 계속해서 앞쪽으로 자라날 것이다. 「변호사」, 『변신: 단편전집』(카프카전집 1), 611~612쪽.

자기 삶의 이정표를 제시해 줄 변호사를 찾지 않고 이제 스스로 걷게 된 화자 앞에 펼쳐지는 것이 해방의 초원은 아니다. 걸어야 할 것은 어떤 법도 자신을 막아서지 않는 광야가 아니다. 여전히 그 앞에는 변호사가 어슬렁거릴 것이며, 정신차려 보면 또 어떤 심판이 기다리는 법원이다. 하지만 중요한 것은 이 화자가 자신이 무엇을 의지하면서 걷고 있는가를 직시하는 일을, 그만두지 않는다는 점이다. 곤란은 자신이 장성 안에 있다고 착각하는 데에 있지, 걷다가 넘어지는 데에 있지 않다. 그런 식으로 걷는다면 '그 문 뒤에서 아무것도 발견하지 못하더라도 곤란한 것은 아니다'. 왜냐하면 멈추지 않는 한, 길은 우리 발밑에서 계속 자라날 것이다. 길이란 주어진 것이 아니며, 인생의 답이란 정해져 있지 않다. 걸으면서, 코너를 돌 때마다 달라지는 풍경을 기대하면서, 내가 단지 이 계단에 서 있을 뿐임을 깨달으면서, 우리는 그렇게 멀리 또 멀리 갈 수 있다.

『소송』은 「변호사」의 화자처럼 서서히 자신이 왜 여기에 있게 된 것인지를 깨달아 가는 한 사나이의 이야기를 다룬다. 주인공은 요제프 카(K)로 그는 유명한 은행의 간부인데 어느 날 아침에 침대 위에서 선고를 받는다. 그레고르의 돌연한 변신처럼 이 작품에서의 선고도 너무나 갑작스럽게, 또 너무나 은밀한 공간에서 일어난다. 누군가가 요제프 카를 모함했던 것이다. 아무튼 그가 죄가 있다는 것이다. 그런데 실제로 작품 안에서 그의 죄가 무엇인지에 관해서는 아무런 설명이 나오지 않는다. 상황 전체를 놓고 추리해 보면 지금 이 방에서 은행으로 출근을 하고 있는 이러한 생활 자체가 죄인의 삶이나 다름없다는 말이 된다. 죄인, 벌을 받아야 하는 자. 해야 할 일과 하지 말아야 할 일의 규제 안에 갇힌 자. 그런 의미에서 일상의 온갖 규칙들을 착실히 지키고 있는 현대인들 모두가 죄인이다. 그런데 아이러니하게도 그의 죄는 그 스스로가 자신에게 허락한 죄이다.

법원으로부터 출두를 명받은 요제프 카의 삶은 그때부터 휘청거리게 된다. 자기가 왜 죄를 지었다고들 하는 것인지를 캐묻는 과정에서 외무 사원으로 살며 하숙집에 꼬박꼬박 월세를 내던 그의 안정적인 생활은 점차 무너져 내린다. 일상이 비틀거리게 된 것은 물론 카가 그런 식으로 움직이기 때문이다. 먼저 카는 법원을 찾아가 보았다. 그런데 도심 한가운데 번듯이 우뚝 서 있어야 할 것만 같은 법원은 의외로 도시의 변두리에 지저분하고 낡은 가옥들과 뒤엉켜 자리 잡고 있었다. "빈민들이 거주하는 잿빛의 높은 임대 가옥들"—그것이 바로 법원의 모습이었다. 자기에게 죄를 선고할 만한 신성함이라고는 찾아볼 수 없는 곳, 그곳에서 항구적이고 절대적인 삶의 원칙들이 만들어지는 것은 불가능했다. 게다가 법정에서는 모두가 지켜보는 가운데 세탁부와 법대생이 사랑을 나누기도 했다. 법정은 온갖 욕망들이 뒤엉켜 있는 장소여서 질서라는 것은 있을 수가 없었다. 미로와 같은 법정에서 모두들 자기 욕망을 웅얼거리면서 예심판사의 표정이나 말을 살피며 '옳소!', '아니오!'를 따라하기에 바빴다. 그들이 도대체 어떤 자격이 있어 내가 잘못을 저질렀다고 선고할 수 있단 말인가? 카는 큰 실망을 안고 법정을 떠났다.

다음으로 카는 변호사를 찾아가 보았다. 자신의 무죄를 보다 정확하고 정교하게 입증해 줄 사람이 필요해서였다. 하지만 그 변호사 역시 자기 침대 위에서 한없이 쌓여 있는 서류들을 살피다 말다 하며 세월을 보낼 뿐이었다. 왜냐하면 법원에는 너무나 많은 피고인들의 심리 서류가 쌓여 있었고, 그 각각을 처리하는 검사와 예심판사들의 책상 위에서 서류들은 종종 지체되거나 실종되고 있기 때문이다. 변호를 위한 서류들이 제출되는 곳은 말단 서기들의 책상 위였는데 어느 조직이나 말단에서는 미숙하고 직업의식에 투철하지 못한 이들이 있듯, 여기서도 보안에 숭숭 구멍이 뚫려 있었다. 때문에 변호사들의 주된 임무는 이 구멍을 찾아서 자기 고객에게 조금이라도 도움이 되는 정보를 캐는 것 이상이 될 수 없었다. 법원의 권위 없음에 이어 누군가의 죄과를 판단하는 과정 하나하나가 법원 공무원들, 변호사들 개인의 욕망과 신체 상태에 따라 자의적으로 좌우되고 있었다. 그런데 당황스럽게도 이렇게 일관성도 없고 투명하지도 않은 심리 과정에서 손해를 볼까, 피해자들은 더 많은 변호사들을 고용하면서 법원의 여기저기에 자기 인맥을 심고 정보를 유용하고 있었다.

마침내 카는 역시 어둡고 지저분한 변호사의 사무실이자 침실에서 깨닫게 된다. 나에게 해야 할 일과 하지 말아야 할 일을 규정해 주는 법이란 것이 얼마나 많은 이들의 사적 욕망과 우발적인 상황에 따라 만들어지고 있는지를 말이다. 그리고 카는 변호사를 보면서 '무죄를 증명한다는 것' 자체가 가진 딜레마를 발견했다. 만약 우리가 선고를 받고 실은 그 죄를 짓지 않았다는 것을 증명하려면 우선은 그 행위 자체가 '죄'라는 점을 전제해야만 한다.

예를 들어 보자. '저는 학교를 빠지지 않았습니다!'라고 주장하려면 무엇보다 '학교를 빠지는 일'을 죄라고 인정해야 하고, 더 나아가 '학교' 자체를 반드시 다녀야만 하는 지당한 장소로 수용해야만 한다. 이 무죄 증명의 과정은 학교라는 것이 어떤 공간인지, 왜 배우기 위해서 꼭 그런 사각형 건물에 들어앉아 누군가가 써 놓은 교과서를 들고 받아쓰기만 하고 있어야 하는지에 대한 의문을 원천봉쇄한다. 우리가 무죄를 증명하려고 하면 할수록, 학교를 반드시 다녀야만 하는 신성한 배움의 성전으로 만들게 된다.

　요제프 카는 변호사를 고용할 필요를 느끼지는 못하게 되었다. 하지만 사방에서 자신을 죄인으로 보고 달려드는 상황은 어떻게든 벗어나야 했다. 그래서 이번에는 법과 무관한 세계로 가 볼 생각으로 화가를 방문해 보았다. 하지만 어쩌나! 화가가 그리는 것은 전부 예심판사, 또 어떤 판사들의 초상화뿐이었다. 게다가 화가의 아틀리에는 정확히 법원 사무처와 연결되어 있었다. 가장 내밀한 관계마저도 법정 아래 완전히 노출되었던 것처럼 예술의 영역에서도 어떤 관습과 법칙이 있어 그려야 할 것들이 너무나 자세하게 규정되어 있었던 것이다. 참으로 많은 사람들, 정말이지 모든 것이 법에 속해 있었다. 여기서 카는 알게 된다. 회사원도, 법원의 공무원도, 예술가도 모두 한결같다는 것을. 그들은 아름다운 것, 좋은 것, 옳은 것, 말해야만 하고 표현해야만 하고 행위해야만 한다고 하는 모든 가치들이 어딘가에 따로 있다고 생각하고 그것을 찾기 위해, 수행하기 위해 열심히 살면서 자신을 정당하다고 한다는 것을 말이다. 따라서 살 길은 법원에 가서 무죄를 주장하는 데에도 법원과 무관한 어떤 영역을 찾아다니는 데에도 있지 않다.

「법 앞에서」: 법의 문지기를 괴롭히는 질문의 힘

『소송』의 후반부는 요제프 카가 어떻게 출구를 찾는가를 다룬다. 이제 굳이 법원 주변을 어슬렁거릴 필요를 느끼지 못한 카는 그저 되는대로 은행 업무를 보려고 하다가 이탈리아에서 온 손님에게 관광 가이드를 해줄 목적으로 어떤 성당을 방문하게 된다. 여기서 잠깐『소송』의 공간 설정을 다시 떠올려 볼 필요가 있다. 작품의 처음에 카는 자신의 하숙집 작은 방 안에 있다가 지저분하고 복잡한 변두리 법원의 복도 깊숙한 곳을 계속 헤매었다. 회사의 복도, 변호사 사무실의 어둑한 방들, 그리고 역시나 답답하고 비좁았던 아틀리에 이 모든 것들이 미로처럼 계속 연결되어 있었고, 시간마저 늦은 밤이 대부분이었기 때문에 전반적으로 계속 어디론가 내려가고 박히고 하는 느낌을 주었다. 그런데 마지막의 성당 신(scene)에서는 제단이 하나 나오고 그 위에서 신부가 요제프 카를 부른다. 어떤 상승의 기운이 이 장면을 감돈다. 신부는 교도소에 소속되어 있으니 정말이지 최후의 심판자나 다름없다. 드디어 어떻게 살아야 하는가에 대한 최종적인 대답을 들을 기회가 만들어진 것이다.

여기서 신부는 하나의 우화를 들려준다. 카프카는 이 우화만 독립적인 단편으로 만들어서 『시골 의사』에 수록했다. 제목은 「법 앞에서」이다. 이 이야기에는 한 시골 사람이 나온다. 그가 열린 틈으로 환하게 빛을 내보내고 있는 법의 문 앞을 찾아왔는데, 그곳에는 문지기 한 사람이 있었다. 시골 사람은 자신을 들여보내 달라고 하지만 문지기는 이렇게 답한다. "지금은 안 돼." 물론 이 말을 무시하고 시골 사람이 넘어갈 수도 있었다. 하지만 문지기는 이렇게 겁박했다. 내 뒤에는 더 힘센 문지기가, 그 뒤에는 더 힘센 문지기가 있어서 자신조차 문을 넘어갈 꿈을 꾸지 못하고 있다고. 그러니 한번 시도해 볼 테면 해보라고! 시골 사람은 계속해서 들여보내 달라고 하고, 문지기는 계속 지금은 안 된다고 하면서 세월은 흘러 어느새 시골 사람은 죽기 일보 직전이 된다. 하여 시골 사람은 그동안 자신이 가졌던 모든 궁금함을 모아 하나의 질문으로 만들어 그에게 물어본다. "이 긴 세월 동안 법의 문으로 들어가려는 사람이 왜 저밖에 없었나요?" 문지기의 대답은 간단했다. "사실 이 문은 오직 당신을 위한 것이었다오." 문지기가 그렇게 대답을 하면서 법의 문을 닫는다는 이야기이다.

바로 이 우화를 통해 카는 답을 발견한다. 일단 법이 도대체 어디에 있는지, 그것의 실체가 무엇인지 하는 문제에 관해서이다. 이 우화에서 법은 단지 '빛'이라고만 언급된다. 그것은 모두를 정의롭고 공평하게 비춘다고들 한다. 구체적인 내용이 무엇인지는 아무도 모른다. 다만 그러한 정의가 상정될 뿐이다. 그런데 이렇게 실체가 없음에도 불구하고 작동하면서 현실적으로 그 모습을 드러낸다. 언제인가? 시골 사람이 문지기와 대화를 나눌 때이다. '지금은 안 돼!'라는 말을 주고받는 과정에서 법은 마치 자명하게 존재하는 진리처럼, 저 금지의 효과로 출현하는 것이다. 무죄를 입증하려고 애쓰면 애쓸수록 어떤 행위를 죄로 규정하는 온갖 사회적 관계들, 가치들, 그것을 실체화시키는 것처럼 말이다.

그런데 문지기는 어째서 이토록 자신감을 갖고 명령을 내릴 수 있을까? 그는 자기보다 더 힘센 문지기, 그보다 더 힘센 문지기의 권위에 기대고 있다. 시골 사람 앞에는 거대하지만 어쨌든 열린 문이 하나 있다, 법으로 통하는. 그런데 그 문 너머에는 또 다른 열린 문 하나가 보인다. 그 열린 문을 뚫어져라 보고 있노라니 그 너머에 또 다른 문이 있음을 알겠다. 이런 식이다. 문 너머의 문, 그 너머의 문, 또 문, 문! 문 하나 넘어가기도 죽기보다 어렵다. 문이라지만 그 문을 지키는 문지기가 절대로 입장을 허락하지 않는다는 점에서 이것은 모두 벽이기도 하다. 벽 너머의 벽, 그 너머의 벽, 또 벽, 벽! 문지기들은 늘 더 높은 지위의 사람에게 자기 판단을 맡긴다. '단지 시키는 대로 했을 뿐입니다.' 그렇지만 이 겸손한 태도는 높은 사람의 권위를 빌려 자기 권위로 삼는 것에 지나지 않는다.

옥시덴탈 호텔의 수위장도 같은 말을 했다. 그에게 힘을 실어 주는 것은 오직 옥시덴탈 호텔의 문 개수이다. 각각의 문은 서로의 권위를 빌려서 작동하고 그 전체 흐름을 최종적으로 컨트롤할 수 있는 최후의 심급은 늘 텅 비어 있다. 우리는 그 누구도 '빛'이 무엇을 의미하는지 모른다. 이토록 힘센 문지기들이 지키고 있으니 '빛'이 의미 있고 중요하지 않을 리 없다고 상상할 뿐이다.

두번째는 도대체 시골 사람과 문지기 중에서 누가 더 자유롭다고 할 수 있는가의 문제이다. 문지기는 자신이 수호하는 것은 법의 권위라고 믿는다. 문지기가 두려워하고 존중하는 것은 자기보다 더 힘센 문지기, 그보다 더 힘센 문지기이다. 그런데 그것은 단지 소문, '카더라'라고 하는 '말'뿐인 건 아닐까? 즉 허위다. '직무'는 그에게 권위를 주었다. 그렇지만 그가 도대체 무엇을 아는가? 그는 법이라는 것이 있고 지켜야 할 만하다고, 모두가 그렇게 하고 있다고 믿을 뿐이다.

반면 시골 사람은? 시골 사람은 자기 두 발로 이 문 앞까지 걸어왔다. 문이 오직 그를 위한 것이었으니 그가 오지 않았더라면 문지기도 이 자리에 붙박일 리 없고 퇴근도 못할 리 없다. 시골 사람은 자기 두 눈으로 보고 자신이 생각한 것을 말하며 문지기에게 끊임없이 질문을 던진다. 그는 기나긴 시간 동안 문지기의 행동, 옷차림을 하나하나 끝까지 관찰했다. 문지기는 '지금은 안 돼'라고 그에게 금지를 내리지만 시골 사람은 '그럼 지금, 되는 일은 뭐냐?'며 온갖 궁리를 했다. 신부는 그래도 문지기가 성실하게 직무에 최선을 다한 것이 의미 있지 않냐며 이 우화의 교훈을 카에게 알려 주려 했다. 그런데 허위에 불과한 명령을 녹음기처럼 반복하며 산다니? 카는 문지기의 자유란 도대체 무엇일지를 생각하면서 조금 지치기는 했지만 절레절레 고개를 흔들며 가볍게 성당을 나올 수 있었다.

카프카가 아주 좋아했던 스위스 작가 로베르트 발저(Robert Walser; 1878~1956)가 있다. 발저의 에세이 중에 질문하는 힘에 대해 쓴 것이 있다. 제목은 「주인과 고용인」이다. 그 부분을 조금 읽어 보자.

나는 주인이란 아주 귀하고 희소한 종류의 인간으로, 때와 장소를 가리지 않고 문득문득 자신이 주인이란 사실을 망각하려는 희소한 욕구에 사로잡히는 사람이라고 믿는다. 주인이 되면 참 즐거울 거라고 상상하는 것이 고용인의 특징이라면, 반면에 주인은 고용인의 쾌활함과 경망스러움을 명백한 질투의 시선으로 바라본다. 왜냐하면 주인이란 언제나 옳을 수밖에 없는 입장이고, 그렇기 때문에 자신은 결코 알 수 없는 옳지 않은 입장이란 도대체 어떤 것인지, 어떤 맛과 냄새가 나는지 몹시 궁금하기 때문이다. 주인은 자신이 원하는 바를 행할 수 있고 이룰 수 있다. 그런데 고용인은 그렇지 못하므로 자신이 해보지 못하는 일, 즉 어떤 처분을 내리고 싶어 하며, 반면에 주인은 매일같이 하는 명령행위가 너무 지겨운 나머지 자신의 정체성이 가장 극명하고 단순하게 드러나는 처분 내리기보다는 차라리 누군가를 시중들기를, 누군가에게 복종하기를 갈망한다고 말할 수 있다. (중략) 주인이 주인인 이유는 재산 때문이 아니라 질문을 받는 존재이기 때문이며, 고용인이 자신의 정체성을 고용인으로 생각하는 이유는 스스로의 입술에서 그 질문이 나오기 때문이다. 고용인은 기다린다. 주인은 그를 기다리게 내버려둔다. 여기서 기다리는 행위는 기다리게 만드는 행위만큼이나, 아니 충분히 강하기만 하다면 어쩌면 그보다 더 편안할 수 있다. 기다리기만 하는 자는 그 어떤 경우에라도 책임질 필요가 없는 쾌적한 호사스러움을 누린다.로베르트 발저, 「주인과 고용인」, 『산책자』, 배수아 옮김, 한겨레출판, 2017, 58~59쪽.

발저의 설명을 따르자면, 주인은 질문을 받는 존재이다. 정답을 알고 있으며 해야 할 일과 그 방법을 알고 있다. 하지만 그는 오직 그것만을 알며 덕분에 거기에 종속된다. 반면, 고용인은 묻는 자다. 그는 꼭 그것을 해야만 하는지, 왜 그래야 하는지, 그것을 실행할 다른 방법은 없는지 계속 의심한다. 그는 명령과 목적에 완전히 종속되지 않고, 언제 어디에서나 다른 방향을 볼 여유가 있다. 앞서 우리가 살펴보았던 「법 앞에서」에 나오는 문지기와 시골 사람의 처지가 딱 이와 같다. 시골 사람은 최소한 이 문을 넘어갈 수도 있거나 넘어가지 않을 수도 있는 두 개의 길을 동시에 볼 수 있었다. 하지만 문지기는 오직 시골 사람의 입장을 금지시켜야 한다는 추상적 목표에 매여서 자기 일생을 남의 문 앞에서 다 소진해 버리고 말았다. 주인이라고? 너다움이라고? 그것을 고집하는 순간 우리는 '자기 믿음'이라는 철방의 '주인'이 된다.

이렇게 사는 것이 옳겠지, 저렇게 사는 것이 옳겠지, 어딘가에 정답이 있을 거라고 착각하면서 많은 사람들의 행동을 따라하는 삶. 늘 정답을 수행하지 못해서 불안하고, 그래서 더욱 정답을 찾아다니고. 그들은 일상의 여기저기에서 '이것도 안 돼', '저것도 안 돼'를 주장하지만 정작 내가 만들 수 있는 가치, 할 수 있는 행위, 맺을 수 있는 관계에 대한 윤리에 대해서는 생각하기를 주저한다. 카프카는 「법 앞에서」에서 왜 '지금'을 강조했을까? 정말 지금이야말로 전부이기 때문이다. 시골 사람은 정답을 찾아 법 앞에 왔다. 법원도 변호사도 지금 내가 할 수 있고 만들 수 있는 가치에 대해 생각하지 않을 때, '지금은 안 돼'라는 말을 신성한 것으로 믿을 때 출현한다. 그럴 때 우리는 권위의 노예, 제도의 문지기가 되는 것이다.

그러나 만약 우리가 정답처럼 보이는 삶의 모든 규범들을 의심한다면 어떻게 될까? 자신에게 선고를 내렸던, 저 대단해 보이는 법원의 위용이 흔들리게 될 것이다. 성당에서 나온 카는 이제 전략을 바꾼다. 침실에서부터 성당에 이르기까지 도처에 서 발견되는 법원의 공무원들, 법의 문지기들을 퇴근도 못 하게 붙들고 있기로 말이다. 문지기들 앞에서 서성거리며 그들이 당 연하게만 생각하는 약속들에 대해 딴지를 거는 것이다. 그럼으 로써 법이 자연스럽게 작동하는 것을 방해했다. 선고로부터 자 유로워지는 길은 속악한 법을 부정하는 것이 아니라, 그 법의 자 명성을 자꾸 건드려 보는 데에 있다. 이것이 카프카식 소송인 것 이다. 문지기가 될 것인가, 시골 사람이 될 것인가, 그것은 정해 져 있지 않다.

더 중요한 점은 내가 시골 사람으로서 문지기를 만난다고 해도 즉 법의 대리자와 그것의 피지배자로 만난다고 해도 여러 질문을 주고받는 가운데 우정을 나눌 수도 있다는 것이다. 견고

해 보이기만 하는 문지기를 다시 시골 사람으로 돌려놓을 수도 있다. 지금 삶을 규제하는 온갖 상식들 옆에서 그것으로는 설명되지 않는 여러 가지를 떠올려 보는 것, 자유는 그 과정 속에 있다. 카프카에게 자유란 나의 옳음, 내가 지키고 있는 고정관념을 의심하는 길에서만 만날 수 있다. 내가 믿고 의지하는 것이 무엇인지에 대한 이해만이 나를 자유롭게 한다. 기댈 수 있는 상식 없이는 살아갈 수 없는 것이 우리 삶이라지만, 언제나 그것을 절대화하지 않으려는 태도가 우리로 하여금 저 바깥의 신선한 공기를 마실 수 있게 한다.

4장
측량

욕망의
지도
그리기

1. 밤은 길어, 헤매어라 욕망의 길들을

카프카는 두 개의 길이 자신 앞에 놓여 있음을 깨달았다. 문지기가 될 것이냐, 시골 사람이 될 것이냐? 이십대 초반에 몇 번의 긴 해외 여행을 제외하고 그는 프라하를 거의 떠나지 않았다. 자유로운 공기, 신선한 바깥 세계를 맛보기 위해 굳이 프라하 바깥으로 나갈 필요를 못 느꼈기 때문이다. 여기가 정말로 유대인을 차별하는 곳인가? '그렇다'라고 대답하려면 우선은 차별받지 않은 삶이 어떤 것인지에 대해 먼저 자문할 필요가 있다. 학교, 회사, 관공서 등 온갖 가게에 체코 사람들과 동등한 자격으로 입장할 수 있는 삶? 그렇다면 학교란 어떤 배움터이며, 회사란 어떤 일터이며, 관공서란 어떤 조직인지에 대한 이해가 먼저 이루어져야 한다.

　모두가 똑같은 것을 배우고, 똑같은 업무 능력을 갖게 되고,

똑같은 방식으로 세금을 내고 복지 혜택을 누리는 것이 정말 동등한 삶이라고 할 수 있을까? '차별' 혹은 '억압'이라는 말이 성립하기 위해 좋은 삶에 대한 어떤 전제가 작동하는지를 먼저 물어야만 하지 않을까? 카프카는 보다 더 많은 돈을 벌 수 있게 만드는 제도만이 횡행하는 프라하에서 유대인에게 그런 기회가 덜 돌아간다며 권리 투쟁을 요구하는 것을 보면서, 정말 그런 방법밖에는 없는 것이냐고 묻고 싶어졌다. 사람들은 삶은 불안정한 것이니 믿을 것, 믿을 데가 있어야 한다고 생각했다. 하지만 바로 그 믿을 것, 믿을 데가 반드시 있어야 한다는 생각 자체가 불안을 낳는다는 사실은 간과되고 있었다.

우리의 상식과 삶의 규범들은 다음과 같은 전제 때문에 그럴듯한 실체라도 되는 양 작동한다. 첫번째 문지기, 그가 두려워하는 두번째 문지기, 그가 또 절대적으로 신봉하는 세번째 문지기, 또, 또, 그런 문지기들이 위계를 갖고 층층이 앉아서 뭔가 중요한 것을 수호하는 것이라는 착각 때문에 말이다. 카프카는 『소송』을 통해 지금이야말로 어떤 믿음을 신봉하는 자들이 매 순간 허용하는 법이 출현하는 지점임을 밝혔다. 그래서 지금 이 안에서 다른 식으로 삶을 구성하는 전략을 짜기, 지금 작동하는 이 세계를 이렇게 저렇게 고장내기라는 전략이 중요하다. 시골 사람이 문지기와 함께 새로운 우정을 발명했던 것은 신성해 보이기만 했던 법의 구속력을 무너뜨리면서 그것에 휘둘리지 않는, 그 강력한 장악력으로부터 자유롭게 살 수 있는 방법이 되었다.

『소송』에서 잘 드러나지만 중요한 것은 지금 내 삶을 장악하고 있는 이 상식과 이 제도가 틀렸음을 입증하는 일이 아니다. 그것만 있는 줄 알았던 지금 여기에 새로운 우정, 새로운 관계가 실험될 여지가 여전히 많음을 깨닫는 것이다. 시골 사람은 그런 해방감을 맛보지 않았을까? 카프카의 전략은 지금 여기가 싫다며 완전히 싹 다 갈아엎는 재개발을 하는 것이 아니라, 저 바깥 어딘가에 새롭게 신도시를 건설하는 것이 아니라, 바로 이 자리에 어쩌다 놓여 있는 지형지물을 이용해서 다른 관계망, 다른 이동 경로를 발견하는 것이다.

카프카는 어떻게 이러한 전략을 떠올리게 되었을까? 나는 그 답을 카프카의 산책에서 찾는다. 카프카가 일과 중에서 가장 중요하게 생각한 것은 당연히 글쓰기였고, 두번째가 산책이었다. 카프카는 퇴근길 2시쯤부터 늦은 오후까지, 그리고 저녁을 먹고 나서 한밤중이 될 때까지 긴 산책을 하곤 했다. 프라하가 평생 산책을 하고도 아쉬움이 남는 아름다운 도시이기 때문일까? 사실 프라하는 중부 유럽의 작은 도시이다. 지금도 반나절이면 도시의 핫 스폿은 다 둘러볼 수가 있다. 프라하의 구도심이라고 해도 유럽 여느 중소도시에서 볼 수 있을 법한, 크지 않은 광장 몇 개를 중심으로 온갖 구석으로 이리저리 뻗어나간 옛 골목길들뿐이다. 천년 고도이니 궁전이며 오래된 성당이 멋들어지게 펼쳐져 있을 것 같지만, 당시 프라하 시민들 스스로가 부끄러워했을 정도로 그 유물들은 잘 관리되지 않고 있었고 무엇보다 중심 광장 근처에 딱 붙어 있던 옛 유대인 지구는 궁핍하기 이를 데 없었다. 근대적인 풍모의 관청이나 시민들을 위한 대로가 형성되는 중이기는 했지만 덕분에 도시 전체가 소란스러운 공사판이기도 했다. 프라하는 화려한 샹젤리제가 있는 파리도 아니고, 저 멀리 알프스가 보이는 제네바나 이탈리아 북부의 풍광 좋은 도시도 아닌 것이다.

카프카는 프라하 사람들이 즐겨 찾았던 곳을 걷지 않았다. 북쪽 언덕 위에 자리 잡은 성을 바라보면서 강변을 산책하지도 않았고, 사람들이 모여서 쉬거나 집회를 벌이곤 하던 광장에 머물지도 않았다. 그는 혼자 걷기에나 적당한 오래된 골목길들을 계획 없이 이리저리 헤매기를 좋아했다. 많은 사람들이 낙후되어 있다고 비난한 옛길들에 더 매력을 느꼈다. 그 길에서 카프카는 산책의 본질을 깨달았다.

골목에서 우리는 무엇을 볼까? 양쪽으로 나를 막아서는 벽들이다. 그러나 이 벽에는 문이나 창문 같은 여러 통로가 있기 때문에 완전히 닫혀 있다고는 할 수 없다. 벽 사이에 서서 보면 어떨까? 앞이나 뒤가 뚫려 있는 것 같지만 그 만곡(彎曲) 때문에 언제 막힐지를 알 수 없다. 입구와 출구도 따로 있지 않으니 돌아다니다 보면 방향감을 잃기가 일쑤다. 게다가 골목은 누가 어떤 상태로 지나가는가에 따라 그 부피와 밀도가 달라진다. 은밀히 사랑을 나눌 곳을 찾는 연인들에게는 구석구석 담벼락이 정겹고 포근하게 느껴지겠지만 도둑에게는 어디서 형사가 튀어나올지 몰라 조마조마한 불안한 공간이 된다. 게다가 인간은 드나들 수 없지만 고양이나 쥐가 돌아다닐 수 있는 구멍과 담벼락은 또 얼마나 많은지! 갈 길 바쁜 직장인에게는 돌아가야만 하는 이 구석이 지옥 입구처럼 끔찍하겠지만, 갑충에게는 그 한 뼘의 구석도 멋진 놀이공원이 될 것이다.

또한 골목은 경로가 정해져 있지 않은 길들의 종합 선물 세트다. 그 안에서 우리는 절대로 갇히지 않으며 무한한 방식으로 돌아다닐 수 있다. 자기가 걸어야 할 길, 그 경로를 고집하지만 않는다면 얼마든지 신선한 긴장감을 느끼며 꺾어지고 올라가고 하는 길들을 새롭게 발견할 수 있다. 눈에 그렇게 계속 낯설어지는 골목길에서는 내가 통과해 왔던 곳들이 오히려 낯설게 보일 것이다. '음, 내가 저기에 있었구나. 저것들을 믿으며 살았구나.' 다시 한 번 강조하지만 카프카의 주인공들은 자신이 통과해 온 방들과 구석을 부정하지 않는다. 다만 왜 그런 구석에 처박혀 있게 되었는지, 그때 자신이 기대던 믿음을 문제 삼는다. 그레고르 잠자처럼 '집과 회사라는 곳 외에는 다른 길은 없다고 생각했었구나' 하는 식으로 말이다.

매일 같은 시간에 같은 경로로 반복하는 이에게 프라하는 골목들 몇 개로 압축되는 답답하고 비좁은 도시가 될 것이다. 하지만 사무실에서 일하다가도 가끔씩 길을 나서고, 따뜻하게 정돈된 잠자리를 두고서도 집을 나서서 어슬렁거리기를 좋아한다면 프라하는 얼마나 많은 길들을 숨기고 있는 미로가 될까? 한번 머무를 때에는 그곳밖에 기댈 곳이 없다는 생각이 들지만, 또 한 걸음 옮기면 얼마든지 살 길이 보인다. 카프카에게는 더듬어 볼 수 있는 벽이 차고 넘쳤다. 여기가 문일까, 저기가 문일까? 같은 공간처럼 보이지만 얼마든지 다른 방식으로 돌아다닐 수 있었다. 그때마다 공간에는 다른 생명력이 부여될 것이다. 모두가 만리장성을 쌓는 데에서 보람을 느낀다지만 그 나날은 저마다 골목길을 걷듯 살 수도 있는 일상인 것이다.

그런데 카프카가 골목 산책을 낭만적인 유희로만 생각하지는 않았다. 다른 삶을 살아 볼 가능성이 산책에 있다는 것은 분명했다. 하지만 카프카가 작품을 쓰면서 더욱 강조한 것은 골목이 '벽'으로 이루어져 있다는 점이다. 실제로 작품 대부분에서 주인공들은 골목길을 헤맨다, 끝도 없이 벽을 보면서. 끝이 없는 일, 자기가 마주한 사방의 벽을 보면서 어딘가 구멍이 있는 것은 아닌지 손과 발이 부르트도록 더듬는 일만 계속되는 것이다. 이러한 일에 계속 자신을 던진다는 것 자체가 보통 간으로는 감당할 수 없는 어렵고 힘든 일이다.

예를 들면 「스쳐 지나가는 사람들」이 그렇다. 밤에 골목길을 산책하고 있을 때 멀리에서부터 한 남자가 보인다. 그런데 어쩌지? 이 좁은 길목에서 어떤 식으로 그를 만나야 할지 대책이 서지 않는다, 모든 것은 정해져 있지 않다. 이 사람이 어떤 사람인지 정말 겪어 봐야 아는데, 겪기 전에 나는 먼저 그 사람이 어떤 존재일지를 가정하지 않으면 안 된다. 그를 무기를 가진 범죄자라고 생각한다면 방어를 하거나 돌진을 할 준비를 해야 할 것이고, 그가 몽유병 환자라면 위험한 상황으로부터 그를 구해 줄 준비를 해야 한다. 그 모든 준비가 없을 수는 없지만, 그때에도 중요하게 견지해야 하는 사실은 '아무것도 확실하지 않다'는 점이다. 그래서 심지어 형제처럼 보인다 해도 밤의 골목길에서 그를 믿어서는 안 된다. 그는 얼마든지 칼을 들고 나를 찌를 수 있다(「형제 살해」). 이런 불확실성을 안고 가는 것이 골목 산책의 진정한 매력이다.

「스쳐 지나가는 사람들」에서 카프카는 아무것도 정해진 것이 없다고 말한다. 무심히 스쳐 보낼 수 있다면 정말 다행일 것이라고 한다. 하지만 어쩌겠는가? 우리는 골목에서 만난 것을. 마주침은 피할 수 없다. 그래서 하나의 태도가 중요해진다. 도대체 저 사람이 누구인지 믿을 수 없는 상황에서 편견을 먼저 작동시키는 것('아마 너는 이런 인간일 거야') 또는 정말 저 사람도 나처럼 상황을 잘 모르는 사람이라고 생각하고 대처하는 것. 그런데 전자의 태도대로 움직일 때 우리는 문지기가 된다. 대신 앞에 있는 사람이 '지금은 이 길을 지나갈 수 없소!'라고 나를 막아서더라도 그 말과 처분을 따르거나 도망가지 않고 '왜 그래야 하는데요?'라고 반문할 수 있으면 시골 사람이 된다. 최악의 경우에 문지기를 만나더라도 그 길에 막혀 주저앉지 않고 살아갈 길을 찾을 수 있을 것이다. 만약 가만히 있으면 어떻게 될까? 형제에게라도 죽임을 당할 것이다(「형제 살해」).

「형제 살해」의 살인자 슈마르는 묻는다. 너의 질문은 무엇인가? 지금 너를 죽이고 있는 이 형제를 바라보면서 '네가 가족이라고 믿고 있었지만 결국 너를 잡아먹는 이 핏줄을 보면서 네가 묻고 싶은 것은 도대체 무엇인가?' 하고 말이다. 「형제 살해」의 메시지는 간단하다. 너는 지금까지 무엇을 하며 살아왔는가, 너의 그 모든 행위들을 통해 던지고픈 질문은 무엇인가? 질문하지 못하면 지금껏 너를 살려 왔던 모든 것들이 벽이 되어 너를 압살할 것이다!

　카프카는 중세 기독교인들이 천국으로 가기 위해 고생의 미로가 있다고 상상했던 것과는 다른 미로를 보았다. 미로를 연구하는 학자들은 교회의 미로처럼 목적지와 입-출구를 정해 놓은 미로(labyrinth)와 목적지 없는 혼동을 상징하는 미궁(maze)을 구분한다. 카프카는 자신의 바로 그런 미궁을 떠올리면서 골목길을 그렸다. 오직 얼마나 다양한 경로를 그릴 수 있느냐 없느냐에 달려 있는 슬기로운 미로 생활! 당신이 보고 있는 것이 전부라고 생각하지 마라, 더듬기 전에는 모른다, 질문하기 전에는 더 모른다. 우리는 골목의 이 벽과 저 벽을 더듬으면서 살길을 모색한다.

2. 시민 사회―모두가 '하나' 되는 세계

『성』은 K의 긴 산책을 다루는 작품이다. 어떻게 계속 새로운 길목을 마주하면서 살 것인가? 이것이 K의 과제다. 이 장에서는 K가 어떤 방식으로 미궁에서 자신의 지도를 그리는지를 살펴보자. 자신이 처한 골목이 미로가 되는지 미궁이 되는지는 전적으로 K에게 달린 일인데 그것을 깨닫기까지는 정말 수월하지가 않다.

　한번쯤 프라하를 다녀온 사람이라면 이 소설의 도입부만 보아도 프라하의 전경이 떠오를 것이다. 늦은 저녁에 저 멀리 성이 보이는 마을 입구에 도착하는 K가 되어 보고 싶은 사람은 카렐교 남단에 서서 저 멀리 프라하 성을 우러러보며 한 걸음 내딛기만 해도 충분하다. 『성』은 낮은 곳에서부터 높은 곳으로 상승하는 이미지가 소설의 시작 부분에 배치된다. K는 베스트베스트 백작의 다스림을 받는 성 아래 마을에 측량사로서 도착한다. 하지만 그를 임명해 주어야 할 성주에게 다가가는 길은 안개에 가려 보이지 않았고 밤낮으로 얼고 녹는 눈과 도처에서 튀어나와 그를 막아서는 주민들 때문에 자꾸만 길을 잃을 수밖에 없다. '지금은 백작님을 만날 수 없어.' 사람들은 이렇게 영원한 유예 속에 그를 묶어 두려 한다. 왜냐하면 우리는 오직 '지금'에만 살 수 있기 때문이다. 어떤 길로 가더라도 '지금'은 백작을 만날 수가 없기에 K가 내딛은 모든 발걸음은 실패의 연속이다. 빛이 보여 달려갔지만 그것은 막다른 골목의 가로등. 들어왔지만 나갈 수는 없는 미로. K는 한겨울, 맨몸으로 이 마을에 갇힌다.

『성』① : 유일신의 사제들—문지기, 방관자, 저항자

카프카는 『성』에서도 벽을 강조한다. 다만 그 벽은 문지기들이 지키고 있는 '문'과 같은 것이어서 통과할 수도 있고 하지 못할 수도 있는, 정해지지 않은 벽이다. K는 이 마을의 관습을 하나도 모르고 마을 사람들은 '이 마을에서는 원래'라며 지켜야 할 모든 것을 알고 있으니, 이 구도 자체는 '시골 사람과 문지기'의 대립을 그 틀로 삼고 있다 할 수 있다. 이웃들은 도처에서 문지기의 얼굴을 하고 그를 막아서는데 미완으로 중단되기는 하지만 카프카가 썼던 작품 중에 가장 긴 분량을 자랑하는 이 소설에서 K는 끝까지 백작님이 계시는 성 근처에도 가지 못하고 계속 더 낮고 더 깊은 곳을 구석구석 헤매게 된다. 수직으로 뻗어 올라간 작품의 공간은 K의 골목길 산책과 함께 더 넓고 더 깊어진다.

작품의 시작 부분에서 K는 이 마을에서 어떻게 하면 잘 살 수 있을지를 고민한다. 먼저 그가 택한 방법은 가장 빨리 백작님에게 도착하는 것이다. 어서 임명장을 받아서 관청이 시키는 일을 슥슥 잘하면서 인정받고 살기를 원한 것이다. 그런 점에서 K도 처음에는 문지기였다. 하지만 더 빨리 성의 입구에 도착하려고 애쓰면 애쓸수록 그는 점점 더 성으로부터 멀어져 갔다.

K의 곤경을 상상하기는 어렵지 않다. K처럼 피곤한 사람을 찾는 것은 너무나 쉽다. 대기업에 취직하기만 하면 인생이 다림질하듯 쫙 펴질 것이라고 생각하는 취업준비생이 있다고 생각해 보자. 우선 그는 대기업으로 향하는 길을 일직선이라고 간주할 것이다. 일단 학력을 높여 놓고, 과외로 토플·토익 점수를 챙기고, 각종 자격증을 준비하면서 말이다. 그러나 학점을 높이기 위해서 수업 외에 과외가 필요할 것이며, 영어 실력을 높이기 위해서 시험뿐만 아니라 어학연수도 해야 한다는 것을 곧 깨닫게 될 것이다. 자격증의 수는 많으면 많을수록 좋을 것이고 면접에

서 좋은 인상을 남기기 위해 외모와 스피치까지 교정을 하는 것이 좋을 것이다. 단 하나의 목표에 이르는 길, 그 일직선로에는 수많은 지선(支線)이 있어 그 각각을 완벽하게 수행하면서 앞으로 진행해야 한다. 이 모든 것을 수행하기 위해 매번 시간과 노력이 들 것이고 목표에 이르는 기간도 점점 늘어 갈 것이다. K가 처한 형국이 딱 그런 것이다. 목표에 더 가까이 다가가기 위해 너무나 먼 길을 에둘러 가야 하는 아이러니가 아닌가!

K는 백작님과 가까운 사람들을 찾아다니다가, 낮밤을 가리지 않고 성으로 가기 위해 분투하다가, 문득 깨닫는다. 이렇게 산다는 것은 너무나 피곤하고 괴롭다는 것을. 그러나 너무나 열심히 백작님만을 바라보고 달려왔다. 백작의 승인, 백작이 내려주는 영광이 자신을 보다 자유롭게 만들 것이라고 생각했기 때문이다. 혹시 실수라도 할까 봐 얼마나 조심했는지, 그 한 걸음 한 걸음의 노력이 아까워 돌아가는 일은 생각도 할 수 없었다. 그래서 그는 앞으로도 뒤로도 갈 수 없는 상황에 처한다. K는 자신에게 사방으로 열린 자유가 보장될 것이라고 생각했다. 하지만 그 자유를 저 위에 계신 백작님이 줄 것이라며 우러러보고 걸었기 때문에 그 길에 갇혀 버리고 말았다.

예를 들면 이런 식이다. 눈밭에 파묻힐 수만은 없어서 탈것을 찾고 있던 차에 갑자기 마부 게어슈테커를 만나게 되지만 그가 끄는 썰매는 결국 성으로부터 더욱더 멀리 떨어진 곳으로 K를 데리고 간다. 더 빨리 성의 입구에 도착할까 싶어 전령사 옷을 입은 바르나바스를 따라가지만 결국 성문이 아니라 그의 집 현관 앞에 이르게 된다. 카프카는 이 진퇴양난의 상황을 이렇게 그린다. 작은 집들과 얼어붙은 창유리와 눈만 끝없이 보이는데 발이 계속 눈 안에 푹푹 빠지는 바람에 완전히 길에 묶인 K. 마치 거미줄에 걸린 먹잇감처럼 말이다.

'더는 이렇게 살 수 없어! 나는 갇힌 거야!' 그런데 놀랍게도 자신이 갇혔다는 것을 인지하자마자 골목 어귀에 붙어 있던 농가의 창문이 열리고 그 집 안으로 들어갈 수 있게 된다. 카프카는 우리가 자신의 목표에 붙들려 오도 가도 못하게 될 때, 그것으로부터 풀려날 수 있는 첫 걸음은 자신이 갇혔음을 인지하는 데에 있다고 본다. 어딘가에 있을 좋은 삶을 위해 나를 다 던지고 있을 때, 나는 그 삶을 지키기 위한 문지기였던 것이다. 그런데 정말 내 인생에 백작님의 허락이 필요하단 말인가? K는 이 하나의 의문과 함께 그때부터 다른 길을 모색하기 시작했다. 이후로 K의 모색은 자기 앞에 어떤 문지기들이 있는지, 그들과 함께 무엇을 할 것인지, 그것에 대한 궁리로 이루어진다. 시골 사람과 문지기의 싸움, 그 둘 사이에서 벌어지는 질문의 주고받음이 이제 보다 다채로운 형태로 벌어지는 것이다.

우리는 특정한 상황에서 문지기가 되기도 하고 시골 사람이 되기도 한다. 정해진 것은 아무것도 없다. 그래서 카프카가 문지기들을 하급 관리들, 이장님, 여관 주인, 학교 선생님, 마을 소식통 등으로 표현한 것이다. 정말이지 그들은 우리가 어디서나 마주칠 수 있는 '이웃'들이다. 이웃들은 '당신들의 법에 대해서는 아무것도 모르겠노라!'고 주장하는 K 앞에서 문지기가 될 것인지 시골 사람이 될 것인지 계속 시험받아야 했다. 카프카는 결국 문지기가 되어 버리는 이웃들의 유형을 세 가지로 분류한다. 첫째, 무조건 K에게 입장을 허락하지 않았던 마을 사람들이다. 그들은 자신이 마치 하급관리라도 된 듯 외쳤다. '백작님의 허락이 떨어지기 전에는 당신을 받아들일 수 없어, 나가!'

두번째는 마을의 농부들로, K의 처지를 동정하고 내일은 좀 더 나아질 것이라며 위로하는 사람들이다. 이들은 K를 자기 집으로 데리고 와서 위로하고 달래 주었다. 그러나 K는 이 두번째 부류가 훨씬 더 위험하다는 것을 발견한다. 그를 내쫓거나 두려워했던 이웃들은 그가 스스로를 더욱 잘 돌보도록 했고 자신이 처한 전선이 어디에 그어져 있는지 집중하게 했다. 하지만 그를 도와주고 위로해 주는 사람들, 자꾸만 쉬어가라고 격려했던 이들은 그를 가던 길에서 이탈하게 하고 주의를 산만하게 만들기만 했다. 그런 이웃들은 그를 완전히 막아서거나 그가 앞으로 나갈 수 없게끔 발목을 붙들거나 하면서 K를 계속해서 무기력한 지경에 빠트렸다. 나는 이들을 '낙관주의자'들이라고 부르고 싶은데, 이들은 '내일은 더 잘할 수 있을 거야'라고 응원하면서 K가 자신의 목적을 의심조차 못하게 만들기 때문이다.

셋째는 진짜 관리들이다. 하지만 그들은 도무지 무슨 말을 하는지 알아들을 수 없는 말만 웅얼대었다. 카프카는 관리들의 형상을 여관 뒷방에 웅크리고 앉아 혼잣말을 중얼거리는 자들로, 도대체 누구에게 무엇을 지시하는지 그 자신도 모르는 자들로 그렸다. 그들은 관복을 입고는 있지만 자기가 맡은 일의 일부만 볼 수 있었고, 관청 전체에 대해서는 전혀 알지 못했으며, 자신과 관계된 업무 외에는 아무것도 몰랐다. 이렇게 하시오, 저렇게 하시오, 그들이 수많은 규약을 지시한다지만 그것이 모호하고 모순되기 일쑤여서 구체적으로는 무엇을 어떻게 하라는 것인지 전혀 알 수 없었다. K는 그 누구도 이 마을에서 살아갈 길을 잘 모른다는 것을 깨닫는다.

어떻게 하면 이 마을에서 내 식대로 살아 볼 수 있을까? 어차피 정해진 것은 없다. K의 시선은 이제 백작님이 계신 성이 아니라 '이웃'들에게로 옮겨 간다. 우선 이웃들 사이에서 문지기들과 대립하고 있는 듯이 보이는 두 사람을 찾을 수 있었다. 첫번째는 프리다, 클람의 애인이다. 두번째는 바르나바스의 누이 아말리아이다. 프리다가 방관자라면 아말리아는 저항자다. 결론부터 말하자면 K는 이 둘과 운명을 함께하고 싶지는 않았다.

우선 프리다는 외양간 하녀에서 주점 여급으로 승진하기는 했지만 권력을 탐하는 문지기가 되려고 해서는 아니었다. 그녀가 K와 함께 여관을 벗어난 까닭은 이민이 그녀의 목표였기 때문이다. 그녀는 늘 '외국'을 꿈꾸면서 자신을 지금 이 자리에서 벗어나게 해줄 것 같은 사람만 보면 누구에게라도 달려들었다. 물론 K는 그녀 덕분에 여관 주인에게서 쫓겨나지 않을 수 있었고, 결국 그녀가 원하는 대로 학교 교실에서 즉 여관은 아닌 곳에서 신혼살림을 차릴 수가 있었다. 그러나 프리다는 K와 사는 것에도 곧 질려 버려서 K의 조수 중 한 사람과 또 도망을 가고 만다. K는 그런 프리다 옆에 오래 머물 수가 없었다. K 역시 지금 여기가 아닌 '저곳'만 바라보며 사는 프리다와는 함께 갈 수 없다고 생각하게 되기 때문이다.

K는 지금 여기를 계속해서 부정하는 것이 가장 부질없고 절망적인 일이라는 생각이 들었다. K는 자신이 프리다와 함께 있는 "그 시간 내내 길을 잃었거나 아니면 멀리 낯선 곳에 와 있다는 느낌이 들었다. 그보다 앞서선 아직 아무도 와보지 않은 이방(異方), 공기마저 고향 공기와 성분이 전혀 다르고 낯섦 때문에 질식하게 되고 말 곳, 엄청난 유혹 속에 그저 마냥 걷고 계속

길을 헤매는 수밖에 없는 곳에." 『성』(카프카전집 5), 55쪽.

　K는 '지금 여기'에서 살고 싶었다. 지금 여기를 게토로 만들 것인지, 코너를 돌 때마다 걸을 수 있는 방향이 열리는 골목길로 만들 것인지는 나에게 달린 문제이다. 그런데 계속해서 내가 발 딛고 있는 이 자리를 부정해서는 언제까지고 떠돌기만 할 수밖에 없을 것이다. 자신을 막아서는 것이라고는 하나도 없는 초원에 사는 것이 행복할까? 행복은 둘째치고 그런 삶이 정말 가능할까?

　그런 의미에서 아말리아의 전략 또한 쓸 수 없었다. 아말리아는 성의 모순되고 더러운 지배 형식을 비판만 하느라 완전히 소진된 상태였다. 아름다웠던 그녀에게 흑심을 품고 부정한 청탁을 했던 관리를 고발했던 아말리아는 정말 마을의 그 누구보다 용기 있는 투사였다. 하지만 오래지 않아 그녀는 마을 사람들 전부로부터 외면당하고 말았다. '관리들은 부패했고, 백작은 틀려먹었어!'라고 외치는 데에 힘을 쏟으면서 그녀는 백작님의 지배를 받는 마을 사람들 전부를 비겁자라고 무시해 버렸던 것이다. 그러나 정말 마을 사람들이 백작의 지배에만 휘둘리는 문지기이기만 할까? 아말리아는 순결한 자기를 고집하느라 마을의 그 누구와 그 무엇도 하지 않았다. 그 결과는 고립이었으며 덕분에 가족들은 지금 아사(餓死) 직전에 몰리고 있었다. 마을 사람들이 없으면 누구랑 함께 관리들 뒷담화를 할 것이며, 누구랑 함께 먹을 길을 따로 마련할 수 있단 말인가?

『성』②: 삶의 반경을 넓히기, 왕은 모르는 길 하나를 찾기

백작님이 틀렸다고 말하지도 않겠다, 백작님이 없는 외국으로 이민 가지도 않겠다, 그럼 뭘 어떻게 할 것이란 말인가? 백작님을 저 성에 모시면서도 그 백작님만 보고 살지는 않겠다는 K의 결심을 어떻게 이해해야 할까? K는 그런 자신의 미션을 이렇게 말한다. "살고자 한다!" 그러면서 자신에게 산다는 것은 삶의 반경을 넓히는 일이라고 한다. K는 세계를 자신과 분리된 것으로 보지 않았고 더군다나 그것을 변혁의 대상이라고도 생각하지 않았다. 사실 K는 백작의 지배를 절대적인 무엇으로 실체화하지 않는다. K는 어떤 지시 사항도 의심한다. 아니, 아예 그런 것들이 무엇을 뜻하는지를 모른다. 마을 사람들은 이런 그를 '무지자'라며 경계한다. K는 마을 사람들 모두가 자명하게 아는 것을 몰랐던 것이다. 심지어 그는 그 자신이 알고 있었던 것마저 모르곤 했다. 무지자, 그렇다. K는 확실히 법에 관해 아무것도 몰랐던 시골 사람의 후예다.

K는 자신을 비난하는 이웃들에게 이렇게 대꾸한다. "하지만 무지한 자가 더욱 과감하게 나아간다는 이점도 있습니다." 그에게는 '가족을 지켜야 해', '나라를 지켜야 해'에서와 같이 지켜야 할 것이 따로 없다. 이렇게 무지한 자의 생존 욕망이 백작을 절대적으로 신봉하던 사람들의 욕망과 마주치게 되면 어떤 일이 벌어질까? 투쟁이다! 무지한 K는 스스로를 공격자라고 규정한다. 왜냐하면 마을의 문지기나 방관자, 저항자 들이 고매한 분들의 이름이나 빌리면서 손에 잡히지 않는 막연한 일들에 힘을 쏟는 동안 K는 바로 가까이 자기 눈앞에 있는 일을 위해, 무엇보다 자기 자신을 위해 싸웠다. 자신의 먹을 것과 쉴 곳을 찾기 위해 그는 백작의 임명장, 클람의 권위를 전혀 필요로 하지 않았다. 게다가 "적어도 맨 처음에는 자진해서 싸운 공격자였다."

비록 마을 사람들 모두가 아는 것에 대해 몰랐다고는 하지만 K는 백작과 자신이 어떤 관계로 대치하고 있는지는 알았다. 성이 그를 측량사로 임명했으므로 자신에 대해 모르는 것 없이 잘 알 것 같지만 그런 식으로 언제까지나 자신을 겁에 질리게 할 수 없으리라는 것을 간파했던 것이다. K는 백작 주변에서 모두가 달려들어 만들고 있는 마을 제도의 신성함을 흘긋 보면서 이렇게 생각한다. "약간 소름 돋기는 했지만 그게 다였다." 도대체 저 백작 한 사람이 자신에게 뭘 할 수 있는지는 여전히 불확실했고, 여기저기로 돌아다니며 해볼 수 있는 일은 언제까지라도 찾을 수 있을 것 같았다.

결과를 한번 보자. 무지자 K는 아말리아보다 훨씬 더 백작에게 적대적인 존재가 되어 갔다. K는 백작을 맞서 싸워야만 하는 무엇으로조차 생각하지 않기 때문이다. 오직 백작의 명령을 절대시할 때에만 백작이 지배하는 마을이 만들어진다. 그것에 복종하는 신민 없이는 백작도 없다. 모두가 백작의 손가락이 가리키는 곳만을 바라볼 때, 그는 다른 방향으로 고개 돌리면서 살길을 모색했다. 그래서 K 앞에서 사람들은 때때로 스스로에게 질문을 할 수밖에 없었다. '그동안 내가 보고 있었던 것은 무엇이지?' K와 함께 이웃들은 그동안 자명하게 측량되어 있던 모든 질서와 경계를 의혹의 눈으로 바라볼 수 있게 되었다. 그런 의혹에 찬 시선들은 매끄럽게 작동하던 마을의 질서에 균열을 내고 휘청거리게도 만들었다. 그렇게 K는 가는 데마다 잠을 깨워 놓으며 마을 사람들의 일상을 뒤흔드는 자가 되었다. 그가 백작에게 대놓고 반기를 든 것은 아니었지만, 그와 함께 사람들은 '백작의 명령'이라는 것이 무엇인지는 잘 모르지만 암튼 중요한 것이 틀림없다고 가정했던 자기 상식을 의심하게 되었다.

K는 백작님의 성에 도착하지 못한다. 성에 측량사로 왔지

만 임명을 받지는 못한다. 그래서 그의 삶은 실패한다. 그런데 '실패'란 누구의 관점에서 실패인 것일까? 백작을 만나려 하는 자에게만 그의 행보는 실패가 된다. 아버지라면 이렇게, 가족이라면 이렇게, 학교라면 이렇게. 삶에서 주어진 온갖 관습들을 얼마나 익히느냐라는 관점에서 볼 때에만 K는 실패이다. 박해라고는 없는 외국을 꿈꾸는 프리다나 완벽한 마을로 뜯어고치고 싶은 혁명가 아말리아가 볼 때에만 K의 인생은 실패인 것이다.

그런데 잘 생각해 보자. 그가 만들고 허문 실패들은 백작으로서는 꿈조차 꿀 수 없었던 삶의 길이다. K는 어떤 권위나 명령과도 거리를 둔다. K라면 어떤 위대한 혁명도 의혹의 눈길로 바라볼 것이다. K의 전신이랄 수 있는 카알 로스만도 거리를 휩쓸고 지나가는 군중의 무리를 마치 풍경화를 바라보듯 관조했다 (『실종자』). 낡은 정치 체제를 전복하는 일은 생각보다 간단할지 모른다. 군주제나 민주제는 인간을 숨 막히게 하는 무수한 제약들 중 하나일 뿐이다. 남자와 여자, 미와 추, 깨끗함과 더러움, 옳고 그름, 인간과 자연 등을 가르는 미세한 상식과 감각들을 떠올려 보라. K의 사소한 실패는 백작의 명령보다 일상을 관통하는 온갖 자질구레한 통념들 하나하나가 더 문제적임을 보여 준다.

3. 측량된 것들의 측량사 K 되기

『관찰』: 다초점 렌즈로 바라보다

K의 직업은 왜 측량사일까? K는 자신이 측량사임을 포기하지 않는다. 언젠가는 백작이 자신을 임명해 줄 것이라는 기대가 있어서는 아니다. 작품 전체를 통해 실제로 땅을 재는 장면이라고는 하나도 나오지 않는다. 심지어 K는 그 자신의 집 같은 것도 가지지 못한다. 그럼에도 '측량'은 그가 이 마을에 존재하는 이유다. 고대 로마에서 측량사는 국경이나 경계의 설정에 관여했다고 한다. 공법이나 민법에서 영토의 경계를 확정하고 삶의 반경을 결정하는 일의 책임자였기에 그들은 '법의 창조자'라고 불릴 만큼 막중한 책무를 지녔다고 한다.조르조 아감벤, 「K」, 『벌거벗음』, 김영훈 옮김, 인간사랑, 2014, 54쪽. 『성』에서 K가 창조하는 것은 무엇보다 자

신의 삶이다. 자기 삶의 반경을 그리는 자, 그가 K이다.

그럼 그는 어떤 식으로 자기 반경을 그리는 것일까? K는 고향에 가족을 두고 온 남자다. 그가 왜 고향을 떠나왔는지 직접적으로 설명되지는 않는다. 하지만 추측할 수는 있다. K는 마을 헤매기가 힘들어지자 고향에서의 한때를 회상하는데 어렸을 때 마을 담장 위에 혼자 올라가 고장을 조망한 적이 있었다는 것이다. K는 그런 식으로는 살고 싶지 않아서 이 마을에 왔다. 어디 높은 곳에 올라가 어떻게 사는 것이 잘 사는 것인지 조망만 하고 있는 것이 싫었던 것이다.『성』(카프카전집 5), 17쪽. 그래서 이 마을에서 그는 직접적으로 자기 살길을 찾는다. 이 '직접'이라는 말이 중요하다. 클람의 애인 프리다를 유혹해서 지친 몸을 위로하면서 힘을 보충하고, 아말리아가 들려주는 마을의 온갖 비리들을 들으면서 누군가에게 허락을 받지 않으면 불안해서 잠 못 드는 이웃들에 대해 생각해 보고, 주변의 여기저기를 손으로 건드려 보면서 자기가 어디에 있는 것인지 확인해 보고 싶었다.

K는 자기 앞에 출몰하는 이웃들을 만날 때마다 그들을 관찰하고 분석하면서 그 사람 하나하나의 삶을 이해하려고 했다. 말 그대로, 지금 여기서 이렇게들 살고 있는 사람들의 상식이 어떤 것인지, 도대체 무엇은 된다고 생각하고 무엇은 안 된다고 생각하는지 그 구체적인 내용을 찾아 물었던 것이다. 그러한 이해

의 노력과 함께 K는 마을 사람들 모두가 다니는 큰길로부터는 점점 멀어져 갔다. 그렇지만 프리다랑 살림도 차려 보고, 촌장님과 우정도 나눠 보고, 관리들이 드나드는 여관 복도에서 관습에 찌들어 있던 공무원들을 깨워 보기도 하면서 자기 살길을 열어 나가면서였다. 작품 말미에 K는 마을 여관 여급들의 하숙방에도 기어들어 가게 되는데, '설마 이런 곳이 마을에 있었어?' 싶을 만큼 눈에 띄지 않는 구석구석까지 파들어 가게 된다. 그의 탐문, 그의 측량을 통해 '이건 당연해!'라며 덮여 있었던 수많은 상식이 건드려지며 새로운 활기를 얻게 된 것이다.

측량한다는 것은 이해한다는 것이다. 지금 자기 앞에 무엇이 우뚝 서 있는지, 자신의 삶을 좌지우지하는 상식이 무엇인지, 그것이 어떠한 길로 나를 인도하는지 생각해 보는 일이다. 이미 측량된 것들, 선과 악으로 나눠져 버린 것들, 그런 것들을 다시 측량하는 것. 그것이 K의 자유이다. K는 그렇게 백작님이 계시는 마을에 머무르지만 백작님의 허락을 구하지 않고 산다. 백작님은 꿈도 못 꾸는 길을 여기저기에 내면서 말이다. 카프카는 자신의 믿음을 의심하는 것만이 자유의 길이라고 생각했다.

측량사는 왜 이름이 없을까? 그는 왜 고유명으로 불리지 않을까? 측량된 것들을 측량하며 돌아다니는 자는 왜 정체성을 갖지 않는가? 어떤 목적에도 휘둘리지 않는 자유의 길은 왜 익명

자가 되는 데에 있는 것일까? K의 형상을 찾기까지 카프카는 많은 실험을 했다. 첫 단편집 『관찰』에서부터 화자가 하는 일은 '관찰'이다. 자명해 보이는 일상을 의심하는 것. 그럼으로써 자기를 둘러싸고 있던 세계로부터 낯설어지는 것. 『관찰』에서 스냅사진처럼 제공되는 단편들은 지금 자신이 발 딛고 있는 자리를 의심하게 된 자의 시선으로 보게 된 세계이다.

카프카는 「나무들」에서 우리가 눈 속의 나뭇등걸과도 같다고 한다. 눈 때문에 잘 안 보여서 그렇지 실은 땅에 단단히 붙들려 있다. 그런데 그마저도 그렇게 보이는 것일 뿐. 우리가 보고 있는 것들의 진짜 모습, 정수 같은 것은 따로 없다. 대상은 이렇게도 저렇게도 보일 수 있다. 카프카는 나무들을 보며 무엇을 이야기하려 했을까? 나무를 보라는 것인가, 보지 말라는 것인가? 지금까지 우리가 살펴본 카프카라면 이렇게 대답할 것이다. 보고 싶다면 보게 될 것이고, 보고 싶지 않다면 안 보게 될 것이다. 대상을 나무로 규정하든, 눈 덮인 겨울 풍경으로 규정하든, 그것은 나의 관점이 만들어 낸 풍경이 될 뿐이다. 그것은 가짜도 틀린 것도 아니다.

우리는 아무리 짧은 글을 읽더라도 어떤 의미를 추출해 내려고 한다. 우리가 하는 모든 행동에 어떤 의미를 부여하지 않으면 쓸데없는 일을 하는 것 같다. 그런데 찾아내야 할 의미란 것이 정말 따로 있을까? 그렇게 나의 구체적 행동 바깥에서 원래부터 존재하는 의미 같은 것은 없다고 보았기 때문에 『소송』에도 『성』에도 대법관이나 백작님은 출현하지 않는다. 카프카의 「나무들」은 본다는 것, 생각하고 쓴다는 것이 따로 있지 않음을 말해 주는 작품이다.「나무들」, 『변신: 단편전집』(카프카전집 1), 42쪽 참조.

『실종자』: 수많은 이름과 다양한 삶을 통과하는 아무나 씨 K

'K'를 발견하기까지의 두번째 스텝은 정체성의 형성 과정에 대한 탐구였다. 그런데 사실 카프카는 처음부터 어느 정도는 익명적인 존재들을 그렸다. 출신, 직업, 친인척 관계는 대체로 삭제되어 있고 인물의 성격이나 취향이 사건의 전개 변수가 되지도 않는다. 헤르만 헤세의 '싱클레어'처럼 철학하기 좋아하고, 마르셀 프루스트의 '마르셀'처럼 글쓰기에 목숨 걸고, 입센의 '노라'처럼 위선을 싫어하는 자기 본분에 자의식을 가진 캐릭터는 없다. 사회에 소속된 것처럼 보이는 이들도 무시간적 공간을 생활 무대로 삼고 있다. 대형 로펌의 변호사는 소송 서류를 검토하기보다 고대 마케도니아의 법전을 연구하고(「신입 변호사」), 장성의 기술공은 태곳적 황제의 칙령을 추적하고(「만리장성의 축조」),

사냥꾼은 죽은 채로 여행한다(「사냥꾼 그라쿠스」). 반면 신화 속 인물들과 소설의 주인공들은 공무원처럼 그려진다(「사이렌의 침묵」, 「프로메테우스」, 「포세이돈」, 「산초 판자에 관한 진실」).

작중 인물들은 대체로 특성이 없다. 그들은 여성과 남성, 어른과 아이, 어떤 표상도 비켜 간다. 카프카의 여성 인물들은 남성성과 대립하지 않는다. 작품 속 아이들은 나이를 먹지 않는다. 장년의 남성이 갓난아이처럼 빨가벗고 이불 안에 들어가 있기도 한다(「시골 의사」). 국도의 아이도 영원히 나이를 먹지 않기로 작정한 듯 '잠자지 않는 자들의 도시' 남쪽 나라로 훌쩍 떠나 버린다(「국도의 아이들」). 어떤 강렬한, '의미 있는' 사건을 겪고 성숙해져서 어른이 된다는 콘셉트 자체가 이들에게는 없다. 이렇게 카프카의 주인공은 골목 여기저기에 개성이라는 겉옷을 툭툭 벗어던지면서 돌아다닌다. 언제나 볼 수 있는 얼굴을 하고 있지만 어디에도 머무르지 않는 존재, 나중에 세 편의 장편소설을 통해 완성하게 되는 K 역시 그런 자들의 이름이다.

카프카가 익명성에 주목한다는 것은 그 자신이 존경했던 소설가 선배들·후배들과 그의 문제의식이 다른 곳에 있었음을 의미한다. 근대 소설은 결국 신분제의 전통 사회에서 필부필부(匹夫匹婦)로 존재하던 즉 별다른 개성 없이 노동과 성의 테두리 안에 묶여 있던 존재들에게 고유명을 부여하는 일을 최우선의 과제로 삼고 있었다. 반면 카프카의 주인공들은 성장하지도 않을뿐더러 자신의 개성을 찾으러 돌아다니지도 않는다. 카알 로스만은 외삼촌 댁의 식객이, 옥시덴탈 호텔의 일꾼이, 오클라호마 극장의 단원이 되려고 한다. K도 마찬가지다. 그는 백작님이 계시는 마을에 살려고 왔다. 이들 익명자들은 누군가가 그들에게 끊임없이 지시를 내리고, 이것은 되고 저것은 안 된다는 권고가 쉴 새 없이 쏟아지는 마을에서 산다. 카프카의 외삼촌들처럼 바깥으로 돌면서 늘 이방인으로 살아가는 것이 아니라 늘 어떤 권위와 명령의 체계가 작동하는 곳에서 자기다움과 자유를 찾는 것이다.

이 자기다움이 왜 익명적일 수밖에 없는지는 『실종자』를 통해서 알 수 있다. 『실종자』는 '아메리카'라는 제목으로도 알려져 있는데, 카프카가 가장 먼저 기획하고 썼던 장편소설이지만 막스 브로트(Max Brod; 1884~1968)가 제일 마지막에 편집 출간함으로써 가장 늦게 알려지기도 한 작품이다(1927년 출간, 『소송』은 1925년, 『성』은 1927년에 사후 출간).

익명의 중요성은 작품 제목에서도 나타난다. 막스는 작품의 배경이 되는 '아메리카'를 중요하게 생각해서 제목으로 붙였지만, 후에 카프카의 초고를 연구한 학자들은 카프카가 잠정적으로 이 작품에 '실종자'라는 제목을 붙였다는 것을 발견하고는 제목을 바꾸어 다시 출간했다. 카프카는 『실종자』의 초벌 원고를 1911년 겨울과 1912년 봄 사이에 썼다. 그런데 3월 말까지 순조롭게 진행되던 글쓰기는 4월 1일에 갑자기 중단된다. 1912년의 일기와 막스에게 보낸 편지 곳곳에는 『실종자』 쓰기의 어려움이 토로되고 있다.「막스 브로트 앞」, 『행복한 불행한 이에게』(카프카전집 7), 240쪽 참조.

카프카는 자신이 쓰고 있는 작품의 방대함에 압도되었다고 한다. 마치 푸른 하늘을 다 뒤덮어 버릴 것 같은 실종됨의 넓이와 깊이를 느꼈다는 것이다. 카프카는 실종된다는 문제의 중요성을 자신이 감당할 수 있을지 없을지 확신할 수 없었고 더구나 자신이 그려 낸 형상들이 앞으로도 끈질기게 자신을 추적하게 되리라는 것을 직감했다. 작품 속 인물도, 카프카 자신도 '있었던 사실'과 '그려 낸 것'이라는 과거의 추격을 피해 필사적으로 몸을 빼려고 했던 것이다. 카프카는 『실종자』를 쓰다가 작가가 어떤 존재인지 알게 되었다. 작가란 주제를 갈고 닦아 소설을 완성시키는 자가 아니라 작품 안에서 자신의 이름을 잃어버려야 하는 존재라는 것을. 작가란 과거도 미래도 없이 써 내려가는 존재라는 것을.

이제 카알 로스만의 실종기를 따라가 보자. 『실종자』를 '굳이' 장르로 분류하면 성장소설이라고도 할 수 있다. 여러 공간을 편력하면서 주인공이 자기 운명을 각성하기는 하니까. 하지만 카알이 깨달은 미래는 안착이 아니라 '실종'이다.

우선 『실종자』에서 주목할 만한 대목은 '호명'과 관련된 장면이다. 누군가가 카알에게 이름을 묻고 그가 '네!'라고 대답하는 순간 그의 모든 관계성이 결정되기 때문이다. 야콥이라 불리는 남자가 카알의 외삼촌이라는 증거는 어디에도 없다. 하녀는 카알이 자신과 은밀히 관계해서 아들을 낳았으며 그 때문에 미국으로 쫓겨난 거라는 소식을 외삼촌에게 알렸다고는 한다. 그러나 드넓은 아메리카 대륙에 야콥 씨가 어디 한둘이겠는가? 하녀와의 치정이야 흔하디 흔한 사건인 것을. 그런데 어머니와 같은 성을 가진 한 남자가 카알의 이름을 호명하고 그에 대답을 해 버리는 순간, 그들은 곧바로 가족이 되는 것이다. 카알은 그렇게 꽃이 된 덕분에 한낱 이민자에 불과했던 처지에서 벗어나 여권 심사도 거치지 않고 뉴욕 최상류층의 일원이 된다. 그리고 외삼촌과 조카 사이가 성립하자마자 순식간에 온갖 혈연의 그물이 짜이게 되었다. 호명의 한순간이 온 천지에 널린 이름들 중 하나를 꽃으로 바꾸어 냈다.

그런데 문제가 있었다. 따뜻한 온수가 24시간 나오는 욕실과 포근한 침대, 최고급 영어 과외, 승마와 음악 같은 갖가지 교양 수업! 성이 같다는 그 이유 하나로 외삼촌은 자신이 일군 모든 것을 카알에게 하사했지만 여기에는 대가가 있었기 때문이다. 열일곱 살 카알이 자기 욕망대로 일하고 사랑할 기회가 원천봉쇄되었던 것이다. 친구를 사귀고 결혼을 하는 모든 것에 외삼촌의 허락이 필요했다. 결국 카알은 '카알 로스만'이라는 이름이 외삼촌의 부와 명예로 채워져 있음을 깨닫고 자기의 욕망과 능력으로 그것을 채우고 싶다는 생각을 하자마자 외삼촌의 대저택을 빠져나온다. 사실 외삼촌으로부터 벗어났다기보다는 그가 외삼촌을 자기와 무관한 사람으로 여기자마자 어느새 집 밖의 벌판에 놓여 있게 된다. 여기서도 카프카는 외삼촌을 폭군으로 그리지 않는다. 이 관계 역시, 보잘것없는 이민자로는 살고 싶지 않았던 카알의 욕망이 만든 권력 관계였다.

카알은 외삼촌의 힘이 아니라 자기 힘을 키우고 싶었다. 그래서 겨우겨우 옥시덴탈 호텔에 취직을 한다. 자기 삶은 자기의 것이라며 대단한 의욕으로 낮밤을 가리지 않고 승진할 계획을 세운다. '나는 독일이 아니라 보헤미아의 프라하 출신이랍니다!' 그런데 또 다른 문제가 나타났다. 고향이나 혈연의 유산에 갇히지 않는 대신에 거대한 직함의 위계 사슬에 붙들리게 된 것이다. 자신의 재능이라는 것이 '재능'이 되기 위해, 자신의 능력이 '능력'이 되기 위해 그는 호텔의 여러 조직의 심사와 평가를 받아야만 했다. 그런데 그 앞에 문지기처럼 떡 버티고 있는 '수위장',

'요리장'들은 카알을 잘 알아보지 못했다. 그들의 눈에는 '카알'이라는 한 인간, 이민자로 대서양을 건너고 배 안에서 화부를 만나고 외삼촌으로부터 구박을 받은 그 역사와 카알의 고민, 욕망은 그들 눈에 비춰지지 않았다. 그 눈에는 오직 카알이 입은 '엘리베이터 보이 제복'만 들어왔다.

카프카는 카알을 통해 자아론, 개성론의 모순을 보여 준다. 사람들은 개성을 학교에서 키울 수 있다고 믿는다. 개성 있게 살라고 하면서 생의 초반 대부분을 거대한 건물, 작은 책상 위에서 시간을 보낸다. 그런 다음 학교를 마치고는 회사에 들어가 있으라고 한다. 결국 고유명이 상징하는 개성은 제도의 승인이 없으면 개성일 수도 없는 개성인 셈이다. 자기 애욕을 자기 개성이라고 고집하던 보바리 부인은 빚을 지고 가족과 친구들에게 버림받더니 결국 비소를 먹고 자살하게 된다. 고유명이란 계속해서 제도의 부분으로 등기되는 현상을 은폐하기 위한 장치가 아닐까? 각기 다른 개성은 최종적으로 사회라는 지평에 자연스럽고도 합당한 방식으로 통합되어야 한다. 개성은 결국 특정 집단에 등기된 자들이 그 무리가 채택한 평균적 행위를 하며 사는 것을 뜻한다. 학교를 나와 가족을 이룬 평균적 임금노동자의 업무능력이나 취미 활동 이상을 뜻하지는 못하는 말인 셈이다.

고유명이 중요해졌다고는 하지만 그것은 학교와 같은 시스템에서 대량으로 생산된 인간의 주체화였다. 어떤 지역 출신인지, 누구의 아내인지, 형제 중에서는 몇 번째인지, 이런 대체 불가능한 관계로 불리던 인간은 표준화된 교육 제도와 회사 안에서 자기 이름으로 불리기 시작했다. 하지만 이 이름은 얼마든지 다른 이름으로 대체될 수 있었다. 학교에서 번호를 부여하고 사회가 주민등록번호를 발급하는 것은 결국 개체성이 번호로 대체될 수 있음을 뜻한다. 자기의 고유한 수식을 만들 수 없고 그저 번호로서 떠돌아야 할 때 인간은 자기 자신으로부터 소외된다.

이름이 아니라 지위로 사람을 부르는 곳에서 사람들은 어떻게 사나? 여기는 모두가 성실하게 '자기 자리'를 지키지만 서로의 얼굴을 알아보지 못한다. 한없이 촘촘하고 끝없이 뻗어 있는 진급의 사다리는 이미 셀 수도 없는 사람들로 꽉 채워져 있었고 그 안에서 발휘되는 성실함과 재능은 다 거기서 거기이기 때문이다. 그래서 호텔의 지배인, 수석 요리사, 상류층 손님 그 누구도 부지런한 카알과 약삭빠른 래널을 구별하지 못했다. 심지어 그 일을 한 사람의 인간이 하고 있다는 사실마저 종종 간과되었다. 카알은 호텔 안 종업원들에게 개성이란 곧 지위임을 깨달았다. 개성이 곧 지위가 되면서 한 사람 한 사람은 전체 조직의 일부로서 기능화되고 사물화되었다. 카알은 일주일 내내 엘리베이터 기둥을 닦아 가며 근무했지만 단 한 번의 지각조차 이해받지 못했다. 전체를 제대로 작동시키기 위해서는 조각 하나하나가 다 제자리를 지켜야 하니까 불성실은 죄 중의 죄가 되었다.

"이건 너무해!" 카알은 이 외침과 함께 호텔에서 또 빠져나오게 된다. 그리고 자기답게 살기 위해서는 가족의 울타리도 직함의 울타리도 거절해야 한다고 생각했다. 어딘가 자기를 찾지 않는 곳으로 달아나야 한다는 절박함에 몸서리쳤다. 그런데 아무리 도망쳐도 도처에서 그를 향해 사람들이 달려왔다. 스쳐 지나가는 사람들마다 "너는 누구니?"라고 정체를 묻는 질문을 해대었고, 그를 보호하고 변호해 주겠다며 옛 직장의 상사들이 계속 연락을 해왔기 때문이다. 그들의 호명에 답한다면 다시 조직의 사슬에 끌려 들어가게 될 것이다. 카알은 알게 된다. 호텔과 같은 거대 조직이 아니라 해도 한 사람을 특정한 관계 속에 묶고 일정한 방식으로만 행동하게 하는 규칙들은 어디서나 솟아난다는 것을. 우리는 계속해서 매인 것 없이 자유로운 개체이고 싶지만, 삶이라는 것 자체가 여러 차원에서 인간을 묶고 또 묶는다. 단 두 사람이 만나 연애를 할 때조차 관계의 문법이란 것이 만들어지고, 으레 기념일과 같은 미래에 대한 여러 약속을 통해 그 사귐이 틀 지어진다. 제도란 특정 정치권력이 제공하는 시스템이 아니라 무수한 관계 그 자체인 것이다. 다만 그 관계의 문법이 이미 결정되어 있다고 믿을 때, 그 관계를 주도하는 자가 저 바깥에 있을 때, 우리는 전체의 부분으로서 자기 '개성'을 말하게 된다.

어느 밤 정신 차려 보니 다시 또 누군가의 하인으로 있게 된 카알은 집 발코니에서, 골목을 쓸고 다니며 선거활동을 하는 군중을 물끄러미 관조한다. 자유를 외치는 사람들이 우르르 한곳으로 몰려가는 모습이 어쩐지 탐탁지 않았다. 카알은 아무리 해도 특정한 정치 권력이 사회나 개인을 구원해 줄 것 같지가 않았다. 그래 봐야 이름 아니면 직함의 굴레에 얽매이게 될 것이다. 카알은 어떻게 해도 거미줄처럼 자기를 옥죄어 오는 온갖 약속과 의무에 질려 버린다. 정말이지 탈출구가 없다는 생각으로 깊이 절망하게 된다. "이건 정말 너무해!" 카알은 도망을 다녀야 했다. 그런데 언제까지 가족이나 사회가 던지는 정체성의 그물을 피해야 할까?

그런데 자신이 이처럼 갇혔다는 느낌이 강력하게 들자마자 또 한구석에서 바람이 불고 살길이 보이기 시작했다. 카알은 자신이 하인으로 일하게 된 곳의 옆집 발코니에서 대학생 하나가 주경야독하는 것을 보게 된다. 권위나 조직에 자신을 완전히 다 내어주지 않으려면 그것이 그저 우연적으로 형성된 권위적 관계의 산물임을 깨닫는 것으로 우선 충분한 것이다. 즉 그런 호명의 체계는 어떤 상상의 산물이라는 것. 그런 권위란 지금 여기서 학생으로 불림을 당하고, 하인으로 불림을 당할 때마다 답하는 자기 때문에 형성되는 것. 이 두 가지를 명심한다면 누군가가 내 앞에서 '조카야!' 혹은 '어이, 엘리베이터 보이!' 하고 부를 때 대답을 하지 않거나, 늦게 대답하거나, 아니면 의미 없는 소음으로 그 말을 대하는 것으로도 충분하다. 그레고르가 아버지나 누이의 부름에 찍찍거리며 대답했듯이 말이다.

그래서 『실종자』의 마지막에 카알은 오클라호마 극장에 가 있게 된다. 왜 극장일까? 극장이야말로 이름이 넘쳐나는 곳이지만, 어느 누구도 그 이름을 소유할 수는 없는 장소가 아닌가? 무대 위에서 불리는 이름은 배우 자신의 것이 아니다. 또 매번의 무대에서 그 이름이 환기시키는 의미는 배우의 연기에 따라 늘 달라진다. 카프카는 다양한 배역과 이름의 배면에 초월적인 정신이 있다고는 보지 않았다. 카프카가 생각한 연극 미학의 핵심은 일회성이다. 연기란 우리의 삶 자체가 하나의 역할 놀이에 지나지 않음을 알게 해주는 장치이다. 무대 위의 인격은 마치 옥시덴탈 호텔의 직급과도 같다. 누구나 그 자리에 들어갔다 나올 수 있다. 그러므로 고집해야 할 주체성, 독아적 개성이란 있을 수 없다.

그래서 카알은 극장 단원을 뽑는 면접에서 자신을 '니그로'

로 소개한다. 물론 처음에는 심사관들 중 한 명으로부터 '저 사람은 니그로가 아니야'라는 말을 듣는다. 왜냐하면 독일 태생의 그는 백인이었으므로. 그렇지만 서류상으로는 '니그로'라고 해도 아무런 문제가 없었다. 서류는 사람의 피부색을, 표정을 읽지 않는다. 옥시덴탈 호텔에서의 극단적 관료제가 직함과 임무를 명분으로 카알에게 그가 짓지도 않은 죄를 떠안겼다면, 오클라호마 극장에서의 관료주의는 카알에게 카알로서는 도저히 가질 수 없는 정체성을 부여해 주었다. 관료제 안에서 우리가 단지 부분에 불과하며 부분인 이상 언제든 다른 이와 대체 가능한 존재가 된다는 점이, 이번에는 카알로 하여금 어떤 한계를 빠져나가게 해주는 출구가 되는 것이다. 이렇게 카알은 실종자가 된다.

카알은 여기에서 남자인지 여자인지, 어른인지 아이인지, 백인인지 흑인인지를 정할 수 없는 존재가 된다. 어떻게 해도 뭐라 이름 붙일 수 없는 비정형의 존재, 작아질 대로 작아진 자, 작아서 어디의 누구와도 얼마든지 다른 무늬를 만들 수 있는 자, 실종자. 카알은 눈앞에 있지만 그 누구도 자신을 부를 수 없게 익명의 존재가 되는 것이다. 고유명이 개성을 담보해 준다며 저마다 자기 이름을 앞세우던 시대였지만, 카프카는 익명이야말로 우리가 개성을 명분으로 돌아가는 제도의 수레바퀴로부터 빠져나올 수 있는 길이라고 보았다.

그런데 여기서 실종을 뜻하는 말로, 익명의 상징으로 '니그로'가 나오는 것에 대해 더 생각해 볼 필요가 있다. '니그로'는 카프카가 우연히 떠올렸다고 보기에는 너무나 역사적이고 정치적인 뉘앙스를 풍기기 때문이다. 카프카가 집필할 당시 미국의 흑인 이미지는 차별받아 마땅한 인간 이하의 존재로 이미 굳어질 대로 굳어져 있었다. '니그로'라는 단어가 소설의 어느 한 구석에 등장하기만 해도 그 검은 울림이 반향을 일으키게 되어 있었다. 카프카는 유대인인 자신의 처지를 흑인에 비유했던 것일까? 그러나 뉴욕에 도착해서 오클라호마에 도착하기까지 카알이 통과한 문턱을 떠올려 보면 니그로를 인간의 비인간화에 대한 재현체로 볼 수 없음은 분명하다. 오히려 '니그로'란 '실종자'가 중립적 존재가 아님을 강력하게 환기시킨다. 작아질 대로 작아진 존재로서의 니그로는 존재를 비인간으로 규정하며 폭력적으로 차별하는 저 위대한 백인성과 인간중심주의를 직접적으로 드러내 버리기 때문이다.

카프카는 '오클라호마 극단의 니그로'야말로 실종자의 정체라고 한다. 카알은 니그로가 오롯이 행복하게 살 수 있는 동네를 찾아간 것이 아니라, 자신을 니그로로 호명함으로써 흑인을 흑인이라고 규정하는 질서가 하나의 연극에 불과함을 보여준다. 카알은 자신에게 니그로라는 이름을 줌으로써, 백인으로도 흑인으로도, 그 밖의 또 무엇으로도 살 수 있는 존재의 출현을 알린다. 카프카는 익명성을 갖는다는 것은 제도가 밟고 차버린 수많은 타자들을 경유하는 일이라는 결론에 도달했다. 이제 우리는 '실종된다'라고 하지 않고 '실종한다'라고 해야 한다. 그것은 기존에 내가 머물던 집과 회사로부터 도망을 치는 것도, 저 바깥에 낙원을 만드는 것도 아니다. 그것은 자기를 고집함 없이 수많은 이름과 다양한 삶을 통과해 나가는 일인 것이다. 『성』의 K가 시도했던 것은 니그로 카알 로스만처럼 마을의 여기저기에서 백작님의 시선 밖에 놓여 있는 수많은 이야기들을 좇아가는 일이었다. K는 그런 식으로 이웃들의 친구가 되기도 하고, 그런 식으로 문지기들의 적 시골 사람이 되기도 했다.

1. 밤마다 글 쓰는 짐승이 되어

카프카는 1922년 『성』을 어느 정도 마무리하고 나서 바로 마지막 단편집에 수록될 「첫번째 시련」, 「작은 여인」, 「어느 단식 광대」, 「요제피네, 여가수 또는 서씨족(鼠氏族)」을 쓴다. 이 시기에 쓴 작품으로는 발표할 계획을 갖지 않았던 「어느 개의 연구」라든가 「굴」도 있다. 이 마지막 작품들은 카프카 중기의 작품들과는 조금 결이 다르다. 1915년부터 1922년까지 카프카가 주로 고민한 것이 관료제와 같은 제도화된 시스템 안에서의 출구 찾기였다면, 이 마지막 작품들이 집중하는 것은 오직 한 존재의 신체에서 벌어지는 사건과 그 사건에 대한 해석이다. 예를 들면 어느 단식 광대는 집 밖을 돌아다니며 문지기들을 만나고 다니기보다는 조용히 무대 위에서 연기하는 자신의 몸을 관찰한다. 자신이 지금 무엇을 욕망하며 순간순간 무엇을 느끼는지가 그의

5장

변신

———

어떻게
인간을
넘어갈
것인가
?

주된 관심이 된다. 카프카는 갑자기 왜 자기 자신을 응시하는 일에, 특히 '신체'의 문제에 관심을 가지게 된 것일까?

당시 상황을 고려해 보면 이유는 그가 아팠기 때문이라고 생각할 수 있다. 1917년 결핵에 걸린 것부터 시작해서 그의 몸은 점점 더 쇠약해졌고 스페인 독감을 비롯해서 폐와 후두 질환을 계속 앓게 되는 바람에 많은 치료가 필요해진 것이다. 그는 먹고 마시고 숨 쉬고 느끼는 모든 일에 점점 더 어려움을 느꼈다. 카프카는 1924년 6월 40세의 나이로 생을 마감하게 되는데 마지막에는 후두에까지 번진 결핵 때문에 마시지도 말하지도 못했다. 그런데 사실 이 쇠약은 갑자기 찾아온 인생의 변곡점이라기보다 글을 쓰면서부터 그가 갖게 된 생활 방식이 낳은 결과였다.

카프카가 결핵이나 폐질환을 판정받고 제일 먼저 한 일은 무엇이었을까? 잠깐 휴가를 내어 자신에게 맞는 요양원을 찾아 들어가는 것이었다. 여기서 중요한 포인트는 '병원'이 아니라 '요양원'이라는 점이다. 그는 자신의 몸을 전문의나 의료 기관에 맡길 생각을 하지 않았다. 좋은 공기를 마시면서 좀 더 산책을 편하게 할 수 있으면 충분하다고 생각했는데 사실 좋은 공기와 긴 산책은 프라하에서도 매일같이 그가 즐겼던 것이다. 저녁에 귀가해서 창문을 활짝 열어놓고 웃통을 벗은 채 풍욕(風浴)하는 것을 좋아했고, 비가 오나 눈이 오나 산책을 빼먹는 날은 없었기 때문이다. 직장을 다니던 일과를 멈추기는 했지만 보험공사 사무실을 드나드는 것이 일상에서 제일 중요한 일은 아니었기 때문에 그것을 잠깐 잠깐 중단하는 것으로 생활 리듬이 크게 달라진다고도 할 수 없었다. 무엇보다 요양원의 정갈한 방에는 작은 책상이 있었고 펜과 종이는 언제나 충분했다. 한결같이 늦은 밤에는 글을 썼다는 점에서 요양원 생활은 일상의 연장이었다. 그에게 질병은 지금까지 살아왔던 방식이 좀 더 노골적인 방식으로 드러나는 것일 뿐이었다. 카프카는 자신의 일상을 부정할 마음이 없었기에 병도 자연스럽게 받아들였다.

아니, 오히려 병을 반긴 것 같기도 하다. 점점 더 쇠약해지는 몸을 관찰하면서 '신체'라는 화두가 자신이 줄곧 고민해 왔던 '다른 삶'의 문제와 직접 관련이 있다는 생각을 더하게 되었기 때문이다. 카프카는 자신의 질환이 주로 식도나 후두에 즉, 먹고 마시는 것에 문제를 일으킨다는 점을 다시 주목했다. 물론 병을 앓기 전에도 카프카는 섭생에 관심이 많았다. 카프카의 몸 상태가 감기와 같은 사소한 감염에도 급격히 안 좋아지곤 하는 것을 그의 식습관 때문이라고 진단한 의사도 있었는데 왜냐하면 카프카가 채식주의자였기 때문이다. 카프카는 유럽 최초의 채식주의자로도 유명하다.

베를린으로 이사를 갈 것인지 말 것인지, 노동자재해 보험공사를 계속 다닐 것인지 그만둘 것인지를 결정할 때에도 우선은 채식을 계속할 수 있을지를 따졌다. 약혼을 앞둔 펠리체가 요리 실력을 자랑할 때에는 정말 단호했다. "우리집에서 필요한 것은 고기가 아닐 것이오!" 열심히 준비한 사람 산통 다 깨는 말이지만 카프카는 펠리체의 기분보다는 채식이 더 중요했다. 심지어 폐결핵을 앓을 때에 너무 저하된 체력 때문에 의사가 육식을 권하자 과감히 그의 치료를 거부하기도 했다. 방 하나와 채식 식단만이 필요하다면서.1914년 3월 9일자 일기 참조. 당연히 요양원을 고를 때에도 채식 생활이 가능한지를 먼저 따졌다.

물론 카프카만 채식에 그토록 열심이었던 것은 아니다. 당시 프라하에는 자연요법을 표방하는 사람들이 많았다. 그들은 고기나 생선 먹지 않기, 바람을 맞으며 산책을 하고 하늘을 보며 잠들기, 정원 일 하기 등 자연과 밀착된 삶을 궁리했다. 급속히 획일화되어 가는 도시 생활에 대한 반대급부였던 것이다. 카프카도 그들의 영향을 받았으며 특히 몸을 보건 당국에 맡기고서는 재고 따지고 하는 일을 탐탁지 않게 생각했다. 그렇지만 채식이 쉽지는 않았다. 채소를 위주로 한 식단이 많이 발달하지 않았고 지금처럼 냉장고가 있지도 않았으니 채소를 신선하게 먹기가 어려웠다. 그럼에도 불구하고 카프카가 온갖 질병이 자신을 괴롭히는 와중에도 끝까지 채식을 고집한 까닭은 육식에 대한 거부 때문이다. 그가 육식주의자들을 어떻게 정의하며, 어느 정도로 그들을 혐오하는지 잘 보여 주는 일화가 있다. 1913년 10월 가르다 호수 여행에서 돌아오는 길에 한 공과대학의 교수 그륀발트 씨와 나란히 앉아 기차를 타고 오게 되었는데 그 장면이 그의 머리에서 쉽게 사라지지 않았다. 왜냐하면 그가 소시지를 먹고 있었기 때문이다.

카프카의 일기, 편지 어떤 것을 보아도 그가 누군가를 비판하는 사람이 아님을 알 수 있다. 그는 타인을 이런저런 잣대로 평가한 적이 없으며, 어떤 사건을 접하더라도 더 많이, 더 깊이 이해하고자 애쓰는 사람이었다. 그런데 이 교수를 보자마자 역겨움을 느꼈다. 카프카는 교수가 살라미 한 조각을 베어 물 때 무릎이 휘청할 정도로 절망한다. 자신의 빈혈과 물집 잡힌 뺨을 해결하기 위해 식탁 위로 의식을 집중하는 모습이라니! 소시지를 문 것도 모자라 핥기까지? 정말이지 철저하구나!

이 글 외에 카프카의 육식 비판을 잘 볼 수 있는 작품은 「재칼과 아랍인」이다. 카프카가 인물들이 사이좋게 앉아 함께 식사하거나 차 마시며 대화 나누는 장면을 그린 적은 없기 때문에 짐승들의 육식 파티는 특히 주목할 만하다. 오직 짐승들만이 이빨 사이에 피를 뚝뚝 흘리며 함께 밥을 나눈다. 김이 무럭무럭 올라

오고 있는 시체, 꾸물떡거리며 튀어 오르는 살점들, 그리고 피! 그 속에서 낙타와 재칼의 무리가 함께 엉겨 붙어 있다. 사막 한 가운데에서 벌어지는 육식 잔치는 그륀발트 박사의 소시지 간식과 같다. 뜯기며 뜯는 밤, 검은 하늘 아래 붉은 모래산. 찢어진 낙타의 뱃속에 고개를 박고 뼈를 핥을 때 재칼은 더 이상 먹이와 분리되지 않는 포식자가 된다. 무리는 산 채로 죽어 가는 먹이 속에 녹아 들어가는데 먹으면서 그 자신도 먹이 속으로 사라진다.「재칼과 아랍인」, 『변신: 단편전집』(카프카전집 1), 232~233쪽.

무엇인가를 먹는다는 것은 그것을 양분으로 살아감을 의미한다. 내 몸에 좋을 것이라는 판단 속에서 우리는 먹거리를 고른다. 나를 살리고 키우는 것, 나의 먹거리, 그것을 먹음이 곧 나의 본질이 된다. 카프카에게 육식은 기본적으로 타인의 신체를 뜯어 먹는 것이었다. 자기를 불리기 위해서라면 '타인의 삶을 씹고 뜯어도 된다'라는 태도가 육식의 기본 철학인 것이다. 카프카는 너무나 비대한 그륀발트 교수를 보면서 타자에 대한 착취와 끝도 없는 탐욕을 느꼈다. 시야를 더 넓혀 보니 세상은 점점 더 육식주의자들로 채워지고 있었다. 체코 민족주의자들의 이빨은 유대인들의 살집을 뜯지 못해 안달이었고, 헤르만 카프카 같은 유대인들은 자기들보다 덜 배우고 덜 가진 자들을 향해 턱을 벌려 침을 흘리고 있었다. 카프카는 온통 육식주의자들뿐인 세상 속에서 다르게 살기 위해 육식을 거부했다.

　카프카가 육식을 거부한 것은 그의 글쓰기 방식에서도 드
러난다. 그는 꼭 밤에 썼다. 사람들이 살아가는 세계를 관찰하고
법의 문지기들을 찾아보려면 낮이 더 적당한 시간이 아닐까? 그
런데 카프카는 자신이 밤에 글을 쓰는 이유를 이렇게 말한다. 밤
에는 낮 시간 동안 모든 사람들이 당연하게 내는 모든 소음들이
중지된다고. 식사 시간에 맞춰 모여 앉는 가족들의 소란, 출퇴근
시간에 회사 건물을 출입하는 분주함, 사무실의 서류들이 오가
고 공장의 기계가 돌아가는 소리, 말 그대로 세상을 움직이는 소
리들이 멈추고 그 소리에 가려져 있던 작은 소리들이 벽들을 치
며 보다 크게 들린다. 카프카는 밤에 눈을 감고, 자신이 어떤 소
리 속에 잠식되어 질식될 지경에 몰렸는지를 느꼈다.구스타프 야누
흐, 『카프카와의 대화』, 130쪽.

　카프카는 낮에 정말 최소한의 일, 최소한의 사교만을 했다.
더 많이 일하고 더 많이 벌려고 혈안이 되어 있는 사람들 속에서
말이다. 그는 도시가 최고로 바쁠 시간에는 퇴근하면서 긴 산책
을 했고, 세 시 반부터 일곱 시 반까지는 아예 잠을 잤다. 모두가
자기 먹고 살 것을 마련하는 시간에 그는 그런 것들을 먹지 않
고 굶었다. 결핵이 발병하고 식도 등에 온갖 병이 찾아오기 전부
터 그는 사회의 지배적인 가치들을 섭취하기를 거부했다. 낮에

잠을 자고 밤에 글을 쓰는 생활은 그 자체로 육식에 대한 거부였다.

『성』을 그런대로 마무리하고 난 뒤에 카프카는 거의 먹지도 마시지도 못하는 지경이 되어 갔다. 채식이 아니라 물 한 모금도 어려워진 것이다. 그런데 카프카는 '아파서 힘들다'고 생각하지만은 않았다. 물론 머리가 깨질 것 같은 두통과 근육통, 또 먹고 마실 수 없는 허기에 이르기까지 여러 장기가 보내오는 고통스러운 사인 때문에 고생은 했을 것이다. 그러나 그 아픔 덕분에 자신이 어디를 어떻게 걸어왔으며 무엇을 먹고 뱉으며 살아왔는지 아주 천천히 관찰할 수 있었다. 쇠약해진 그의 혀는 강한 자극은 피하게 되고 대신에 아주 밍숭한 음식에서도 온갖 맛들을 느낄 지경이 되었다. 나도 그런 경험을 한 적이 있다. 원래부터 몸이 차서 한여름에도 등산양말을 신고 다니는데 늦여름 몸에 한사가 들었다. 그때 나는 창문 너머로 불어오는 바람이 미세한 수준에서 온도나 습도가 달라지는 것을 느낄 수 있었다. 바람 한 자락, 한 자락이 칼끝처럼 내 피부를 베는 것 같아 아팠지만 작은 방 안으로 얼마나 다양한 공기의 흐름과 변화가 만들어지는지 느끼고 무척 놀랐다. 카프카도 그랬던 것이 아닐까? 감각의 차원에서 접근하면 나의 신체가 접속하고 있는 영역은 정말 무한대에 가깝게 광대하다. 특정한 감각에 대한 나의 기호가 내 삶을 한정지었을 뿐이다.

카프카는 자신이 아픈 것이 아니라 달라지고 있다고 생각했을 것이다. 그에게 아픔은 평소에 고민해 왔던 것을 더 폭넓게 생각할 기회를 주었다. 식도에 문제가 생긴 환자가 자기 몸에 이로울 것을 찾기 위해 어떤 노력을 하겠는가? 갑자기 먹었던 음식을 딱 끊거나 몸에 좋다며 덜컥 새로운 음식을 몸에 들일 수는 없는 노릇 아닌가. 같은 밀가루를 쓰더라도 다른 방식으로 빵을 구워 먹어야 할 것이며, 같은 죽이라 하더라도 다른 조미료와 함께 먹을 것이며, 씹고 목으로 넘기는 방법 자체도 천천히 바꾸게 될 것이다. 우리가 가까이에서 보듯이 대부분의 환자들은 자기 병세에 맞는 최고의 먹기 방법을 찾기 위해 매끼를 조심스럽게 식재료를 두고 실험한다. 몸이란 '나아진다'거나 '나빠진다'라고 하는 일반적인 잣대로 간단히 진단할 수 있는 대상이 아니다. 환자는 '나'란 먹고 마시는 것들과 맺는 관계의 표현임을 새삼 깨닫는다. 이처럼 다르게 산다는 것은 매번의 실험을 통해서, 음식을 비롯한 사물과 또한 사람들과 맺는 수많은 관계를 통해서 만들어 가야 하는 문제이다. 카프카는 자신이 살아 볼 수 있는 수많은 길이 언제나, 참으로 많았다는 것을 새삼스럽게 깨달았다.

다른 삶에 대한 욕망은 카프카가 작가가 되기를 결심하면서부터 줄곧 가지고 있었던 것이다. 그는 글쓰기는 자신을 남자나 유대인, 체코의 공무원이라고 하는 규정성으로부터 계속해서 벗어나게 해 줄 것으로 믿었다. 그가 글에서 주목한 것도 쓰기의 신체성이었다. 사실 아팠기 때문에 갑자기 신체에 관심을 가지게 되었다기보다 평소에 느껴 왔던 신체성의 문제가 질병과 함께 새롭게 사유된 것이라고 할 수 있다. 산책을 하면서도 늘 단편적인 인상들에 주목했고, 작품도 완성을 보는 듯 보지 않는 듯 들쑥날쑥 출판을 했지만, 그는 의외로 글 쓰는 시간을 엄수하는 규칙적인 생활을 했다. 갑자기 갑충이 되는 이야기를 쓰기 위해 문득 떠오르는 영감에 의존해서 글을 쓰지 않았던 것이다.

그런데 작업실을 번듯하게 꾸며 놓고 격식을 차려 글을 썼던 것도 아니다. 집필실이야 따로 없었고 아버지나 누이의 집, 하숙집이나 요양원의 숙소에서 책상 하나 놓고 밤마다 펜을 들었을 뿐이다. 그가 중요하게 생각한 일상은 단 하루도 거르지 않고 글 쓸 시간을 만드는 것이었다. 한참을 앉아서 겨우 문장 하나를 쓰더라도 말이다. 글을 쓸 수 있다면 회사에 나가 몇 시간씩 일을 하거나 '결혼은 또 왜 안 하는 거냐?'며 걱정하는 부모님의 잔소리를 듣는 것도 다 괜찮았다.

그의 일과표는 오직 글쓰기를 중심으로 채워져 있었다. 8시부터 2시 아니면 2시 30분까지는 사무실에 있고, 3시나 3시 반까지 점심을 먹고, 7시 넘어서까지 잠을 자기. 그리고 10분 동안 창문을 열어 놓고 풍욕을 한 다음 한 시간 동안 혼자 혹은 친구와 산책을 하고 집에 돌아와서 10시 반까지 저녁을 다 먹는다. 그리고 드디어 저녁식사를 마치고 새벽까지 글을 쓰기.「1912. 11. 22.」, 「1912. 11. 24.」, 『카프카의 편지: 약혼녀 펠리체 바우어에게』(카프카전집 9), 변난수·권세훈 옮김, 솔출판사, 2002 참고. 정말 심플하기가 이를 데 없다. 그런데 바로 이 평범한 일상 속에서 '카프카'라고 하는 전대미문의 우주가 탄생했다. 그는 이 일상 속에서 승진도 하고, 약혼과 파혼을 거듭했으며, 가족과 친구들과의 관계를 유지했고, 무엇보다 글을 썼다. 일기에서도 밝히고 있지만 글을 쓰고자 하는 욕망이 먹고 마시기, 철학적 사유나 여타 여가에 대한 모든 관심 등을 다 비워 버렸기에 이런 심플한 일상을 유지할 수 있었다. 그의 단순한 일상은 번다한 친교나 비참한 근무가 얼마나 끈끈하게 자신을 압박하는지를 역으로 느끼게 해주었다.「1912년 1월 3일」, 『카프카의 일기』(카프카전집 6), 277쪽 참조.

하나 더 생각할 점이 있다. 카프카가 글쓰기에서 가장 강조한 것은 글에 담길 내용이 아니라 '매일같이 쓰기'였다. 다른 삶을 살기 위해 규칙적으로 글 쓸 시간을 마련하라니? 제도가 규제하는 삶을 거부했으면서 규칙적 생활이라니? 그런데 나는 카프카가 거의 무도(武道) 수련과 같은 의미로 규칙적인 글쓰기를 했다고 생각한다. 우선 언급해 두어야 할 점은 카프카가 글 쓰는 내용이나 분량에는 아무런 제약을 두지 않았다는 점이다. 실제로 카프카는 작품의 출간에 큰 의의를 두지 않았다. 대부분이 미완이었으며 어떤 유서에서는 출간된 책들을 재판하지 않고 남은 원고는 모두 불태워 달라고도 했다. 글을 써서 남기는 것이 목표가 아니었던 것이다. 그렇지만 글은 엎드리거나 어딘가에 기대어 쓸 수 있는 것이 아니라 반드시 책상을 앞에 두고 의자에 허리를 펴고 앉아 써야 했다.

무라카미 하루키는 장편소설 쓰기와 마라톤 달리기의 상관관계에 대해 이야기한 적이 있다. 일정한 호흡으로 42.195 km라는 긴 구간을 완주하기 위해 선수가 계속해서 달리기를 연습해야 하는 것처럼, 꾸준히 글을 쓰기 위해서는 집필 시간이나 장소를 특별히 마련한다든가 오랫동안 앉아 있고 사유의 긴장도를 유지할 수 있게끔 계속 신체를 훈련한다는 것이다.무라카미 하루키, 『달리기를 말할 때 내가 하고 싶은 이야기』, 임홍빈 옮김, 문학사상사, 2009 참고. 소설이란 누군가의 머릿속에 있는 상상의 세계를 글로 현실화시키는 대단히 정신적인 작업 같지만, 하루키를 비롯해서 많은 작가들은 글쓰기 자체가 대단히 신체적인 작업이라고 한다.

무도인이자 철학가인 우치다 다쓰루에 따르면 신체적인 것의 특징은 '한계'에 있다고 한다. 우리 각자는 이 몸체와 그에 따른 감각이라는 자기 조건 속에서 어떻게든 최대한 살아갈 길을 마련해야 한다. 그렇기 때문에 무도(武道)의 초식에서 제일 중요한 것은 특별한 기술을 익히는 것보다 매일같이 같은 동작을 반복하는 일이다. 쿵푸 팬더가 수련했듯이 물지게를 지고 몇천 번씩 계단을 오르락내리락 한다든가 팔굽혀 펴기를 반복한다든가 하는 것처럼 말이다. 초식의 단순한 동작 반복은 자유로울 것 같기만 한 이 몸의 움직임에 구체적 틀을 억지로 부여함으로써 수련자가 실제로 쓸 수 있는 근육과 할 수 있는 동작을 미세한 수준에서 계속 감지하게 만든다.

구속을 받는다고 느낄 때 빠져나갈 궁리를 하게 된다. 결여가 없으면 욕망도 없다. 벽이 있어야 문도 나온다. 폭군이 없으면 탈출을 꿈꿀 생각도 못한다. 지긋지긋한 선생님이나 원칙도 없이 남을 깎아내리는 상사가 있기에 세상 돌아가는 여러 법칙이 눈에 들어온다. 무릎을 내리누르고 의지의 마디마디를 꺾는 제도 앞에서 우리는 자신을 발견하게 된다. 일정한 형식으로 몸을 계속 움직이게 하면 다른 형식으로의 도약이 훨씬 더 구체적으로 떠오른다. 몸에 가해진 제약에 대해 근본적인 수준에까지 생각할 수밖에 없고 그것을 넘어가고 싶은 자기 욕망에 대해서도 철저하게 점검하게 되는 것이다.우치다 다쓰루, 『힘만 조금 뺐을 뿐인데』, 이지수 옮김, 서커스, 2017 참고.

독일의 칸트나 일본의 니시다 기타로 같은 철학자들은 매일 같은 시간에 같은 길을 산책하는 일과를 중요하게 생각했다. 그들은 똑같아 보이는 길을 똑같은 동작으로 오가면서 미세하게 달라지는 공간의 기운을 느끼며 자기 사유를 열어 갈 방향을 찾았을 것이다. 카프카에게도 글쓰기란 어디 저 바깥 세상에 있는 비평가나 독자 대중을 만족시키기 위해서가 아니라 그 자신의 상황과 조건, 욕망을 인식하고 이해하게 하는 신체 훈련으로서의 의미가 있었다.

카프카는 글을 쓰려고 자리에 앉을 때마다 자신에게 주어진 책상과 둘러싼 방과 그 방의 주인이신 아버지와, 그 아버지가 봉사하는 각종 제도가 겹겹으로 자신을 둘러싸고 있음을 느꼈을 것이다. 카프카에게 글을 쓰는 목적은 자기를 둘러싼 제약을 고발하거나 제약 없는 상태에 대한 공상을 쓰는 데에 있지 않다. 그는 자신을 둘러싼 환경의 결들을 느끼고 무엇보다 자기 신체의 한계를 실감하기 위해 글을 썼다. 그랬기에 말년의 투병 기간 동안 자신의 몸에 특히 많은 관심을 가지게 된 것이다.

2. 다른 삶은 다른 신체를 원한다

『유형지에서』: 신체는 법이 새겨지는 서판

카프카는 작품에서 신체성을 어떻게 표현했던가? 신체에 대한
관심은 초기 작품들에서도 충분히 확인된다. 특히 단편집『관
찰』에 그것이 잘 나타나는데, '신체'라고 해서 여성이나 남성의
정형화된 성적 특징을 부각시키는 방식은 아니었다. 카프카가
신체를 표현한 것은 주로 동작이다. 그는 누군가가 새끼손가락
으로 눈썹 위를 쓰다듬는다든가(「결심」), 몸을 접었다 펴면서 풀
밭을 구른다든가(「어느 개의 연구」) 하는 특정 동작을 자세히 그
리기를 좋아한다. 그레고르의 변신에서도 강조되는 것은 딱딱
해진 등껍질을 구부렸다 폈다 하는 모습, 많은 발들을 이렇게 저
렇게 휘두르는 모습이다. 이렇게 제스처에 관심을 기울인 까닭

은 이러한 사소한 몸짓, 신체가 부분적으로 움직이는 방식을 통해 우리가 끊임없이 스스로를 제작해 나간다고 생각했기 때문이다.

단편 「승객」에 이러한 그의 생각이 잘 나타나 있다. 이 작품은 전차에서 내리는 한 소녀의 모습을 찰칵 찍어 소개한다. 꽉 끼는 블라우스에 겁게 펼쳐지는 치마를 입고, 바람에 날리는 잔머리털이 보이도록 앞뒤머리를 바짝 댕겨 묶고 지금 그녀는 어디로 가는가? 수수한 듯 순종적인 그녀의 복장을 두고 짐작해 볼 때 그녀는 학생이거나 근처 공장으로 일하러 가는 중일 것이다.

우리는 길을 걷다가 스쳐 지나가는 사람이 마부인지 기수인지를, 그의 걸음걸이, 흔들 때 벌어지는 팔의 간격, 사물을 바라볼 때의 고개 기울임으로 다 알 수 있다. 어깨 숫음과 발걸음의 리듬만으로도 그가 말과 맺는 관계가 다 드러나기 때문이다. 그는 아주 많은 시간 자신의 몸을 목적에 맞게 조각했을 것이다. 사무실 책상에 앉아서 서류를 넘기는 삶을 당연하게 여기는 삶은 12년간을 교실 책상에 앉아 선생님 말씀을 우러러 듣는 일상 없이는 만들어지지 않는다. 자유형, 배형, 평형이 수영의 형식 같지만 20세기 전만 해도 물에서 헤엄치는 방식에 대한 국제적 표준 같은 것은 없었다. 우리는 얼마나 성실하게, 너무나 당연하다는 듯이, 사물과 관계를 맺는 특정한 양식을 자기 몸에 부여하는가! 우리의 몸은 날마다 어떤 가치를 실현시키는 무대인 것이다. 카프카는 소녀의 옷차림과 발동작을 클로즈업해서 보여 줌으로써 이렇게 물었다. '어떻게 소녀는 자신이 그런 식으로밖에 살 수 없게 된 것에 전혀 놀라워하지 않는가?'

바로 그런 의미에서 우리의 신체란 법이 새겨지는 서판이다. 단편 『유형지에서』(1914년 집필, 1918년 수정, 1919년 출간)에는 텅 빈 유형지에서 죄를 새기고 있는 기계 하나가 나온다. 『유형지에서』는 카프카가 『소송』을 쓰다 말다 하는 와중에 쓰였다. 두 작품 모두 선고를 받는 존재를 그린다. 『유형지에서』는 사람들이 모여 사는 곳 자체를 아예 '유형지'라고까지 말하는데 여기서 사람들은 자기도 모르는 새에 그 기계 위에 올라가 몸에 판결문이 새겨지는 형벌을 받게 된다. 그는 죽기 직전에야 자기 몸에 새겨진 죄명을 읽을 수 있다. 그 과정을 카프카는 정말 생생한 신체의 고통으로 그려 보여 준다. 비명을 지르지 못하도록 막은 입안의 펠트 사이로 쏟아져 내리는 피, 주린 배를 채워 주는 쌀죽 앞에서의 헐떡거림, 눈에서 시작된 고통이 온몸으로 퍼져 가는 한 순간 한 순간. 카프카는 촉각의 차원을 세심하게 더듬으면서 정말 죄 받은 삶이란 신체의 문제임을 강조한다.

『유형지에서』에 나오는 죄수들은 자신이 살아온 방식, 권위자 앞에서 무조건 굽신거리고 보던 그 허리, 판사나 간수가 없는 곳에서는 불안해서 자꾸 두리번거리던 그 고개가 그들의 죄임을 죽기 직전에야 깨닫는다. 그렇게밖에 살 수 없었던 것은 형벌을 받는 중간에 쌀죽도 나오고, 입에 고인 침을 닦아 주는 천 손수건도 가끔씩 제공되었기 때문이다. 그렇게 격려와 위로를 받았기 때문에 자신의 몸이 어떻게 부숴지고 있는지 관찰할 지점에서 더욱더 열심히 형벌을 받게 된다. 어느 시점에서는 계속 그렇게 살다가는 죽겠다는 것을 알게 되지만 그때쯤에는 완전히 그 형틀에 박히게 되어, 나오려고 발버둥치는 만큼 더 큰 고통에 빠지게 된다. 우리도 충분히 그런 운명에 처할 수 있다. 평생 동안 특정한 방식으로 몸을 움직이면서, 그런 식으로 자기 몸에 형태를 부여하면서 그렇게밖에 움직일 수 없는 존재가 될 수가 있다. 이 과정이 얼마나 고통스러운지 느낄 때쯤 이미 자신이 죽은 목숨이라는 것을 알게 되면서 말이다.

『관찰』, 『변신』: 열린 전체, 복합체로서의 삶

다시 「승객」에 나오는 전차 안 소녀로 돌아가 보자. 카프카가 신체를 대하는 특별한 관점을 하나 더 찾아볼 수 있다. 카프카는 인물을 묘사할 때 특히 부분 클로즈업 기법을 잘 사용했다. 여기에서도 소녀의 얼굴 표정에 집중하는 것이 아니라, 꽉 낀 블라우스나 움직이지 않는 치마 주름에 초점을 맞춘다. 카프카가 신체의 부분 부분에 집중한다는 것은 '변신'을 다루는 그의 방식에서도 잘 나타난다. 그레고르의 변신에서도 부각되는 것은 '많은 발'이다. 머리 더듬이에서부터 발끝까지 이르는 실루엣의 전체적 그림은 나오지 않는다. 게다가 그레고르는 입은 갑충의 미각대로 부패한 것 쪽을 향해 가면서도 귀는 바이올린 소리에 길들여져 있던 습관을 따라 누이동생을 향해 계속 열린다. 그레고르는 자신이 도대체 갑충인지 인간인지 분간을 못 한다.

카프카가 '변신'의 상태를 극적으로 설명하는 작품은 「튀기」이다. 튀기란 이종교배로 나온 생물을 뜻하는데, 도입부에 그것은 반은 고양이 새끼이고 반은 새끼양인 별난 짐승이라고 묘사된다. 튀기의 변신은 진행 중인데 전에는 고양이보다 새끼양에 가까웠는데 지금은 양쪽 면을 똑같이 지니게 되었다는 것이다. 그런데 그 모습이 고양이로부터는 머리와 발톱을, 양으로부터는 크기와 모양을 받았다고 하니 허허, 생각할수록 기묘하다! 녀석은 고양이 앞에서는 달아나고 양 앞에서는 공격할 줄 모른다, 다시 말해 고양이도 양도 아닌 것이다. 튀기는 고양이의 부분과 새끼양의 부분이 뒤섞여 있는 채로일 뿐이다. 머리와 발톱 따로, 크기와 모양 따로, 부분 부분이 다 따로 논다. 각각의 부분을 통제할 수 있는 컨트롤 타워란 없다. 한마디로 말해 녀석의 신체를 관장하는 정신 같은 것은 없다고 할 수 있다. 튀기는 부분 부분의 욕망이 접합되어 있는 복합체다. 이 튀기는 아버지로부터 물려받은 것인데 그런 점에서 「가장의 근심」에 나오는 '오드라데크'를 닮기도 했다.「튀기」, 『변신: 단편전집』(카프카전집 1), 568쪽 참조. 카프카가 변신에서 그리는 존재들은 모두 이렇게 복합체이다. 아버지의 의지와 명령이 유기적으로 작동할 것이 기대되는 세계 안을, 부분적 욕망이 동시적으로 작동하는 복합 조직으로서 점점이 돌아다니는 셈이다. 그런데 가장 놀라운 점은 이것이다. 튀기는 "자기 살갗이 너무나 비좁다." 그래서 "양이면서 고양이라는 것으로도 충분치 않아 개이고 싶어 한다." 변신은 아직도 진행 중이다!

신체의 부분 부분을 특화시켜 그림으로써 또한 강조되는 것은 감각의 문제다. 카프카는 감촉되는 것을 중시한다. 「귀향」에서 화자가 둘러보는 것은 자기 아버지의 집이다. 그런데 그의 시선이 가닿는 곳은 정원의 웅덩이, 다락방으로 올라가는 집 뒤의 계단, 난간, 바람결에 날아오르는 천 조각 같은 것이다. 사물 하나하나가 별다른 목적 없이 흩어져 놓여 있다. 아버지의 집이라고 하더라도 그 안에는 이처럼 목적을 따로 갖지 않는 무수한 사물들이 놓여 있는 것이다. 공간 자체가 특정한 색깔로 완전히 도배되지 않는다. 그래서 화자는 자신의 눈 안에 들어오는 사물들이 따로따로 차갑다고 말한다. 모든 사물들, 가족끼리의 온갖 추억들을 따뜻하게 품어 주는 어떤 통일성이 여기서는 느껴지지 않기 때문이다. 선명하게 다가오는 것은 각 사물의 우둘투둘하고 딱딱하기도 한 질감이다.

카프카의 화자는 아버지의 집 안에 널브러져 있는 사물들을 각각의 용무를 지닌 차가운 대상으로 느끼는 사람으로 나온다. 그런데 다른 가족들이라면 오래된 정원의 정물들 하나하나에서 추억의 맛을 느끼며 따뜻한 평온에 사로잡힐 수도 있다. 여기서 카프카는 감각이라는 것이 결코 중립적인 느낌이 아니라는 것을 보여 준다. 아버지의 집을 차갑게 느낀다는 것 자체가 화자가 가족이나 아버지를 가깝게 온기를 나누는 대상으로 생각하지 않는다는 점을 말해 주기 때문이다. 차갑다 따뜻하다, 푸르다 붉다, 시끄럽다 조용하다, 달다 쓰다 등 감각에 대한 우리 각자의 평가는 그 사물에 대한 우리의 해석을 반영한다. 『성』의 배경이 왜 눈 쌓인 겨울밤으로 나오는 것일까? K에게는 자기 집에 들어앉아 가족들끼리 똘똘 뭉쳐서 온기를 보존하고 있는 이 마을이 코앞의 타자에게는 철저히 무관심한 냉혈한들의 동네로 보였기 때문이다.

그리고 감각에 대한 해석과 판단은 개인적인 동시에 사회적이다. 후각은 그 덧없는 속성, 출처와 이동 경로를 확정할 수 없다는 점 때문에 시각적 스펙터클의 시대에 와서 천대받은 대표적인 감각 중의 하나다. 19세기 유럽에서는 화장실 냄새, 음식점 냄새가 사람 많은 공공장소를 더럽히므로 공중 보건 당국에서 이 문제를 해결하기 위해 온 노력을 기울였다. 하지만 중세 초기의 사료를 보면 사람들이 집 안에 사체(死體)를 몇 주씩 두고 그 부패하는 냄새 속에서 아무렇지도 않게 생활하기도 했다. 『성』의 마을 사람들도 그랬다. 그들은 가족들끼리만, 관리들의 명령에 충실한 시민들끼리만 모여 있어야 따뜻한 세상이 된다고 믿었다. 그런 마을에서 K는 각자 똑같은 것을 욕망하고 똑같은 방식으로 사는 사람들끼리 뭉쳐 사는 것 자체를 '차갑다'고 평가한 것이다.

우리 각자는 끊임없이 사회적 행위 방식을 수행하면서 '자기'가 된다. 지금 이 자리에 태어난 이상 어떤 피조물도 그러한 운명을 비켜 갈 수는 없다. 대한민국에서 태어난 이상 학력주의로 치닫는 교육열을 피해 갈 수 없고 태어나면서부터 꾸준히 공부해야 성공해서 부자 된다는 압박을 받을 수밖에 없다. 그 공간에서 사람들이 들이마시고 내뱉는 공기 자체가 아이로 하여금 허리를 펴고 책상머리에 앉는 신체를 강요한다. 그렇지만 이 신체가 부분들의 복합체라는 점을 환기하면 새로운 가능성이 보인다. 권위에 의존하고 상식에 지배되는 삶이 형벌이라고 느껴지더라도 운신의 폭은 아직 넓기 때문이다. 모두가 맛있어하는 것과 즐기는 것을 맛없어하면서 탐하지 않는 것만으로도 다른 삶을 살 수 있는 가능성이 발견될 것이다. 이 아버지가 틀렸으니 저 아버지를 찾거나 아예 아버지 없는 곳으로 나가지 않아도, 내가 먹고 움직이는 모습 하나하나를 다 걸고넘어지면서 다른 길을 찾을 수도 있다.

다른 삶을 산다는 것이 신체의 문제이고, 신체가 복합체라는 점은 우리가 특정한 욕망을 위해서만 살 수는 없는 존재라는 것을 말해 준다. 그레고르의 딱딱해진 등껍질과 무수하게 돋아난 많은 발은 아버지와 어머니, 누이동생을 먹이고 살릴 수단을 벌어들일 수 없게 되었음을 의미한다. 그는 이제 사람으로서는 목구멍으로 넘길 수 없었던 썩은 우유 마시기나 한 번도 상상해 보지 못했던 방바닥 긁기에 도전한다. 자신의 입과 발이 뭔가 다른 것을 욕망할 수도 있다는 가능성을 오롯이 받아들임으로써 그는 바이올린 소리에만 반응하던 자신의 귀를 또 다른 소음을 향해 열 수가 있었다. 그레고르는 그런 식으로 변신하면서 가족들의 품을 조용히 빠져나갔다.

3. 하이브리드의 출구 찾기, 슬며시 달아나기

「학술원에 드리는 보고」: 인간적인 너무나 인간적인

왜 변신해야 할까? 더 잘 살기 위해서다. 그레고르 잠자는 가족들의 생계라는 목적에 편향되었던 삶을 온갖 감각적인 자극을 향해 몸을 열면서 다르게 살아 볼 기회를 얻었다. 말년의 카프카는 변신이라는 주제가 갖는 의미에 더 천착한다. '튀기'를 데리고 사는 화자는 이 녀석과 함께하는 삶이 얼마나 멋진지 모른다며 그 이유를 이렇게 답한다. 일요일마다 자기 무릎 앞으로 온 동네 아이들이 빙 둘러서기 때문에, 그러면 정말이지 '인간으로서는 대답할 수 없는' 멋진 질문들이 나오기 때문에!「튀기」, 『변신: 단편전집』(카프카전집 1), 568~569쪽.

    그런데 그 멋진 질문이라는 것이 우리가 통상적으로 생각하는 '진리'와 관련된 것은 아니다. 그저 지금 그것이 무엇을 느끼는지, 앞으로 죽을 것인지 말 것인지 하는 평범하고 사소한 질문들이다. 그런데 어째서 이것이 인간으로서는 대답할 수 없기에 너무나 멋진 질문이 되는가?

화자 자신도 별로 대답하려고 애쓰지 않는 것처럼, 중요한 것은 정답을 찾는 일이 아니다. 튀기는 그저 '이것도 동물일까?' 양도 고양이도 아니라면 뭘까? 하는 궁금함을 던지며 지금까지 동물이라고 생각했던 것, 반려 동물이라고 간주해 왔던 존재들 자체에 대한 나의 상식을 깬다. 화자는 내가 당연하다고 믿고 있는 것들의 자명성을 되묻는 것이야말로 멋진 일이라고 말하는 것이다. 아이들은 우르르 자기 집에서 키우고 있는 고양이와 양을 데리고 와 보면서 그것들마저 튀기가 아닐까 의심하게 된다. 카프카가 보기에 어떤 상식에도 갇히지 않는 자유로운 삶은 이렇게 자기의 믿음을 의심하는 길에 있다. 이보다 더 멋진 삶은 없다.

1922년부터 카프카는 변신의 테마를 다루면서, 결국 변신이란 자기 삶에 대해 질문하는 자가 스스로를 관습이나 통념에 잘 끼워 맞출 수 없는 별스런 존재로 여기게 되는 일이라는 점을 거듭 그렸다. 이때 사회적 관습이나 통념에 묶인 삶을 통칭해서 '인간적 삶'이라고 했다.

물론 카프카의 변신을 인간중심주의적 시각으로 읽을 수도 있다. 그레고르는 돈도 못 버는 벌레가 되고, 동물원에 끌려갈 뻔했던 원숭이는 인간이 되어 감히 학술원에까지 진출하니까 말이다. 하지만 원숭이 페터는 분명히 '인간이 되는 것'이 자기 목표가 아니라고 말하고, 어쨌든 침팬지 아내를 얻어서라도 인간계에 완전히 포섭되는 일은 없어야 한다고 생각한다.

카프카는 인간중심주의를 말하고 있지 않음에도 왜 페터가 인간화하는 과정을 그렸을까? 작품에서는 상황이 어쩔 수 없는 것으로 나온다. 정신 차려 보니 하겐베크 상선의 갑판 위에서 동물원에 팔려 갈 원숭이가 되어 있었기 때문이다. 자신은 철창 안에 갇혀 있는 반면, 배 위의 다른 선원들은 모두 철창 밖에서 자유롭게 돌아다니고 있었다. 어쨌든 갇혀 있는 이 상태를 벗어날 수 있다면 무엇이든 해야 한다는 생각 때문에 그는 철창 바깥의 삶을 우선적으로 흉내 내게 되었다. 그런데 그가 따라하고자 한 인간의 인간다움이란 것은 이랬다. 침을 뱉고, 담배를 피우고, 술을 마시고. 그들은 가끔 담뱃불로 원숭이의 털을 지질 줄도 알았다. 인간의 상징인 배의 선원들은 낮에는 자기 자리에서 공무원처럼 일하다가 밤에는 사무실처럼 구획된 칸 안에서 잠을 잤다. 미치면 병원에 가고 웃고 싶으면 원숭이 앞으로 몰려왔다. 이처럼 카프카는 철창 밖의 인간을 위대하게 그리지 않는다. 게다가 그들도 배 위에 있다. 한 걸음만 밖으로 내딛으면 망망대해가 그들을 삼켜버릴 것이다. 인간은 아가미도 날개도 가지지 못했으니 말이다. 고작 태풍 한 방이면 다 날아가 버릴 배 한 척에 '갇혀 있는' 주제가 아닌가! 이것이 인간이다. 원숭이나 자연을 소유할 수 있다고 착각하고 자기 굴레에 그것들을 구겨 넣고 구경하고 있지만 정작 그 자신이 어떤 배에 갇혀 있는지를 모르는 존재, 인간. 카프카는 원숭이 페터를 통해 인간의 인간중심주의를 비판했다.

여기서 하겐베크 회사의 배가 상선이라는 점도 더 생각해 볼 필요가 있다. 작품에 나오는 하겐베크 증기선은 실제로 식민지 아프리카의 여러 동물들을 유럽으로 나르는 배로서 20세기 초에 유명했었다. 이 상선은 동물을 인간보다 열등하다고 간주하면서, 오만하게도 자연의 한 존재를 상품이자 구경거리로 만들어 실어 날랐던 것이다. 인간들이 믿고 의지하는 배란 무지의 상선일 뿐이었다. 원숭이를 가두는 그 인간은, 실은 원숭이를 가둠으로써 자신이 망망대해 위에 있다는 사실을 잊어버린다. 이 작품에서 카프카는 인간도 원숭이도 자기가 어떤 철창 안에 갇혀 있는지를 생각하지 못하는 한 똑같이 어리석음의 벌을 받고 있음을 보여 준다.

카프카는 카알 로스만이나 요제프 K처럼 자신이 어딘가에 간혔다고 느끼는 자에게는 희망이 있다고 한다. 그래서 하겐베크 상선 위의 인간들은 자기가 무엇에 간혀 있는지도 모르는 채로 배 위에 묶여 있는 반면, 페터는 하선을 하고 동물원을 피해 학술원을 돌아다니고 집도 꾸려 보게 된다. 그런데 카프카가 페터의 변신에서 부각시키고 있는 것은 동물원에 가지 않게 된 페터의 '인간적 삶'이 아니다. 카프카는 페터가 어떤 방식으로 실험을 했는지, 그 실험이 얼마나 뼈를 깎는 노력을 필요로 했는지를 더 강조한다. 페터는 계속 물었던 것이다. 원숭이라는 것이 뭐지? 원숭이의 철창은 뭐지? 그와 동시에 페터는 바라보았다. 그렇다면 인간은 뭐지? 인간의 철창은 뭐지? 자기 굴레에 대한 질문과 그에 대한 답은 또 다른 굴레에 간힌 다른 자들에까지 시선을 미치게 한다.

「어느 단식 광대」: 변신의 아나키즘

마지막 작품들에서 카프카가 다시 강조하는 것은 질문하는 삶이다. 시골 의사처럼 오직 질문하는 자만이 변신한다. 「어느 단식 광대」와 「요제피네, 여가수 또는 서씨족」, 「어느 개의 연구」는 원숭이 페터가 철창을 빠져나오기 위해 철창 밖 인간들을 선생으로 모시고 그들을 흉내 내는 장면의 확장판이라고 할 수 있다. 무대 위 예술가들을 관객들이 바라보고 있는 설정이 작품의 틀이 되기 때문이다. 다만 차이가 있다면 이 예술가들은 네 발로 기는 원숭이가 인간처럼 서서 뒷짐을 지고 어슬렁거리는 극적인 변화를 연출하지는 않는다는 점이다. 그럼 이들이 보여 주는 것은 무엇인가? 지극히, 너무나 지극히 일상적인 나날의 행위들이다.

요제피네가 무대 위에서 쥐라면 누구나 부르는 휘파람을 읊조리는 것을 한번 상상해 보자. 우리가 매일매일 먹고 자는 모습은 그 자체로 우리를 주조한다. 쥐들에게 휘파람이란 무엇인가? 그들이 먹고살기 위해 행하는 전부이다. 휘파람으로 모든 명령이 하달되고, 휘파람으로 모든 소통이 이루어진다. 휘파람은 쥐들을 묶어 주고, 가르치고, 선도하는 행위 전부를 상징한다. 쥐는 휘파람을 통해 자신의 모든 행위 양식을 발명하고 그것으로써 자기 몸을 주조해 왔을 것이다. 종족 전체의 운명이 이 휘파람에 달려 있는 것이다. 요제피네는 무대 위에서 바로 그런 과정을 적나라하게 보여 주었다.

그녀의 휘파람 노래를 들은 쥐들은 어떻게 반응했을까? 어떤 쥐들은 그 휘파람을 무시했지만 화자로 나오는 쥐는 거기에 반응한다. 그는 요제피네를 통해, 온 에너지를 모아 휘파람을 불어 대는 쥐, 그런 자신의 모습을 거리를 갖고 바라볼 수 있게 된다. 어디 떨어진 것이 없나 고개를 두리번거리며 이 집 구석, 저 뒷골목을 기어 다니는 삶. 그것은 경박했고, 초라했고, 가련했다. 그들 종족의 사명이란 겨우 바람에 날아가는 휘파람처럼 부질없는 것이다. 화자는 이렇게 묻는다. '아! 정녕 저것이 쥐란 말인가? 쥐란 도대체 무엇으로 사는가?'

단식 광대도 마찬가지였다. 광대는 무대 위에서 자지도 먹지도 않으면서 그런 자신을 전시했다. 광대도 사람들로부터 야유와 비난을 들었다. 어떤 관객들은 제발 단식을 그만두라는 요구도 했다. 그들은 인간이 굶는 것을 두고 볼 수가 없었다. 왜? 단식 광대의 굶음은 인간의 모든 통념과 도덕을 하나하나 벗겨 내는 행위였기 때문이다. 철창 안에 갇힌 인간의 굶음을 계속 볼 수 있으려면 관객은 그 자신이 무엇을 먹고, 어떻게 살아가는 존재인지를 직면할 수밖에 없었다. 화려한 드레스며, 잔뜩 격식을 차린 레스토랑이며, 우뚝 솟은 관공서들이며, 광장 가운데를 장식한 영웅탑이며, 이 모든 것들을 하나하나 벗겨 보면 어떻게 될까? 단식 광대는 지금 이 생활 전체를 지탱해 주는 장치의 허위로움을 보여 주었던 것이다. 그것을 계속 직시하는 일에 자신이 없어진 관객들이 차라리 광대를 보지 않기로 마음먹었다.

「어느 단식 광대」에서는 이렇게 자기 삶을 장식하는 습속을 끝까지 직시하는 자가 나온다. 그가 바로 광대이다. 그는 굶기를 멈추지 않고 물었다. 자신이 무엇을 먹고 입고 사는지를. 그런데 그러한 외피의 허위로움을 자각하면서도 그는 패닉에 빠지거나 비관주의자가 되지 않는다. 여기서 카프카는 질문을 굶기의 이미지로 제시한다. 굶음이란 무엇인가? 자신을 먹이고 살리던 것을 끊는 행위다. 만족을 주던 욕망들을 거부하면 어떤 일이 벌어질까? 우선은 금단 현상에 시달리게 된다. 거절한 맛에 대한 욕구가 상상 속에서 과대하게 부풀어 오를 것이다. 하지만 동시에 욕망의 구석구석을 상상으로 음미하는 과정에서 그 맛의 터무니없음도 이해하게 될 것이다. 잘산다고 자부했던 자신이 겨우 편식을 하고 있었음을 알게 되는 것이다. 뿐만 아니라 맛의 미세한 차이들에 대한 감각도 깨어날 것이다. 단맛 안에 펼쳐져 있는 맛의 온 스펙트럼이 하나하나 선명하게 발견될 것이다. 쓴맛과 매운맛 사이에는 또 얼마나 다양한 자극이 펼쳐지겠는가? 맛의 미세한 차이, 그 차이들에 일일이 반응하는 내 신체의 미세한 감각 방식들이 다 깨어날 것이다. 광대는 단식을 통해 자기 감각 하나하나를 다 깨우면서 그것들이 세상과 다르게 관계 맺으며 살 수 있는 길임을 깨달았다. 그러한 전 과정을 통해 광대는 인간의 탈을 서서히 벗어 버리고 지푸라기가 된다.

단식 광대는 금욕적 수행을 한 것이 아니다. 철저한 극기를 통해 온갖 욕망을 제거하면서, 참-진리에 이르려는 것이 아니다. 그는 지금까지 잠들어 있던 세계가 단식과 함께 눈뜨는 것을 본다. 그는 마침내 해방되어 소란스러워진 세계가 다시 침묵하게 될까 봐 굶기를 멈출 수 없었을 뿐이다. 이끌리던 욕망을 중단하면 삶에서 가능한 다른 욕망들이 우글대기 시작하니까. 자동화되어 있던 생활방식을 딱 끊으면 다른 방식으로의 가능성도 열리니까. 그렇게 "길은 굶주림을 뚫고 지나간다"(「어느 개의 연구」).

또한 카프카의 단식 광대는 현재의 고행을 미래의 깨달음으로 전환하려는 낙천주의자가 아니다. 작고 보잘것없어 보이는 일들에 절망하는 염세주의자도 아니다. 굳이 말하자면 그들은 또 다른 맛을 욕망하기에 기꺼이 식욕을 절제하는 탐미주의자이다. 왜냐하면 그가 그린 단식은 우리를 살게 하는 또 다른 조건을 향해 온 감각을 여는 행위이기 때문이다.

카프카는 단식 광대를 통해 자기가 어떻게 살고 있는가에 대해 질문하는 자는 한없이 자유롭다는 것을 보여 준다. 그는 자기의 먹음에 맹목적으로 매달리지 않기 때문이다. 비록 철창 안에 있지만 그 형틀을 자신에게 부여한 자는 바로 자신이었다. 그의 철창은 자신의 먹음을 하나의 한계 상황으로, 자신의 삶을 주조하는 철창으로, 의식적으로 사유하기 위한 장치이다. 그랬기 때문에 철창은 그를 가두는 대신 그에게 다른 삶에 대한 욕망을 불러일으키는 조건이 된다.

「학술원에 드리는 보고」에서 페터는 직접적으로 말한다. 자신은 자유라는 말은 믿지 않는다고. 그것은 존재를 외부 대상과 분리하고 세계를 선택 가능한 것으로 보는 태도가 전제된 말이기 때문이다. 페터의 정체성은 그가 인간의 입맛과 습속을 익힘으로써 재구성되었다. 자연 안의 어떤 것도 외따로 존재하지 않는다. 인간인 이상 부모가 있고, 그 부모가 관계 맺는 사회 제도에 의지해야 하며, 그 사회의 역사성을 지탱해 주는 언어를 쓸 수밖에 없다. 바꾸어 말하면, 나란 부모의 유전자와 여러 시스템에서 통용되는 가치들과 오랜 시간 전승되고 활용된 말들의 종합이지 다른 것이 아니다. 이 모든 관계가 나를 생산하고 이 관계가 또한 나로 인해 생산된다. 그러므로 나를 구성하는 것들에 대해 꾸준히 의심하면서 내가 다르게 구성할 수 있는 관계들을 떠올리는 것 자체가 변신이며 다른 삶의 생산으로 가는 출발이 된다.

페터는 원숭이로서의 자신뿐만 아니라 인간으로서의 자신을 의심하면서 계속해서 다른 경계를 넘보는 자가 되었다. 단지 어떤 철창도 절대적인 한계로 보지 않고 계속해서 의심하는 과정만 있을 뿐이다. 그래서 카프카는 이러한 변신을 '슬며시 달아

나기'라고 한다. 원숭이는 자신의 원숭이성이 싫거나 인간성이 탐나서 변신한 것이 아니다. 그의 변신 후에도 원숭이의 세계나 인간의 세계가 자기모순을 극복하고 새롭게 혁신되는 것은 아니었다. 페터는 그저 지금 자신이 갇혀 있다고 생각되는 그 지점에서 자기를 가로막는 온갖 벽들을 더듬어 보다가 나갈 구멍을 발견했을 뿐이다.

페터에 따르면, 다르게 살고자 하는 자가 제일 먼저 갖추어야 할 미덕은 겸손과 성실이다. 어떤 목적주의도 배격하면서, 나처럼 살지 않는 모든 것을 향해 완전히 자신을 개방할 것! 한발 한발, 하루하루 새로운 생각방식, 감각방식을 익히기 위해 자신의 굳은 몸과 혀에 저항해야 한다.

'변신' 하면 카프카지만, '곤충' 하면 앙리 파브르(Jean Henri Fabre; 1823~1915)다. 파브르의 정원은 곤충을 비롯해 많은 동식물들이 자라는 거대한 박물학 나라였는데, 그는 특히 곤충을 분류하고 자연을 이론화하는 것에 적개심을 보였다고 한다. 동식물을 죽이고 수집해서 분류하는 것에 대한 혐오가 대단했던 것이다. 『파브르 곤충기』야 워낙 유명해서 일찍부터 많은 언어로 번역되었지만 특히 일본의 번역자가 흥미롭다. 바로 오스기 사카에(木杉榮; 1885~1923)다. 그는 조선의 독립 운동에도 적극 지지를 표했으며 여운형과 같은 독립운동가들과도 친분이 있던 무정부주의자였다.

　일찍이 오스기 사카에는 찰스 다윈의『종의 기원』(1916년 번역), 크로포트킨의『사회부조론』(1917년 번역)을 번역했다. 그가 남긴 책 중에는『일본 탈출기』도 있다. 오스기 사카에는 식민지를 개척하고 폭압적으로 타자를 억압하던 일본을 뛰쳐나가고 싶을 만큼 혐오했던 모양이다.『아름다움은 혼란 속에서 발견된다』라는 금언록도 썼는데 1918년 처음 파브르의 책을 읽고 이렇게 말했다고 한다. "나는 정신을 좋아한다. 하지만 나는 그것이 이론화되면 반감이 느껴진다. 이론화 과정 아래에서 정신은 종종 사회적 현실과 굴욕적인 타협, 그리고 왜곡과 조화를 이루도록 변형되기 때문이다." 오스기 사카에가『파브르 곤충기』(1922년 번역)를 좋아했던 것은 파브르가 인간중심주의자 즉, 속류 진화론자가 아니었기 때문이다.

　오스기 사카에가 가장 좋아한 파브르의 모습은 규정될 수 없는 다양함으로 충만한 세계를 경이롭게 지켜보면서 작은 것들의 위대한 모험을 만나기 위해 망원경을 들고 숲 속으로 걸어 들어가는 모습이었을 것이다. 미라처럼 죽어 있다가도 숨을 쉬며 살아나고, 단단한 껍질에 몸을 감추고 있다가도 부드러운 날개를 펼친다. 곤충의 변태를 관찰하기 위해서는 안 그래도 작은 녀석의, 안 그래도 작은 몸 여러 부분을 정밀히 살펴보아야만 한다. '과연 어디서 변화가 시작되는 것일까?'에 대한 극미(極微)의 관심과 애정이 아니고서는 곤충을 연구할 수가 없을 것이다.*

카프카가 변신의 테마를 통해 돌파하려고 한 문제는 인간 중심주의였다. 인간을 만물의 영장이라고 생각하는 오만함, 동물을 포함한 자연 전체를 인간을 위한 수단으로 보는 어리석음. 이것이 한 개인에게서는 자신이 소유한 것과 자신이 맺는 관계만을 절대시하는 태도로 나타난다. 그런데 작은 것, 과감히 변신하는 것, 그러면서 또한 무수한 것, 이런 것들을 좋아하는 사람들은 하나의 절대적 가치를 신봉할 수가 없다. 그들은 체계를 확정하고 사물들을 위계 속에 위치시키려는 움직임을 직관적으로 거부할 수밖에 없을 것이다. 그래서 그들은 가끔씩 본인이 의도하지 않았는데도 아나키스트가 된다. 그런 의미에서 카프카도 아나키스트라고 할 수 있다. 카프카도 파브르처럼 편견 없이 관찰하고, 대책 없이 감탄하며, 한없이 글을 쓰고 싶어 했을 것이다. 어떤 중심도, 초월적 권위도 자기 삶에 허락하지 않으면서 말이다.

* 오스기 사카에와 『파브르 곤충기』의 관계에 대해서는 휴 래플스, 「E. 진화」『인섹토피디아』 우진하 옮김, 21세기북스, 2011)와 『오스기 사카에 자서전』(김응교·윤영수 옮김, 실천문학사, 2005)의 '역자 해설'을 참고.

6장

문학

———

발신하지만
도착하지 않는
편지

1. 펜으로 내는 광활한 불복종의 길

카프카의 문학에 마지막이란 없지만 이 책을 마무리하면서 그의 문학에 대한 생각을 정리해 보려고 한다. 카프카가 문학론을 따로 정리한 것은 없지만 그가 '언어'와 '문학'을 어떻게 사유했는지를 알아보게 하는 작품들이 있다. 하나는 『유형지에서』이다.

　　현실을 있는 그대로 재현하는 일에는 워낙 관심이 없었다지만 카프카가 그린 공간 중에서 가장 기이한 장소는 덩그러니 고문 기계만 있는 황량한 언덕일 것이다. "헐벗은 언덕으로 둘러싸인 이곳 모래땅의 깊고 작은 계곡에는 장교와 탐험가 이외에는 우둔하고 입이 넙죽하며 얼굴과 머리가 지저분한 죄수와 묵직한 쇠사슬을 들고 있는 한 사병이 있다." 그 쇠사슬에는 다시 작은 사슬이 얼기설기 끼어 있었고, 죄수의 발목, 팔목, 목 등을 감고 있다. 죄수는 사람이 아니라 마치 개 같다. 그래서 얼마든지 언덕에 풀어놓아도, 호각을 불면 자신이 처형될 줄 모르고 스스로 되돌아온다(『유형지에서』).

카프카가 1919년에 발표한 단편 『유형지에서』에는 황량한 벌판에 '몸에 계율을 써주는 자동기계' 즉, 형벌기계가 덩그러니 놓여 있는 유형지가 나온다. 이 초현실적인 장소에서 벌어지는 일은 너무나 실감난다. 이 작품에 등장하는 인물은 형벌기계에 스스로 드러눕는 장교, 형벌기계 앞에서 천지도 모르고 뛰어노는 죄수, 그리고 이 모든 사건을 관찰하는 탐구자 '나'. 작품은 누구를 초점에 놓는가에 따라 여러 해석이 가능하다. '복종하라'고 선고받은 죄수를 중심에 놓는다면, 규율권력을 몸 깊숙이 각인(刻印)시킴으로써 스스로를 완성해 가야 하는 근대인의 운명에 대한 이야기가 된다. 죄의 심판자인 장교의 입장에서 본다면, 자신의 창조주를 산산조각 내 버리는 테크놀로지 비판이 된다. 그런데 이 '묘한 기계' 자체를 해석의 축으로 삼으면 어떻게 될까? 그러면 하나의 변신담이 지면 위로 떠오르게 된다. 상반된 운명을 가진 것처럼 보였던 죄수와 심판자의 드라마가 아니라, 인간이 기계로, 그것도 글 쓰는 기계로 변하는 변신괴물의 이야기가! 결론부터 말하자면, 카프카는 우리가 글을 쓸 때 벌어지는 일을 이 황량한 『유형지에서』에서 일어나는 사건으로 설명했다.

먼저 이 기계에 대해 알아보자. 이 기계는 침대를 닮았고, 분명한 목적을 갖고 있다. 알려 주마! 침대 같은 장치 위에 죄수를 눕힌 뒤, 그의 죄명을 새기면 임무 완성이다. 침대란 죄의 출발점이다. 여기에서 다시 또 그레고르 잠자가 떠오른다. 그레고르에게 죄란 누군가의 아들로 태어났다는 것이었다.

기계가 목적을 달성하면 죄수는 죽는다. 기계에 매달린 써레가 그의 몸 깊숙이 '알아야 할 것'을 새기고 나면, 죄수는 피칠갑 된 계율의 서판 즉, 사물이 된다. 우리는 뭔가를 밝히고 설명하기 위해 글을 쓰지만, 글을 씀으로써 글로 옮겨질 수 없는 많은 의미를 없앤다. 그런 방식으로, 쓰인 것을 절대화하면서 살아 있는 존재를 죽인다. 우리의 신체는 온갖 법이 새겨지는 서판이고, 갖가지 법률들에 점령되고 있으며, 우리는 평생 한없는 넓이와 끝없는 깊이를 가졌던 본성을 법의 계율로 대체하면서 살다 죽는다. 이것이 『유형지에서』에서 "무지했고, 어리석었고, 유치했던 존재가 죽고, 계율이 살아남는다"는 말의 의미이다.

비인간적이라고? 그렇다. 카프카가 보기에 산다는 것은 원래 인간적이지 않다. 우리는 눈빛 하나, 손이나 발동작 하나까지도 '그래야만 하는' 규칙을 통해 조각하면서 살아간다. 죄수가 죄수가 된 이유는 오직 하나였다. 몰랐다는 것. 그는 장교나 다른 사람들의 말을 이해 못했고, 자신에게 내려진 판결문도 읽지 못했다. 심지어 유죄 선고를 받았다는 사실조차 몰랐다. 세상의 법칙을 몸에 새기지 못한 자, 언어가 없는 자는 죄수인 것이다. 법을 체화한다는 것이, 자신은 전혀 이해하지도 납득하지도 못한 말로써 자신을 깎고 변형하는 일인 것이다.

언어 없는 자에게 글자를 주는 것, 선과 악, 옳고 그름의 경계를 정함으로써 그의 생명력을 죽이는 것. 이것이 유형지의 기계, 판결 기계의 존재 이유이다. 죄수는 자신의 몸에 '하지 말아야 할 것'과 '해야 할 것'을 깨알같이 새기면서 사회를 배운다. 카프카는 그런 사회화가 일어나는 장소를 '유형지'라고 부르는 것이다. 그렇다면, 유형지 아닌 사회는 없다. 죄수 아닌 인간은 없다. 인간의 어떤 문화도 사람들의 생각과 활동의 범위를 지정해 주기 위해 개개인을 특정한 방식으로 조각하기 때문이다. 사람을 사무실에 앉아 있을 수 있는 한 인간으로 조각하기 위해서는 무려 십 년 이상의 교실 생활이 필요하다. 카프카는 글쓰기의 비유를 통해 서서히, 그러면서도 아주 끔찍하게 진행되는 이 죄수화 과정을 보여 준 것이다.

그런데 글쓰기는 신비롭다. 죄수에게 죄명을 알려 주는 일만 하는 것이 아니라 새로운 무지를 세상에 풀어놓기도 하기 때문이다. 장교는 계속해서 법을 탐구하려고 했다. 계율을 더 잘 이해하려고, 그것을 더 완벽하게 쓰고자 했다. 그래서 최선을 다해 기계 여기저기를 빈틈없이 들여다보고, 만져보고, 살펴보았다. 그가 완벽한 글쓰기를 욕망하는 만큼, 그의 언어는 기술자의 언어로, 역사가의 언어로, 재판관의 언어로 바뀌어 갔다. 보다 더 세밀하게, 보다 더 추상적으로. 장교는 마침내 스스로 온 시간을 통찰하는 자의 언어를 갖고 싶다고 생각하기에 이르게 된다. 그래서 자신도 모르게 죄수를 밀쳐내고, 자기 몸을 고문 기계에 뉘이고, 마침내 모든 것을 받아쓰겠다는 의지로 자신을 기계로 만들었다.

그런데 여기서 하나의 전도가 일어나게 된다. 장교가 침대 위에 스스로를 눕히려고 죄수를 밀쳐내 버리자마자 기계가 고장 나기 시작하는 것이다. 맹목적으로 장교의 몸을 찍어 대던 써레는 이유 없이 뒤틀리더니 장교의 이마에 최후의 바늘을 찍고는 망가지고 만다. 최선을 다해 정확하게 법을 옮겨 쓰고자 했더니 죄수는 풀려나고, 기계의 부품들도 사방으로 튀어 나간다. 죄수가 죄수인 것은 자신이 누구인지조차 몰랐던 그의 무지 때문이었다. 그러므로 기계의 부서짐, 죄수의 부활은 지배와 종속을 뜻하는 온갖 사슬이 끊어졌다는 것을 의미한다.

언어 없는 것에게 문자를 주고 그 생기를 죽이는 것이 글쓰기의 운명이다. 그런데 쓰기의 운명은 앎의 운명을 거스른다. 마침내 쓰기 기계가 된 자는 스스로를 해체함으로써 아무것도 모르는 존재를, 그래서 복종이 불가능한 존재를 세상에 다시 풀어 놓기 때문이다. 장교는 머리가 뚫린 채로 눈을 뜨고서 유형지를 바라본다. 시체가 되어서라도 유형지를 지배하겠다는 듯. 그것은 앎의 끝에 이르고자 한 자의 끔찍한 최후이다. 그러나 그 옆에서는 죄수가 아무 상관도 없다는 듯 또 다른 여행을 꿈꾸며 뛰어다닌다. 카프카에게 글쓰기란 끔찍한 앎의 문턱을 넘어 광활한 불복종의 땅으로 들어가는 통과의례이다. 자기가 알고 이해했던 것의 종식 즉 자기 앎의 죽음을 담보로 하는, 목숨을 건 도약이다. 끝없는 실패와 무한한 시도의 초원을 달리는 행위. 그것이 카프카의 글쓰기이다.

2. 끝없는 실패와 무한한 시도로서의 글쓰기

이번에는 「낡은 쪽지」(1919년 집필, 단편집 『시골 의사』에 수록)를 읽어 보자. 이 작품의 화자는 황제의 궁궐 앞 광장에 구두 수선소를 가지고 있는 사람이다. 지금 그는 이 광장으로 쳐들어온 유목민들의 횡포를 보면서 경악하고 있다. 유목민들의 특징은 궁성 사람들과는 달리 말하고 쓸 줄 모른다는 것이다. 그들은 거대한 까마귀들처럼, 화자와 그 이웃들의 생활 방식, 시설물들을 짓밟고 배를 채우고 있다. 작품의 내용은 이게 다. 그런데 제목이 '낡은 쪽지'이다. 작품 안에 낡은 쪽지는 나오지 않는다. 그렇기 때문에 여기서는 제목 자체가 하나의 액자를 이루게 되면서 그 자체로 작품에 또 하나의 의미를 덧붙인다고 할 수 있다.

우리는 제목이 쪽지이며 낡았다는 점에서 글이 쓰인 시점과 읽히게 된 시점이 다르다는 것을 알 수 있다. 쓴 자가 쪽지를 읽을 자를 지정하고 있지 않다는 점도 짐작할 수 있다. 이유 없이 갑자기 들이닥쳐서 읽는 자를 혼란스럽게 한다는 점에서 '낡은 쪽지'는 이 작품 속 유목민을 닮았다. 유목민이 하는 일을 보자. 그들은 고유의 언어를 갖고 있지 않다, 늘 까마귀처럼 외치면서 순식간에 도시를 파괴해 버린다. 그러면 사람들의 턱이 탈구되고 손목이 뒤틀린다.「낡은 쪽지」, 『변신: 단편전집』(카프카전집 1), 223쪽.

유목민이 무서운 까닭은 오직 우리의 턱과 손목을 부수어 버린다는 데에 있다. 턱과 손목의 비유는 말하는 입과 쓰는 글을 연상시킨다. 유목민들, 즉 낡은 쪽지는 무력을 사용해서가 아니라 출현 자체가 마을 사람들이 그렇게 되도록 만든다. 그들을 보는 것, 무엇을 입고 어떻게 행동하는지 살피는 것만으로도 그것을 읽는 사람들의 언어를 비틀어 버리고 못 쓰게 만든다. 나는 이 낡은 쪽지가 카프카의 문학을 가장 잘 드러내 주는 이미지라고 생각한다. 작가로서 카프카는 그 자신의 삶이 갖는 온갖 모순, 상처, 실패와 시도들을 표현했을 뿐이다. 그것을 자기 혼자 간직하지 않고 세상에 내보낼 때 카프카는 그것이 이해되어서가 아니라 이해되지 않기 때문에 일으킬 반향을 기대했을 것이다. 낡은 쪽지는 이해의 공동체를 파괴해 버리기 때문이다. 그럴 의도조차 없었는데 말이다.

카프카가 낡은 쪽지에서처럼 발신자와 수신자 사이에서 이루어지는 평화로운 메시지 전달 같은 것을 거부한 까닭은 무엇이었을까? 일기 쓰기에서도 볼 수 있었던 것처럼 쓰는 인간의 삶은 결정되어 있지 않다. 그가 어떤 존재가 될지, 어떤 새로운 실험으로 몸을 내밀지 정해진 것은 없다. 쓰는 인간은 어떤 그물에도 걸리지 않는 물고기가 된다. 내 편지를 받은 수신자가 내 의견에 어떤 동의를 표해 오더라도 나는 이미 편지를 쓰던 그때의 내가 아니다. 따라서 도착하는 답신은 무용해진다.

카프카가 '편지 쓰기'를 통해 자신의 문학론을 만들 수 있었던 것은 그가 많은 편지를 쓰면서 이 점을 깨달았기 때문이다. 실제로 카프카가 가장 많이 썼던 장르는 '소설'이 아니라 '편지'이다. 그의 편지가 사적인 기록이기에 독자 대중을 향한 문학이라고 취급되지 않지만, 카프카는 편지에서도 일기에서처럼 사적인 경험이나 개인적 소회, 감상 따위를 늘어놓지 않았다. 연애편지에서조차 말이다.

카프카가 썼던 편지의 가장 큰 특징은 그 양이다. 그는 정말 엄청난 양을, 쉬지 않고, 하루에도 몇 번씩 썼다. 특히 연인에게. 프라하에 있던 카프카는 베를린의 펠리체에게 날마다 몇 통씩 편지를 보냈고, 그것도 부족하다 싶었는지 중간 중간 전보를 치기까지 했다. 어느 날은 그 또한 아쉬워서 편지−전보−엽서의 연타를 날리기도 했다. 그뿐 아니라 '편지를 언제 보냈느냐? 확실히 보냈느냐? 하루에 두 번이 어렵다면 반드시 한 번은 써 달라!'며 끊임없이 상대방에게 글쓰기를 요구했다. 그런데도 막상 펠리체가 편지를 보내오면 며칠씩 주머니에 넣고 다니며 읽지 않기도 했다. 편지(letter)란 쉼 없이 쓰여야 하지만 결코 제때에 도착할 수는 없는 것이어야 했다. 어마어마한 양의 편지는 펠리체에게 자기 사랑을 확인받는 것을 목적으로 하지 않았다. 대신 카프카는 집요하게 문자(letter)의 연착을 확인했으며 그 도착을 적극적으로 미루었다.

어쩌면 펠리체는 정말 게으른 연인이었을지도 모른다. 혹은 '나를 문학에 바쳤습니다'라고 선언하는 카프카에게 달리 뭐라 답할 말이 없었을지도 모르겠다. 아 물론, 당시 프라하의 우편제도가 엉망이었을 수도 있다. 모든 이유가 가능하다. 그렇다, 여기에서 온갖 가능성이 풍부하게 펼쳐진다. 그래서 카프카는 출도착의 미끄러짐이 중요하다고 생각했다. 그는 이렇게 말한다. "글로 쓴 키스들은 그 목적지에 도달하지 못하고 유령들이 도중에 다 마셔" 버린다고. 편지가 가고 있고, 오고 있는 저 기이한 공간에서 유령들이 태어나고, 이 글쓰기의 유령들이 작자가 의도했던 의미들을 다 먹어 치운다는 것이다. 심지어 키스까지 도.카프카, 『밀레나에게 쓴 편지』(카프카전집 8), 오화영 옮김, 솔출판사, 2017, 347쪽.

유령에게 인간사의 뭐가 중요하겠는가? 그것들이 편지의

의도 따위에 관심 있어 할 리가 없다. 유령은 오직 읽기의 가능성과 쓰기의 가능성을 먹거나 뱉으며 제멋대로 돌아다닐 것이다. 그래서 편지 유령이 출몰하면 어떤 일이 벌어질까? 사태를 상상하기란 어렵지 않다. 파멸하게 되겠지. 만나자고 했다가, 그 약속을 취소했다가, 미안하니까 다시 만나자고 하는 편지가 제 순서대로 도착하지 않는다면? 그리고 이런 편지 사고가 잦아지면? 연인들은 길 위에서 오해하게 될 것이다. 불안과 공포 속에서 그들의 사랑을 의심하게 될 것이다.

카프카는 우리가 글을 쓸 때 유령들이 출몰하게 된다고 생각했다. 이 유령들 덕분에 발신과 수신 사이에서는 엄청난 해석 가능성이 발생하게 된다. 의미가 백방으로 날아다닐 가능성, 말이 어떤 방식으로도 해석될 수 있는 가능성, 애인이 배신자가 될 가능성, 심지어 내가 갑충이 될 가능성까지. 그 가능성은 너무나 풍요로워서 사랑과 증오, 갈망과 허망, 기쁨과 슬픔이 동시에 자라나게 할 수도 있을 것이다. 갑충이 된 외판원 그레고르 잠자를 보고 있으면 웃기기도 하다가 안타깝기도 한 것은 그 때문이다.

편지의 이 별난 능력에 대해서는 펠리체에게 처음으로 편지를 썼던 그날 밤 착수한 『선고』라는 작품에도 나온다. 게오르크는 유복한 집안의 아가씨와 곧 결혼을 앞두고 있다. 어느 일요일 오전, 그는 러시아에 있는 친구에게 결혼 초대의 편지를 쓴다. 그리고 이 편지가 모든 사건을 불러일으킨다. 우선 게오르크는 이 편지를 쓰면서 자신이 얼마나 '믿을 수 없는' 친구인지를 밝힌다. 사업에 실패하고 결혼도 못하고 불안한 정세에 휩쓸린 러시아에 갇혀 있어야 하는 친구에게 나의 행복을 알리는 건 너무 잔인하잖아? 설마 결혼식에 와서 난장판을 치지는 않겠지? 러시아에 있는 친구를 떠올리며 게오르크가 하는 걱정은 모두 위선이었다.

그 다음 게오르크는 어쩐지 편지 쓰기가 꺼려진다는 자신의 사정을 약혼녀에게 알려 준다. 그 때문에 연인은 미래의 남편 벤데만을 더 이상 '믿을 수 없게' 된다. "게오르크, 당신이 그런 친구를 갖고 있다면 아예 약혼을 하지 않는 편이 좋을 뻔했어요." 그러고 나서 게오르크는 이 부치기 직전의 편지를 들고 아버지 방을 찾아간다. 아버지는 아들을 의심할 수밖에. "너에게 러시아에 친구가 정말 있기나 한 거냐?" 그런데 아버지는 러시아 친구를 의심한다는 말을 뒤집고 실은 자신이 그 친구와 오랫동안 편지를 주고받았다고 실토한다. 그리고 실은 그 러시아 친구가 진짜 자기 마음의 아들이라며 이렇게 소리친다. "내가 니 아버지가 맞기냐 하냐?"

한 통의 편지가 모든 것을 믿을 수 없게 한다. 결혼한다는 소식은 실제로는 약혼을 뒤흔들고 부자 관계를 깨뜨렸을 뿐만 아니라 한 사람을 생사의 기로에 내몰았다. 그것도 수신인에게 도착하지도 않은 상태에서 오직 편지 그 자체의 경로 위에서 말이다. 아버지는 결국 게오르크에게 가족과 친구 모두를 속인 '악마'이니 '빠져 죽을 것'을 명하는데, 쫓기듯 방을 나온 게오르크는 집 밖을 뛰쳐나와 차도를 지나 강물로 뛰어든다. 하지만 이 작품에 나오는 모든 행위가 '믿을 수 없는' 것이었으므로 우리는 게오르크가 떨어져 죽었는지 살았는지 '믿을 수 없다'.

게오르크는 편지를 부치지 않았을 뿐인데, 약혼녀, 친구, 아버지, 마침내 그 자신마저 잃어버리게 된다. 이 일련의 사태가 꼭 나쁜 것만은 아니다. 황폐한 러시아 땅에 유폐되어 있는 자가 친구인지 아닌지가 헷갈린다는 것은 무엇을 뜻할까? 편지를 들고 다니던 게오르크는 진실과 거짓 사이의 경계가 한없이 멀어져 버린 곳에 당도하는 것이다. 그는 삶에서 참된 것이 무엇인지 알 수 없는 상태까지 간다. 게오르크가 강물 위로 몸을 던졌을 때 죽은 것은 단지 약혼녀와 아버지에게 '게오르크'라고 불리던 존재였을 뿐이다. 그는 게오르크일 수도 있고 아닐 수도 있는 존재의 가능성을 창조하며 몸을 훌쩍 날렸다.

카프카는 사실을 재현할 필요를 느끼지 못했다. 세상을 있는 그대로 그리는 것은 그 '있는 그대로'만을 세상의 모습으로 인정하는 일이 될 것이다. 카프카는 이 점을 자기 문학론의 출발로 삼으면서 동시대 프라하 문학계와, 나아가 동시대 유럽 문학과 확실하게 거리를 두게 되었다. 사실주의자들처럼 주어진 언어를 더 섬세하고 정교하게 가다듬는 일에는 관심을 두지 않았기 때문이다. 그렇다고 자기 내면에 침잠해서 의식을 자유자재로 풀어놓고 싶지도 않았다.

『변신』을 통해 프라하에서 그는 완전히 별종이 되고 말았다. 재현의 문제에 대한 그의 의견이 당시 프라하에서 맹위를 떨쳤던 '표현주의 운동'과 맞지 않았다. 표현주의 작가들은 "변화된 세계와 위협받고 있는 현존재 속에서 올바른 길을 찾고자 하는 현대 인간의 노력, 관습적인 양식을 타파하여 영혼을 해방시킴으로써 기계와 권력욕으로 위협받고 있는 인간의 존엄성을 구원코자" 피조물들의 극심한 고통과 돌연한 결단 속에서의 정신 해방에 관심을 기울이고 있었다.김보희, 『표현주의 수용과 카프카 문학』, 보성, 2012, 38쪽. 표현주의 작가들이 추상적이고 기하학적 무대(채색된 평면 커튼, 계단과 같은 소수의 기하학적 도구나 십자가, 벼랑 등의 상징물, 대화에서의 독백적 외침, 서정적 감정 토로)를 많이 썼던 것은 산업화, 기계화, 세계 전쟁을 통해 확인할 수 있었던 문명의 이기적 본성에 대항하고자 해서였다. 그들은 외부 세계의 폭력적 현실에 대비하여 지극히 주관적인 내면세계를 과감하게 표현할 것을 목표로 했던 것이다.

　카프카의 세계에서도 정물을 사실적으로 그린다거나 플롯의 인과를 철저히 구성한다는 식의 형식적 장치가 없기 때문에 그가 당대 표현주의자들처럼 외부와 내부를 구분하고 내면 묘사에 치중했다는 의견도 있다. 그런데 카프카는 사실주의에 반대하는 만큼이나 표현주의에도 반대했다. 우선, 외부 세계를 자신과 배타적으로 구분하는 태도를 받아들일 수가 없었다. 바꾸어야 할 세계를 자기 밖에 설정할 수가 없었기 때문이다. 그 자신 안으로 유대인 라바콜, 체코 공화국의 변호사, 괴테를 존경하는 독일어 소설가와 같은 많은 정체성의 선분이 지나가고 있었다. 여기에서 무엇을 따로 떼어 내기란 불가능했다. 또 카프카의 많은 작품이 보여 주듯이 우리가 날마다 만나고 사귀는 친구와 연인, 우리가 꿈속에서도 사용하고 있는 이 언어야말로 우리 자신과 외적 세계를 동시에 생산하는 장치이다. 그러므로 외부 세계와 내부 세계는 분리할 수 있는 무엇이 아니다.

　카프카의 작품에는 많은 세계가 들어 있다. 심지어 그가 살아 보지 못했던 시공간까지도. 카프카는 1924년에 레테의 강을 건넜다. 가족들은 모두 수용소로 갔지만 그 자신은 반유대주의 광풍에 휩쓸려 무참히 학살되지 않았다. 하지만 그가 그려 낸 세계는 정확히 그가 살아 보지 못한 유대인 박해, 거대 관료제의 비인간화를 예고한다. 특히 「어느 단식 광대」에서 그리고 있는 굶는 광대는 벌거벗은 채로 분쇄되는 아우슈비츠의 유대인 형상과 완벽하게 닮았다. 카프카는 어떻게 미래를 예견할 수 있었을까? 보르헤스 같은 작가는 카프카의 세계 속에는 그가 짐작도 할 수 없는 과거가 들어 있다고 보기도 한다. 카프카가 자신의 선구자들을 탄생시켰다는데, 존재의 정체성과 복수성의 문제를 고민했던 제논, 한유, 키르케고르, 레옹 블루아, 로버트 브라우닝 모두가 카프카가 낳은 과거의 화신이라는 것이다.호르헤 루이스 보르헤스, 「카프카와 그의 선구자들」, 『만리장성과 책들』, 정경원 옮김, 열린책들, 2008 참고. 카프카는 매일 밤 일기와 편지, 소설을 쓰면서 아직 오지 않은 것들과 이미 와 있는 것들을 동시에 감지했다. 정말이지 일어날 수 있는 무한한 사건들이 그의 펜 아래에서 나타났다 사라졌다 했던 것이다.

카프카는 자신을 한 마리 갑충의 작가로 변신시켰다. 그런데 따지고 보면, 그의 변신은 뭔가 충격적인 사건을 계기로 일어나지 않았다. 카프카 생의 변곡점이라고 해봐야 누구에게나 있었을 법한 학창시절의 놀림이나 반복적인 회사 생활과 억지스러운 가족주의였다. 그가 자신을 변신시키기 위해 심혈을 기울여 했던 일은 매일매일 책상 앞에 앉아 있었던 것이 전부였다. 극장에서나 만날 수 있는 배트맨, 아이언맨, 앤트맨과 같은 괴능력자나 타임머신을 타고 돌아다니는 시간 여행자처럼 힘들게 옷 갈아입고 특별한 기계장치를 이용하지 않아도 다른 눈으로 세계를 느끼면서 별의별 일들을 다 만나는 일이 가능하기 때문이다. 좋은 글을 베껴 쓰고, 습작을 하고, 일기를 쓰고, 편지도 쓰고, 밤마다 멈추지 않고, 조금씩 글을 쓰기만 하면 된다. 카프카는 그런 평범함 일상을 소중히 하면서 자신이 갇혀 있던 통념을 발견했으며 동시에 그 길 여기저기에 뚫린 틈 너머로 나 있는 무수한 길들을 감지했다.

카프카의 세계를 한마디로 요약할 수는 없다. 그의 세계는 도처에 구멍이 숭숭 뚫린 열린 전체이고 장면 장면이 블록처럼 이리 붙었다 저리 붙었다 하면서 작품을 읽는 독자와 함께 지금도 계속 새로운 이야기를 생성시키기 때문이다. 지금은 맞고 그때는 틀린 일이 끝도 없이 이어진다. 그런 카프카에게 자유란 무엇이었을까? 매 순간 사건들의 문턱을 넘어가는 중일 뿐인데 어떻게 자유가 되는 것일까?

아주 간단히 정리하자면, 카프카의 자유는 어떤 상식에도 어떤 믿음에도 자신을 다 내던지지 않는 걸음걸음의 자유이다. 카프카는 어떤 숭고한 대의, 어떤 초월적인 진리에도 고개를 갸우뚱거릴 수 있었다. 무엇보다 자신의 상식과 자기 감각마저도 의심할 수 있었다. 내가 정말 나이기만 할까? 원숭이나 갑충이고 싶다, 양이고도 싶지만 개이고도 싶다, 나는 내 피부가 비좁다!

어째서 이것이 가능했을까? 글을 썼기 때문이다. 그럼 어째서 글쓰기는 자유가 되는가? 첫째로 그는 자신이 쓸 수밖에 없었던 것을 지면 위에서 볼 수 있었다. 글이란 자신의 온갖 욕망을 거리낌 없이 발설하는 것과는 아무런 상관없는 문제였다. 카프카는 어떤 욕망도 자기의 것으로 소유할 생각이 없었다. 그는 거의 굶다시피 했다. 어떤 가치로도 자신의 육체를 길들이려 하지 않았다. 하나의 단어, 하나의 문장은 그의 상식과 감각이 붙들려 있던 굴레를 지시했을 뿐, 그것은 맞고 틀리고의 문제가 아니었다. 카프카는 가족과 관료제, 인간적인 너무나 인간적인 습속과 감각 방식이 자신을 틀 짓고 있다는 것을 이해함으로써 역설적으로 그 사슬의 자력에 얽매이지 않을 수 있었다. 나는 카프카의 글을 읽을 때마다 어떤 상식에도 회의의 눈길을 던지려 하는 그의 지성과 용기에 놀라게 된다.

둘째로 카프카는 펜 아래로 하나씩 둘씩 나타나는 문장을 보면서 언제나 쓰이지 않은 또 다른 문장으로 이어지는 길들을 예감했다. 글쓰기가 주는 최고의 선물은 쓰면 쓸수록 아쉽고 고치면 고칠수록 한도 없다는, 어떤 느낌이다. 새롭게 드러날 또 다른 상식, 언제나 엎어지면서 새롭게 솟아날 상상이 무한하다는 것에 대한 예감! 글을 쓰는 자는 글을 쓰고 있는 바로 그 순간에 그 무한함의 영역에서 자유롭다. 우리는 글을 쓰는 이상 어떤 상식에도 완전히 갇히지는 않는다. 펜과 함께 우리는 '그 글'을 썼던 자신을 매번 떠나고 또 떠나는 자유를 누린다. 그러나 주의하자. 심지어 괴테라도 펜을 놓는 순간 자기가 썼던 것에 갇힌다. 글이 내 존재를 가둔 벽이지만 또 다른 한계로 나를 인도하는 문이 되는 것은 오직 쓸 때뿐이다. 오직 쓰고 있을 때에만 그 문은 그 다음 문을 부르면서 계속 열려 간다. 끝도 없이.

프란츠 카프카 **연보**

1849년 체코 지역에서 유대인 거주 이동의 자유가 허락된다.

1852년 9월 14일 아버지 헤르만 카프카, 프라하 남쪽 60마일 떨어진 남부
보헤미아 지방 도시 슈트라코니츠 근처 작은 마을 보세크(오세크)
에서 태어난다. 가난한 도축업자 야코프 카프카의 여섯 명 자녀 중
넷째아들이었다. 헤르만 카프카는 열네 살 되던 해인 1866년 고향
을 떠나 이웃 도시 피세크로 이주했다. 유대인 행상으로 일을 시작
했고, 1872년 20세 때에는 당시 체코를 지배하고 있던 오스트리아
합스부르크 왕가의 군대에 입대했다. 이 군대 체험이 엄격한 자식
교육에 적극 활용된다. 제대 후인 1875년 대도시 프라하로 진출하
여, 프라하의 유대인 집단 거주지에 자리를 잡고 잡화를 팔기 시작
했다. 헤르만 카프카는 평생 체코의 유대인들과 거리를 두면서 신
분상승을 하려고 노력했다.

1856년 3월 23일 어머니 율리에 뢰비가 체코 포데브라디에서 부유한 양
조장집 딸로 태어난다. 세 살 때 친어머니가 돌아가신 뒤 아버지는
재혼을 했다. 리하르트, 루돌프, 지크프리트 세 이복 남동생을 얻

게 되는데, 이들은 체코를 떠나 아메리카로 아프리카로 흩어져 독신으로 살았다. 아예 유럽 바깥을 이상향으로 삼아 돌아다녔다고도 할 수 있다. 외삼촌들은 후에 프란츠 카프카에게는 방랑하는 유대인의 삶을 생각하게 했다. 외가의 친척들은 의사나 상인 등 전문직으로 대부분 자리를 잡았고, 모두 예술에 조예가 깊었다. 카프카가 많은 영향을 받았다.

1882년   8월 헤르만 카프카는 프라하 첼트너 거리에 잡화상을 열었다. 유대인 게토의 바로 바깥에 있는 거리였다. 9월 율리에 뢰비와 결혼하여 더욱 안정된 생활을 하게 된다.

1883년   7월 프란츠 카프카가 태어난다.

1889년   7월 여섯 살 카프카는 독일 소년학교에 입학한다. 가정에서 프랑스어 교사에게 프랑스어를 따로 배우기도 했고, 학교 입학 전부터 다양한 과외를 받았다. 당시 체코의 오스트리아 제국은 원칙적으로는 모든 아이들에게 6세부터의 의무교육을 권했다. 체코는 오래 전부터 다문화 국가로 독일계, 체코계, 유대계 등의 민족들이 함께 있었고, 합스부르크 왕가 안에는 이보다 더 넓은 범위의 다양한 이민족들이 공존하고 있었다. 제국은 독일어와 독일문화 교육을 중심으로 이들 민족들의 통합을 꾀했다. 하지만 도처에서 민족어 사용에 대한 요구가 높아짐에 따라 점점 독일계 학교와 다른 민족어계 학교들로 분화되어 갔다. 그러나 그 와중에도 유대인은 자신들의 학교를 세울 수 없었다. 카프카가 입학할 당시 프라하에는 유대계 학교는 없었으며, 아들의 출세를 꿈꾸었던 헤르만 카프카는 프란츠를 독일계 학교에 보냈다. 프라하에서 체코 민족주의 운동이 거세지고 독일민족 내부에서 반유대주의가 거세짐에 따라, 카프카처럼 독일식 교육을 받은 유대인들은 체코인들로부터나 독일인들로부터 똑같이 혐오와 차별의 대상이 되었다.

1893년 9월 4년간의 소년학교 수학을 마치고 왕립 김나지움(8년 과정)에 진학했다. 얌전하고 성실하게 초등학교 생활을 했지만, 기본적으로 교육이 인간의 고유성에는 관심이 없다는 사실을 깊이 인식하게 되었다. 이 왕립 김나지움은 모두가 인정하는 엘리트 코스였고 주로 중산층이나 고위 관료의 자제들이 다녔다. 전체 학생의 3분의 2가 유대인이었다. "권위"와 "의무"의 상징인 이 학교에서는 왕국의 위계적 질서와 엄격한 규정 준수를 표방했다. 카프카는 학교 전체에 깊이 스며들어 있는 권위적 질서를 하나하나 다 맛보았다. 카프카가 이 학교에서 특히 좋아한 과목은 지리과목이었다.

김나지움 시절의 8년 동안은 체코에서도 크고 작은 변화가 많이 있었다. 특히 1897년 독일어 중심이었던 행정이 독일어와 체코어의 이중 구조로 재편되면서, 기득권을 쥐고 있었던 다수 독일인들의 반발과 체코어를 모르는 유대인들의 집단적 반발이 일어났다. 특히 독일어를 쓰던 유대인들은 체코인들로부터 집단적이고 무차별적인 공격을 당했다. 카프카는 학교 부근의 광장에서 반유대시위를 매일같이 접할 수밖에 없었다.

카프카는 광장을 관찰했고 또한 탐험소설과 모험소설을 읽으면서 다른 세계에 대한 동경을 키웠다. 연극에 대한 취미도 이 무렵 형성되었다. 그리고 고학년으로 올라감에 따라 특히 자연사와 물리학에 관심을 많이 가지게 되었다. 다윈, 니체, 스피노자에 대한 본격적인 공부도 시작된다. 친구 오스카르 폴라크와 함께 여러 문화예술의 비평글을 읽고, 당대 최신의 철학 사조를 연구한다. 특히 괴테와 바이런, 그릴파르처, 쇼펜하우어와 도스토예프스키 등이 쓴 일기와 편지, 전기 등을 탐독한다. 유대민족주의 운동 '시오니즘'과는 계속 거리를 두었다.

1896년   6월 바르 미츠바(유대교 성인식)를 받음.

1901년   고등학교 졸업 후 7월 처음으로 보헤미아, 모라비아 등지를 비롯
북해 연안까지 여행을 하게 된다. 11월 프라하의 카렐 대학에 입학
한다. 아버지의 반대로 철학과에 진학하지는 못했고, 화학과에 등
록하게 된다. 변호사가 될 생각은 거의 없었는데, 당시 유대인들이
공무원으로 취직하기가 어려웠던 상황 때문이었다. 그러나 실험
실 생활이 맞지 않아 2주 만에 법학으로 전공을 바꾼다.

10월에 카프카는 막스 브로트와 만나고 평생 그와 우정을 쌓게 된
다. '쇼펜하우어 철학의 미래와 운명'이라고 하는 강연회를 나오는
길에 잠깐 동행하게 된 두 사람은 그때부터 서로에게 없어서는 안
될 지적 자극과 영감의 원천이 된다. 카프카 생전에는 막스가 훨씬
더 재능있고 유명했으나, 막스는 카프카의 천재성과 인품 앞에서
늘 자신을 낮추었다. 카프카 생전에는 고독했던 이 친구가 세상에
소개될 수 있도록 온갖 노력을 아끼지 않았으며, 카프카 사후에는
유고의 책임 편집자가 되어 카프카의 문학 세계를 이해하고 소개
하는 데 평생을 힘썼다. 막스가 펴낸 카프카 전기는 카프카의 문학
세계를 이해하게 해주는 좋은 길잡이가 된다.

1904년   막스 브로트, 펠릭스 벨치, 오스카르 폴라크 등과 교류하면서 프
라하 인근의 여러 도시를 여행하기도 하고 영어, 프랑스어, 이
탈리아어 등을 적극적으로 배우기도 했다. 카프카는 이 친구들
과 함께 페르디난트 거리 12번지에 있는 '카페 루브르'에서 열
리는 독서 모임 '브렌타노 클럽'에도 참여하고, 판다 부인이 여
는 문화 살롱에도 나가면서 다양한 철학을 공부한다. 브렌타

노 클럽은 프라하 대학에서 가르쳤었던 프란츠 브렌타노의 영향을 받은 클럽으로, 브렌타노는 후설의 현상학과 형태 심리학에 큰 영향을 미친 철학가였다. 그리고 판다 부인은 다양한 교양 습득을 위해 브렌타노뿐만 아니라 신지학(神智學), 루돌프 슈타이너의 인지학(人智學)을 비롯 아인슈타인 등의 물리학, 이슬람학, 심령학 등 분야를 막론하고 적극적으로 자신의 살롱을 통해 받아들이려 했다. 카프카는 김나지움 시절 최고로 적극적으로 이 모든 당대 지적 조류를 흡수하고 이해하려고 노력했다. 그리고 대학 졸업 이후에도 이 살롱과의 인연은 계속 이어갔다. 문학 작품을 본격적으로 쓰게 되는데 스냅사진처럼 인상을 관찰하고 시점을 자유자재로 옮기는 식으로, 여러 관점이 동시적으로 생성되는 글쓰기의 실험을 한다. 이 무렵에 「어느 투쟁의 기록」이 쓰인 것으로 보인다.

1906년   6월 알프레드 베버 교수 지도하에 법학 박사학위를 받는다. 이 무렵 「멍하니 밖을 내다보다」, 「집으로 가는 길」, 「골목길로 난 창」, 「시골의 결혼 준비」 등 첫 단편집 『관찰』에 수록될 작품들을 쓴다. 부모로부터의 독립과 글쓰기를 위한 최소한의 조건 마련을 위해 취직을 생각하고, 1907년 '아씨쿠라치오니 게네랄리 보험회사'에 들어간다. 「상인」, 「집으로 가는 길」, 「스쳐 지나가는 사람들」, 「승객」 등을 쓴다.

1908년   '노동자재해 보험공사'에 입사한다. 아침 8시부터 오후 2시까지의 근무시간이 새 직장 선택의 기준이었다. 산책과 저녁의 짧은 잠, 그리고 밤의 긴 글쓰기를 위해서 이직을 한 것이다. 직장에서는 산업재해와 관련된 기업의 항소나 기업을 위한 법률 조언 업무를 했고, 행정부에서 하달되는 각종 법령 검토와 산업 기술의 표준치를 관리 감독한다. 재해방지를 위한 공장의 설비 개선 문제를 다루기도 했다. 노동자가 목재를 대패질할 때 겪는 위험을 줄이기 위해 둥근 안전 톱날을 고안하기도 한다. 초기 자본주의 시대의 기업가와 노동자 간의 갈등, 기계화하는 시스템과의 공존 속에서 노동자가 겪는 소외. 이 모든 것이 카프카의 눈 안에 들어왔다. 카프카는 회사에서 거의 모든 사람들과 좋은 관계를 유지한다. 5월에 잡지 『히페리온』에 『관찰』이라는 제목으로 그때까지 써 왔던 작품 8편을 발표한다.

1909년   친구들과 프라하 인근으로 도보 여행을 떠나기도 하고, 가르다 호수 근처 휴양 도시 리바로 여행을 떠나기도 한다. 때때로 부모님의 상점을 돕기도 하면서 밤에 글을 쓰는 생활을 한다. 6월 중순에 「기도하는 자와의 대화」와 「술 취한 자와의 대화」를 잡지 『히페리온』에 싣는다. 9월에는 이탈리아 브레스치아에서 열리는 '국제 비행 쇼'를 관람하고 「브레스치아의 비행기」라는 관람기를 써 프라하의 일간지 『보헤미아』에 발표한다. 이 글은 독일어권에서 발표된 최초의 비행기 관련 기록이 된다. 회사 생활을 하는 한편, 밤에는 막스와 프랑스 문학을 읽고 문예 비평을 쓰거나 연구하는 일을 계속한다.

1910년   본격적으로 일기를 쓴다. 막스의 생일날 로베르트 발저의 소설 『야콥 폰 군텐』을 선물한다. 발저는 스위스 태생의 소설가로 카프카에게 많은 영감을 주었으며, 자유와 글쓰기에 관한 발저의 생각은 카프카와 공명한다. 5월에 프라하에 동유럽 유대인 유랑극단이 찾아온다. 10월에 2주간 막스의 동생 오토 브로트와 파리 여행을 떠난다. 12월에는 베를린으로도 여행을 떠나 다양한 연극을 관람했다. 회사에서 보내는 출장길에서도 계속 메모를 하면서 주변 세계에 대한 다양한 인상을 쓴다. 이 해부터 채식 생활을 시작한다.

1911년   8월 막스와 떠난 여름 휴가에서, 각기 다른 시점을 가진 두 인물이 함께 여행을 하는 과정을 기록하는 「리하르트와 자무엘」을 막스와 따로 또 같이 쓴다. 카프카가 내향적인 리하르트를, 브로트는 외향적인 자무엘을 각각 소설의 초점으로 삼아 작품을 쓸 예정이었다. 이런 글쓰기를 권한 이는 막스였는데 카프카가 오래 침체기를 보내고 있다고 생각해서였다. 하지만 카프카는 공동 작업의 어려움을 깊이 느꼈다.

11월 동유럽 유대 유랑극단의 연극에 대해 다시 생각해 보게 된다. 극단장 이차크 뢰비와도 많은 산책을 하며 연극과 예술에 대해, 유대인의 삶에 대해 의견을 나누었다. 카프카는 유대신학에 대해, 유대민족의 역사에 대해 공부를 시작한다. 1912년 2월 18일 '유대인들의 은어'에 대한 강연을 해서, 뢰비의 연극을 물심양면으로 돕기도 한다. 뢰비의 유랑극단이 프라하를 떠난 이후에도 카프카는 뢰비와 서신을 주고받으며 그의 연극을 지지하는 활동을 했다. 뢰비는 1920년 극단의 재정적 어려움 때문에 고향 바르샤바로 돌아가게 되고 이후 저널리스트로 활동을 하다가 1942년 나치에 의해 학살되었다. 카프카는 11월부터 『실종자』의 집필에 들어간다.

1912년   연초에 라이프치히와 바이마르 등지를 여행하고, 자연치료 요법을 더욱 적극적으로 시행해 본다. 7월에는 단편집으로 『관찰』을 펴내기 위해 쓰고 또 고심한다. 8월 13일 『관찰』에 실을 원고를 막스와 의논하려 그의 집으로 간 날, 펠리체 바우어를 만나다. 펠리체는 베를린에서 성장했는데, 상업학교를 마친 뒤 축음기, 구술 녹음기 등을 제작하는 회사에 근무하고 있던 성실하고 생활력 강한 아가씨였다. 9월 20일에 카프카가 펠리체에게 연애편지를 보내는 것을 시작으로 두 사람은 1917년 여름까지 두 번의 약혼과 두 번의 파혼을 거치면서 계속 편지를 주고받으며 관계를 이어 나가게 된다. 첫 연애편지로 촉발된 창작열은 9월 22일 『선고』의 창작으로도 이어졌다. 『선고』는 펠리체 바우어에게 헌정된다. 10월에는 『실종자』의 도입부가 되기도 하는 『화부』를 쓰고, 12월에는 11월 말부터 쓰기 시작한 『변신』을 완성한다.

1913년	1912년 가을부터 쓰다가 중단되곤 했던 『실종자』를 다시 쓰기 시작해서 13년 1월에 최대한 마무리를 하려고 하지만 중단되고 만다. 2월에 『변신』의 마지막을 쓰고 친구들 앞에서 낭독했는데 큰 호응을 얻었다. 4월에 카프카에게 관심을 두고 있었던 편집인 쿠르드 볼프가 『실종자』의 1장인 『화부』를 출간하자고 제안했으며, 나아가 『선고』, 『화부』, 『변신』을 묶어 『아들 3부작』으로 하면 어떻겠냐고 의견을 타진해 왔다. 카프카도 볼프의 생각에 찬성했으나 아들 3부작의 기획은 무산된다. 『화부』는 5월에 볼프가 있던 로볼트 출판사의 "우리 시대의 독자적이고 강력한 표현인 대표적 젊은 작가들" 총서의 한 권으로 출간된다. 로볼트 출판사는 젊은 표현주의 작가들과 인연이 깊었고 카프카도 고트프리트 벤, 알베르트 에렌슈타인, 발터 하젠클레버, 오스카 코코슈카, 게오르크 트라클, 프란츠 베르펠 등의 대열에 합류되게 되었다.
1914년	5월에 펠리체와 약혼하고 7월 파혼한다. 카프카는 간헐적으로 『실종자』의 마지막 부분을 손보려고 했으나 결국 미완으로 남겨 두게 된다. 결론은 『소송』과 마찬가지로 비극적일 것이라고 친구들에게 언급을 하기는 했다. 『실종자』는 카프카 사후 1927년에 막스에 의해 '아메리카'라는 제목으로 발간되지만, 카프카는 줄곧 이 작품을 '실종자'라고 불렀다. 1914년에 카프카를 주목하고 있던 여

러 출판사에서 『변신』의 출간을 논의한다. 카프카는 로베르트 무질이 편집인으로 있는 베를린의 『디노이에룬트샤우』(Die Neue Rundschau)에 『변신』을 보냈지만 분량이 많아 거절된다. 그러다가 7월 1차 세계대전이 발발하여 볼프 등이 입대하고 『변신』의 출간은 연기된다. 7월부터 『소송』을 구상하고 집필에 들어간다. 12월에 「법 앞에서」를 쓴다.

1915년   군대에 간 볼프 대신에 출판사를 맡게 된 게오르크 하인리히 마이어에 의해 『변신』이 출간된다. 『변신』은 순식간에 문학가들, 유대인 사상가들의 관심을 끈다. 2월에 『소송』의 집필이 중단된다.

1916년   펠리체와 다시 편지를 주고받는다. 5월부터 극심한 두통에 시달리게 된다. 7월에 펠리체와 다시 약혼을 결심한다. 『소송』을 중단하고 잠깐 써 보았던 『유형지에서』를 뮌헨 문학의 밤에서 발표한다. 이 자리에는 라이너 마리아 릴케도 참석했다고 한다. 이 낭독회는 혹평을 받았지만 이후 카프카는 더욱 문학에 집중해야겠다는 생각을 한다. 퇴근 후에 여동생 오틀라의 집에서 집필을 하고 새벽에 아버지의 집으로 귀환하는 생활을 한다. 이 생활은 1917년 4월까지 이어진다. 이 시기 동안 8절지 노트 네 권에 약 80매의 원고를 썼다. 1912년 가을과 겨울 뒤에 온 긴 휴지기 이후에 다시금 창작열이 폭발한다.

1917년   1월에 「시골 의사」, 「다리」, 「싸구려 관람석에서」, 「양동이를 탄 사나이」, 「형제 살해」 등을 썼고, 2월과 3월에 「재칼과 아랍인」, 「신임 변호사」, 「낡은 쪽지」, 「열한 명의 아들」, 「이웃」, 「마당문 두드리는 소리」, 「만리장성의 축조」 등을 썼다. 4월에는 「가장의 근심」, 「광산의 방문객」, 「튀기」, 「학술원에 드리는 보고」를 썼다. 몇 달에

결쳐 쓴 「사냥꾼 그라쿠스」도 있다.

7월에 펠리체와 두번째 약혼을 한다. 8월에 각혈을 하고, 두통과 폐결핵으로 고생을 한다. 농사를 지으러 취라우로 내려간 오틀라 곁에 가 있기로 한다. 9월에 펠리체에게 자신의 병을 알리고 12월 파혼한다. 취라우에서 많은 글을 쓸 것을 계획하고 잠언을 비롯 신화나 전설을 새롭게 각색한 소설을 쓴다. 히브리어 공부와 시오니즘에 대한 연구도 본격적으로 한다. 그러나 스페인 유행성 독감에 걸리는 등 건강 상태는 크게 나아지지 않는다.

1918년   1차 세계대전 종결. 11월 체코슬로바키아 공화국이 탄생한다. 오스트리아 국영 노동자재해 보험공사는 '프라하 보헤미아 노동자 재해 보험공사'로 이름이 바뀌고, 상관들은 체코인들로 많이 교체되지만 카프카는 계속 자리를 유지한다. 직장에서 카프카의 체코어 능력이 높이 평가되기도 했다.

1919년   1월 건강이 악화되었고 요양을 위해 찾아간 근교의 휴가지에서 체코 아가씨 율리에 보리체크를 만나다. 헤르만 카프카는 율리에가 가난하다는 이유로 둘의 결합을 반대했고, 이 문제 때문에 카프카는 11월 『아버지에게 드리는 편지』를 쓰게 된다. 3월에 펠리체가 결혼했다는 소식도 듣는다. 카프카는 율리에와 결혼을 감행하려 했으나 집 문제, 건강 문제가 겹쳐져 약속은 지연되었고 결국 두 사람은 파혼하게 된다. 단편작 『유형지에서』가 출간된다.

1920년   건강을 조금 회복하고 출근과 글쓰기의 병행 생활을 이어가려 했으나 2월에 다시 폐결핵 진단을 받는다. 동부 알프스 산맥에 위치한 메란으로 휴양을 떠난다. 4월 초 저널리스트이자 번역가로 활동하려고 하는 체코인 밀레나 폴락(예센스카)에게서 편지를 받는다. 밀레나는 남편 에른스트 폴락과 함께 체코 문단에서 큰 활약을 하고 있던 여성이었다. 밀레나는 『화부』를 체코어로 옮기려고 했고, 카프카의 승낙 이후에 적극적으로 카프카와 번역 문제를 논했다. 카프카에게 번역을 제안했을 무렵 밀레나는 남편과 별거중이었다. 예술적 감각이 뛰어났던 밀레나와 글쓰기의 문제에 초집중하고 있던 카프카는 작품 번역을 위해 많은 이야기를 나누었고 그런 와중에 사랑이 싹트게 된다. 그렇게 둘 사이에도 많은 편지가 오고가게 된다. 하지만 카프카의 건강과 밀레나의 이혼 문제 등이 매끄럽게 풀리지 않아 둘은 헤어지게 된다.

9월과 10월 사이에 카프카는 「도시의 문장」, 「포세이돈」, 「공동체」, 「밤에」, 「시험」, 「징병」, 「조타수」, 「법에 대한 의문」, 「독수리」, 「팽이」, 「귀향」 등을 쓴다. 12월 말에 건강이 악화되어 고산지대 타트라 마틀리아리의 포르베르거 요양원으로 몸을 옮긴다. 채식과 정원일 등을 할 수 있고, 다른 요양원보다 저렴하기 때문이다. 카프카는 폐결핵을 식이요법과 산책으로 치료하려 한다.

1921년   포르베르거 요양원에서 로베르트 클롭슈토크라고 하는 의과대학생을 만나 우정을 쌓는다. 클롭슈토크는 나중에 폐결핵 분야의 유명한 의사가 되는데, 카프카의 말년에 그 병의 치유에만 전념하기 위해 프라하 의과대학을 잠깐 휴학하기도 했다. 클롭슈토크는 유대인이었지만 기독교 신앙을 갖고 있었고, 두 사람은 문학, 예술, 신학 등 분야를 가리지 않고 많은 토론을 했다. 카프카의 마지막 시기에 가장 큰 정서적 교감을 주고받은 이는 클롭슈토크였다.

카프카에게 클롭슈토크만큼 중요한 청년 친구를 꼽자면 구스타프 야누흐가 있다. 그는 1919년 노동자재해 보험공사에 다니고 있던 아버지의 소개로 카프카를 만나, 지속적으로 그의 사무실을 방문하고 함께 산책하면서 문학에 관한 이야기를 많이 나누었다. 야누흐는 이 산책 중에 카프카와 나눈 모든 대화를 하나도 빼놓지 않고 자신의 일기장에 기록했는데 카프카 사후에 이 일기장을 편집해서 1951년 『카프카와의 대화』라는 책을 펴낸다. 카프카가 자기 자신을 설명하는 글은 전혀 쓰지 않았기 때문에, 막스 브로트가 쓴 『카프카 전기』(나의 카프카)와 함께 야누흐의 『카프카와의 대화』는 프란츠 카프카라고 하는 한 인간을 이해하는 데 귀중한 자료를 제공하게 된다. 야누흐와의 관계도 1921년까지 이어졌던 것으로 보인다. 10월에 자신의 일기를 밀레나에게 모두 건네준다.

1922년   1월 카프카는 엄청난 신경쇠약, 불면증에 시달린다. 보험공사의 비서장으로 승진되었으나 계속되는 요양으로 회사에 복귀할 수가 없다. 폴란드 국경과 멀지 않은 엘베 강변의 슈핀델뮐레로 떠나 휴식을 취하기로 하면서 『성』의 집필에 들어간다. 2월에 별 차도 없이 다시 프라하로 복귀하고 계속되는 병에 시달리는 가운데 「첫번째 시련」, 「어느 단식 광대」를 쓴다. 6월에 노동자재해 보험공사에 은퇴 신청서를 내고 오틀라와 함께 플라나로 요양을 떠난다. 8월 두통과 불면 때문에 『성』의 집필이 중단된다. 9월에 부모의 집으로 돌아와 악화된 건강을 돌보면서 「부부」, 「비유에 대하여」, 「어느 개의 연구」를 쓴다. 10월에 미국의 독일 이민자들에게 「어느 단식 광대」가 소개되기도 하고, 헝가리 작가 산도르 마리아가 『선고』와 『변신』을 헝가리어로 번역해 소개하기도 한다.

11월에 막스 앞으로 유언장을 남기면서, 『선고』, 『화부』, 『변신』, 『유형지에서』, 『시골 의사』와 단편 「어느 단식 광대」와 『관찰』에 실린 몇몇 작품을 제외하고 자신의 글을 모두 불살라 달라고 부탁한다. 남겨 두기로 한 작품도 새로 인쇄되지는 않도록 부탁한다. 그러나 이 유언장을 막스에게 직접 전달하지는 않는다.

1923년   폐결핵에 시달리면서 산책이나 집필에 어려움을 겪는다. 여름에
         도라 디아만트를 알게 되어, 가을에는 그녀와 함께 베를린에서 생
         활한다. 베를린에서 유대인 공동체와 접촉하고 유대인 문화에 대
         해 공부한다.

1924년   3월 프라하로 돌아와 「요제피네, 여가수 또는 서씨족」을 쓴다. 폐
         결핵이 후두까지 퍼져서 말을 거의 할 수 없게 된다. 4월부터는 요
         양원을 전전하면서 로베르트 클롭슈토크와 도라의 간호를 받는
         다. 5월에는 「어느 단식 광대」의 교정본을 수정하기도 하고 막스가
         마지막으로 방문을 하게 된다. 6월 3일 세상을 떠나고 11일 프라하
         슈트라코니츠의 유대인 교회 공동묘지에 묻힌다. 8월 말에 「어느
         단식 광대」가 출간된다.

1925년   『소송』 출간.

1926년   『성』 출간.

1927년   『실종자』 출간.